Secrétaire de direction de carrière et mère de deux enfants, ***Anne-Marie Castelain*** *partage son temps libre entre l'écriture, la peinture et le théâtre. Son premier roman* Un été bigouden, *paru en 2000, a reçu le prix Bretagne. Ses derniers romans, au style vif et coloré, ont tous été publiés aux éditions De Borée.*

Le Passant de l'été

Du même auteur

Aux éditions De Borée

La Dentellière de la brume
La Promesse
Le Loup du marais
Les Amours de Louise
Les Raisins du pardon

Autres éditeurs

Les Voleurs de soleil
Raconte-moi, Lucie
Un été bigouden

ANNE-MARIE CASTELAIN

LE PASSANT DE L'ÉTÉ

De Borée
Terre de poche

Je connais gens de toutes sortes
Ils n'égalent pas leurs destins
Indécis comme feuilles mortes
Leurs yeux sont des feux mal éteints
Leurs cœurs bougent comme leurs portes.

APOLLINAIRE

J'ai la fureur d'aimer.
Mon cœur si faible est fou.

VERLAINE

I

DANS SA DESCENTE vers la mer, la plage affine son sable et joue avec les couleurs. Son appellation de Sables blancs n'est justifiée qu'à l'orée des dunes. Plus bas, elle blondit aux caprices des marées, puis fraternise avec l'océan sur une palette d'ocres. La frange mousseuse des vagues laisse une humidité que le soleil n'a pas le temps d'absorber.

Comme pour taquiner la plage, la mer envoie des coups de langue, dessine de petits méandres, puis suspend son va-et-vient de métronome. Elle abandonne des guirlandes d'algues qu'elle parsème sur le sable en pointillés. Le soleil a tôt fait de les mutiler. Ces plantes, qui déployaient leurs verdures au rythme du flux et du reflux, deviennent squelettes noircis, recroquevillés, nauséabonds et réceptacles à mouches.

Il lui arrive de déposer des oboles exceptionnelles : un vieux cordage, un bout de planche ou un casier déchiqueté lors d'une tempête.

Allongée sur le dos, je me love dans le sable à la manière d'un serpent. Mes mains qui ne peuvent rester inactives s'enfilent dans des myriades de grains blancs, les font couler comme le ferait un sablier.

Mon attention est toute portée sur ce simple geste : essayer de retenir cette poussière fuyante. Les mains, dépendantes l'une de l'autre, se croient obligées d'opérer de concert. Parfois, la présence d'un coquillage ou d'une algue séchée désorganise le manège. Les doigts s'attardent sur cet importun, l'autre main suspend son trafic.

Lassée par ce petit jeu, les cuisses brûlantes, je me retourne tel un croque-monsieur. Le bronzage m'importe peu, mais sur le ventre, le prétendu « dormeur » devient « voyeur » sans en avoir l'air.

Par le minuscule espace ménagé dans la pliure de mon bras, je découvre la plage des Sables blancs sur toute sa longueur. Sa courbe se termine par une pointe rocheuse dont les coloris s'estompent avec la distance.

Ce n'est pas une plage bête et plate. Des dunes la surplombent, hérissées de chardons bleus ou argentés. D'autres herbes s'y agrippent. Placée en contrebas, je les vois gigantesques. Elles m'évoquent une savane d'où émergerait volontiers un tigre. Seul un petit chien apparaît parfois, ou un ballon qui précède une bande de gamins.

Par ma fenêtre d'un centimètre carré, je vois aussi la mer. Elle est verte. Le temps d'une distraction, elle sera peut-être gris argent.

La voile orange d'un véliplanchiste apparemment en difficulté décrit des arabesques et disparaît par intermittence dans les flots. Une voile bleue coupe parfois mon chemin par de sévères diagonales. Je règle mon zoom et distingue l'île aux étrilles. À marée basse, ces rochers sont accessibles, mais ceux qui s'y aventurent doivent être prudents. Armés de tisonniers ou de vieux portemanteaux, ils taquinent les petits crabes nerveux et vindicatifs qui riboulent leurs yeux rouges et ne prêtent aucune attention à la mer qui, insidieusement, les tient dans un cercle magique préludant à un sabbat infernal.

Je ne vois plus mon acrobate orange. De deux choses l'une : ou il s'est empêtré dans sa mâture et vogue à la dérive, ou il a traversé l'Atlantique ! Dans le même axe je devine, comme enveloppé de brume, un chalutier qui rentre au port. Discipliné, il contourne la balise, et je distingue maintenant le ballet aérien des oiseaux de mer qui l'escortent. Déjà un autre chalutier monte de l'horizon, puis un troisième… Ils seront quarante à se succéder entre 17 et 18 heures, plus précis que des trains de banlieue. Chacun doit respecter son ordre d'arrivée. Qu'un bateau brûle la politesse à un confrère, il se voit invité, par un coup de sirène, à passer le dernier. Manque à gagner de jouer les serre-files en débarquant sa marchandise dans une criée vide d'acheteurs !

Je déplie mon bras et détruis du même coup mon film en 16 mm. À quelques pas de moi, quelqu'un s'agite dans une cabine en éponge. À ses gestes vigoureux, je crains qu'il ne se fasse étriller. Soudain, il marche sur son ourlet, perd l'équilibre et s'écroule dans sa housse. Au large – se plaît-il à l'imaginer –, un monsieur très respectable, que j'ai surnommé monsieur le président-directeur général, flotte sur une chambre à air, les yeux clos.

Je rassemble mes affaires inutiles : les lunettes de soleil que je ne mets jamais pour ne pas ressembler à un panda à mon retour à Paris, l'Ambre solaire que j'oublie souvent au fond du sac car l'odeur m'empêche de sentir celle des embruns, une tapisserie représentant *La Dame à la licorne* qui ne fera pas de tort à son original accroché à Cluny.

Deux pieds chaussés d'espadrilles dépareillées s'immobilisent près de mon sac. Mon regard remonte le long d'un vieux pantalon de marin décoloré, anciennement rouge brique, accordé à une vareuse fatiguée. Il s'arrête, ou plutôt se fige sur un visage inoubliable. Encore aujourd'hui, je revois ses yeux. Ah ! ces yeux ! Leur bleu ressort d'autant plus que le visage est buriné, brûlé par le soleil. La bouche malicieuse découvre une dentition encore acceptable. Pas de moustache ni de barbe, mais des cheveux blancs ondulés plantés à la diable, débordant d'une casquette de marin. Mon vieux bonhomme porte une musette d'où il extirpe un livre :

« Vous êtes en vacances ?

— Oui, ça doit se deviner.

— Je ne vous ai jamais rencontrée. Je viens pourtant chaque fin d'après-midi sur cette plage. Je propose mes livres comme l'autre qui passe avec ses esquimaux. Lui, il fait ça au pas de course parce qu'il faut qu'il vende. Moi, je flâne. »

Il paraît hésiter, puis questionne :

« Permettez... Vous êtes seule, ici ?

— Oui, seule. Affreusement seule. »

Il n'insiste pas et continue :

« Vous aimez les légendes bretonnes ? »

L'entretien commençait bien. Dommage, il gâche tout avec sa question. Pour dire la vérité, je ne m'étais jamais attardée sur ce problème, mais je réponds dans le sens qu'il souhaite sans doute :

« Oui, bien sûr. J'ai lu à l'école des histoires sur les korrigans, la fée Morgane, etc. »

Il semble satisfait et se campe devant moi, interceptant le soleil :

« Lorsque j'étais enfant, ma mère portait le blé à moudre au moulin. Elle y rencontrait d'autres pratiques qui venaient pour la même opération. Le meunier, tout en meulant son grain, faisait patienter sa clientèle en leur contant des légendes. J'étais fasciné par ces récits. Adulte, je les ai consignés en plusieurs recueils. La transmission orale s'est perdue. C'est bien triste ! Si vous êtes intéressée, passez me voir. Je vous dédicacerai un de mes livres, et je vous parlerai de mon enfance. »

Il me donne son adresse, soulève sa casquette et me lance un joyeux : « *Kenavo* ! » Il fait deux pas puis se ravise, l'air soudain sérieux, et me dit d'un ton prophétique :

« Vous ne serez pas seule longtemps… »

Avant de disparaître.

Je le vois partir à regret. Avec des gestes déjà familiers, j'enfile ma robe à bretelles sur mon maillot, déterre mes sandales et jette sur l'épaule le drap de bain qui me bat les mollets.

Plusieurs chemins se peuvent emprunter pour m'en retourner à la maison. Par la route intérieure je traverse le village, ce qui me permet, en passant devant le Grand Hôtel, de lire le menu des touristes. Je peux aussi suivre un dédale de sentes bordées de jardinets où sèchent des maillots de bain ou des jeans délavés. Ici, une planche à voile est accotée au mur comme un os de seiche ; là, un costume d'homme-grenouille égoutte sur un fil avant de reprendre du service. Dans une cour, j'avise des épuisettes minuscules en batterie qui témoignent du jeune âge de leurs propriétaires. J'aperçois aussi des haveneaux immenses, disproportionnés avec l'objet de la pêche.

Devant certaines villas, des Bigoudènes exposent leurs broderies. Elles ne perdent pas leur temps. Depuis leur enfance, leurs mains ne sauraient être inoccupées. Elles confectionnent des napperons tout en devisant. J'admire sans m'arrêter afin de ne pas leur donner de fausse joie. Comme chaque année, je ferai le plein de souvenirs le dernier jour.

Ce soir, j'opte pour le troisième itinéraire. Il faut choisir : se déchausser ou porter des chaussures à crampons afin d'escalader les rochers qui bordent la côte. Semblables à de gros éléphants, ils sont accolés comme pour faire front. Ils surplombent la mer qui vient s'y heurter dans un grand fracas d'écume. Parfois, elle s'insinue dans les failles qu'elle a su agrandir et ressort en gerbes par des trous dont elle polit inlassablement les parois.

Certains « pachydermes » semblent s'être brisés comme s'ils avaient lutté entre eux. Mon jeu consiste à sauter de l'un à l'autre sans me mouiller les pieds, car à marée haute l'eau s'infiltre partout et pousse l'audace jusqu'à inonder ces énormes pierres. Agrippés dans les fentes, les bigorneaux tiennent des conciliabules et sont ravis de ces douches rituelles.

Une dernière enjambée, un coup de rein, et je foule la terre ferme. Celle-ci est recouverte de chatons que le vent parcourt d'un perpétuel frisson.

Au sémaphore, je quitte la côte à regret. Les trois routes se rejoignent ici. Je longe un camping qui ne me tente pas. Peut-être à cause de la présence des poubelles déposées au bord de la route et regorgeant d'épluchures de langoustines.

D'un seul coup, je suis dans la vraie campagne. Mes leçons d'écolière me reviennent en mémoire : les champs d'artichauts, les pommes de terre, les haies pleines d'oiseaux.

J'emprunte un sentier encaissé bordé d'arbres et de taillis. Ceux-ci s'interrompent parfois, ce qui permet d'entrevoir un cheval qui travaille dans un champ. Il est poilu, trapu, des pattes épaisses comme un tabouret, une tête chevelue avec deux gros yeux bonasses. L'engin qu'il traîne est également antédiluvien. Le bonhomme qui l'accompagne est silencieux et semble inutile. Le cheval connaît son boulot. Je ressens un mélange d'émotion et de tristesse comme à la vue des Bigoudènes en costume que nous ne verrons plus dans quelques années.

Ma maison fait partie d'un hameau de cinq fermes. Deux d'entre elles sont encore en activité. Deux autres n'ont plus de toiture, mais abritent des charrues rouillées dont les bras se dressent vers le ciel. Les arbres s'enhardissent jusqu'à pousser leurs branches dans des ouvertures béantes encadrées d'un granit immuable qui, naguère encore, étaient des portes et des fenêtres.

Ma « ferme » a survécu. Seule sa toiture de chaume donne l'idée de sa dimension primitive. L'intérieur en est cloisonné et loué à trois familles. La vieille grand-mère reléguée dans un angle de son ancien domaine doit s'accommoder du transistor des Allemands du premier étage, et des borborygmes de ma tuyauterie.

Elle est bien sympathique, la maison que je retrouve chaque année comme une amie. Dans mes moments de spleen, j'y pense parfois. Son jardin est fermé par un portillon de bambou. La cour intérieure, limitée par des étables désaffectées, conserve plusieurs abreuvoirs qui attestent de l'importance de l'ancien cheptel.

J'aperçois, de ma fenêtre sous le toit, la vieille femme, un seau à la main, puisant de l'eau à une fontaine qui n'arrose plus aucun jardin. Elle a l'eau sur l'évier, mais les heures sont longues. Il faut les occuper, et certains gestes ne s'oublient pas…

J'accroche mon maillot, vide mes sardines achetées au port la veille mais dont je n'ai plus envie, et mets mon couvert. À sa vue, ma solitude m'apparaît encore plus évidente. Agnès ne me rejoindra que dans une semaine. Je vais m'asseoir sur un banc de pierre du jardin et mange sur mes genoux à l'abri d'un mimosa.

II

Le soleil qui s'infiltre à travers les volets dessine une échelle de lumière sur mon lit et m'invite à sortir de ma léthargie et de mes plumes. La plage est belle le matin, et j'ai hâte d'en profiter.

J'arbore un pantalon corsaire. En sautillant devant la glace de mon lavabo, j'arrive à capter mon image par bribes. J'en vois suffisamment pour me comparer à une brioche. Ce pantalon moulant ne me fait grâce d'aucune rondeur. Pourquoi ai-je pris un corsaire ? J'ai les mollets étranglés, et je me fais l'effet d'une grande fille qui a poussé trop vite.

J'irai à la plage à bicyclette. Au moins, je n'ai pas besoin de pinces à vélo. Je l'enfourche après avoir fermé le portillon de bambou. Pas de sac à main. Juste un porte-monnaie et la clef de la maison flanquée d'un os disproportionné et encombrant. Je fourre le tout dans une sacoche en cuir racorni qui donne une idée de l'âge du vélo.

Un petit bonjour au cheval en passant. L'homme, que je n'avais pas vu, répond au salut en soulevant sa casquette.

J'entends de la ferme voisine un grand tintamarre de ferblanterie. Quelle activité ! Je n'ai pourtant aperçu que deux vaches. Ils fabriquent peut-être des bidons !

De la crêperie sortent déjà des effluves de beurre chaud. Tout en pédalant, je repère les fleurs du talus et compose déjà le bouquet que je cueillerai au retour.

Plusieurs voitures sont rangées devant les courts de tennis. Ils ont raison, les joueurs, de venir avant la grosse chaleur.

De la crêperie, j'attrape la route en retenant mon souffle, car j'ai très peur en croisant l'autocar. Oh ! je ne risque pas d'être happée par mes vêtements – mon corsaire est une seconde peau –, mais son vacarme m'assourdit et son volume me cache la route. Lorsque le nuage de poussière soulevée à son passage s'est dissipé, j'aperçois la colonie de vacances. Les gosses se rendent à la plage en rang par deux. Maillots rayés, on dirait des bagnards. Ils doivent être fourbus de parcourir ce trajet quatre fois par jour. J'imagine un Paris étouffant au mois d'août et ces enfants jouant dans un fond de cour. Alors je les trouve tout à coup très heureux. Je les dépasse au moment où ils longent le mur du cimetière. Les toitures des tombeaux de famille surmontés de croix de fer forgé semblent se hisser sur leurs soubassements pour regarder passer les vivants.

Les champs font place à de confortables maisons. Rien n'y manque : le toit d'ardoises bleues, les murs blancs, la cheminée, la porte arrondie, les fenêtres encadrées d'un créneau de granit, et le faux menhir sur la pelouse. Elles sont cossues, trop neuves, presque insolentes. Les vieilles maisons de Locronan qui se serrent l'une contre l'autre à s'en étouffer n'ont-elles pas plus de charme ? Rescapées d'un autre âge, elles ne reconnaissent pas leurs enfants. Leurs murs résonnent encore des rires d'autrefois et se souviennent du partage du pain.

Bienheureuses, les maisons solidaires de leur église ! Elles l'épaulent à travers les siècles, usant leur granit ensemble. Couleur de terre, elles s'effacent dans le paysage, ayant la seule prétention d'avoir un grand ciel pour toile de fond. Car, en Bretagne, le ciel est plus grand qu'ailleurs.

Sur le pont, je descends de ma bicyclette. Accoudée au parapet, je surplombe les remous du Steir qui mêle ses eaux à celles de la mer. Jusqu'au pont, la rivière coule paisiblement, prêtant son courant à quelques coquilles de noix gouvernées par des Amundsen de huit ou neuf ans. Elle recouvre pour quelques heures des bancs de sable où s'enfouissent les coques peut-être conscientes du répit que leur offre la marée. En effet, les mouettes qui en sont friandes doivent attendre le retrait de l'eau pour les extirper à coups de bec. L'opération est exécutée proprement : travail de spécialiste !

À l'heure de la marée montante, la mer s'insinue en douceur dans le lit du Steir. Le courant s'inverse. La rivière devient fleuve. La végétation qui s'épanouissait au soleil devient aquatique, et le château au fond d'un parc s'offre des douves et peut se mirer dans ses eaux.

Sous le pont, les remous cessent. Je me pose des questions qui restent sans réponses. Que devient la rivière ? Capitule-t-elle ? Le temps d'une marée, jusqu'où la mer va-t-elle la refouler ? Cette échappée dans la verdure me fait penser à une mer buissonnière, taquine, abandonnant ses côtes pour réduire son horizon, enserrée entre des berges boisées fréquentées par des pêcheurs à la ligne. Des pêcheurs de quoi, au juste ? Les poissons d'eau douce frayent-ils avec les poissons de mer ? À l'entrée du Steir, ils se gardent bien de suivre cette grande folle qui se perd on ne sait où ! Avec une régularité de métronome, elle revient, la rivière sur les talons, comme si elle était éconduite.

À l'extrémité du pont, j'aperçois en contrebas une carcasse de bateau. D'une année sur l'autre, je la retrouve presque avec plaisir, car elle fait partie du paysage dont j'ai souvenance. Cette cage thoracique fait le délice des peintres. Elle est lugubre, et la grosse chaîne rouillée qui pend à son flanc accentue le côté bateau fantôme, bateau galère, que je me plais à lui imaginer.

Quelques campeurs ont planté leur tente sur les dunes avec ou sans autorisation. J'admire la confiance avec laquelle ils laissent leur bivouac sans surveillance. Ces marginaux qui fuient les campings sont bien sympathiques. Ils se contentent de peu. L'absence de confort leur fait retrouver des gestes ancestraux. Je les envie. Mais pas longtemps lorsque j'aperçois auprès d'un point d'eau une pauvre fille entourée de seaux, de mousse et de linge sale. La quantité de lessive m'étonne, car les campeurs sont toujours pratiquement nus.

Mon pas se ralentit. Le vélo que je traîne s'enlise et mes espadrilles contiennent des livres de sable. Je me déleste près d'une caravane dont le propriétaire m'intrigue au plus haut point. À l'inverse de ses voisins, il n'abandonne jamais le campement. À l'aide d'une ficelle, il a clôturé le terrain qu'il s'est attribué. Un écriteau de fortune indique à tout un chacun qu'il s'agit d'une propriété privée. Lui-même est assis en permanence sur un pliant au milieu des chardons, sous un soleil implacable. Parfois, un singe sort de la caravane et s'assied à côté de la vigie. Les deux amis tournent résolument le dos à la mer et respirent à pleins poumons la poussière du chemin.

La plage est déserte. Pourtant un homme joue avec un chien, ou plutôt c'est le chien qui joue avec l'homme, car celui-ci a l'air de beaucoup s'amuser. Il lance une boule de pétanque qui atterrit comme un boulet de canon dans le sable d'où le chien la déterre. Elle n'offre aucune prise à ses crocs. À coups de museau et de jeux de pattes, il la réexpédie vers son maître reconnaissant et attendri. L'espace n'est pas mesuré. L'animal a une détente extraordinaire, et je suis heureuse de ce spectacle et de ce chien bondissant à la limite du sable et de l'eau.

À l'instar du chien, je gambade vers la mer. Je hume et me tourne vers le soleil. Sans souci de mouiller mes vêtements, j'avance dans cette eau assez transparente pour me laisser entrevoir sur les fonds sableux des algues qui se balancent en cadence. La vie est partout. Là-haut, les herbes des dunes ondulent sous l'effet du vent. Est-ce la chaleur ou mon imagination qui provoque ce tremblement imperceptible du paysage ? La plage elle-même semble frissonner.

Les Vikings ont dû fouler ces plages. J'aborde avec un drakkar imaginaire et m'affale sur la frange du sable déjà sollicité par le monde liquide. Mon corps ballotté n'a plus de poids. La mer en reculant sape mes assises et creuse des cavernes sous mes points d'appui. Je collabore avec la marée en me laissant porter. Des milliers de grains de sable déferlent vers moi et s'écartent pour glisser de chaque côté de mon corps comme s'il s'agissait d'un obstacle naturel. Je me sens acceptée et retrouve un milieu qui ne m'est pas étranger. À n'en pas douter, nous sommes issus d'un micro-organisme aquatique. Mais mon ivresse n'est pas propice aux réflexions bien qu'elle annihile les désagréments dus à ma condition actuelle. À chaque reflux, je prends une gifle magistrale et encaisse une douche abrasive sur mes mollets qui se dénudent au fur et à mesure que mon pantalon rétrécit.

La cloche de l'église sonne les douze coups de midi. Après tout je ne les ai pas comptés, mais la logique revient et je cesse ce que certains appelleraient des excentricités. Je ne suis pas seule. Mon vieux bonhomme de l'autre jour est assis au sec à quelques mètres de moi. Il rit. Notre joie est commune. Sa simplicité me dispense d'être confuse. Puisque je suis revenue à l'état animal, j'aimerais bien pouvoir m'ébrouer comme je l'ai vu faire par le chien tout à l'heure. Je suis un être humain, alors je sors de l'eau, dégoulinante. Le vieil homme m'interpelle :

« Vous rentrez au pays ? »

Ce type me plaît. Il aurait pu dire :

« Vous êtes mouillée. Comment allez-vous rentrer ? »

Non, il trouve normal de traverser le village en compagnie d'une « gouttière ».

« À cette heure-ci, le Steir est plein. Nous allons longer la plage et nous passerons la rivière avec ma barque. Nous atterrirons derrière la poste et éviterons ainsi de passer par le port.

— Attendez, je prends mon vélo. »

Celui-ci est toujours en bon état, mais moi, je suis crevée. Cela doit se voir, car mon compagnon prend l'engin sur son épaule. À l'autre bras pend un sac qui m'intrigue. Comme devinant ma pensée, il devance mon indiscrétion.

« J'ai ramassé quelques vernis dans le sable près du château, mais la récolte sera intéressante après-demain à la grande marée.

— Comment faites-vous pour trouver des vernis ? »

Sans répondre à ma question, il enchaîne :

« J'ai aussi une poignée de palourdes. C'est bon avec du pain et du beurre. »

Cette évocation me fait saliver. Je pense en un instant que je n'ai rien pour déjeuner et que j'ai assez faim pour manger ces bestioles avec leur coquille.

« J'aimerais bien vous accompagner à la pêche un matin si vous le permettez. À part les coques, je ne trouve rien du tout ! Il faut dire que mes outils se résument à un petit râteau d'enfant et un seau minuscule. »

Il hausse les épaules et déclare :

« J'aime mieux chercher avec mes mains. »

Au moins, il ne s'embarrasse pas. Il s'arrête devant sa barque qui oscille en provoquant des vaguelettes qui clapotent. Il se déchausse, retrousse le bas de son pantalon et entre dans l'eau pour dégager l'amarre. Il semble insensible au froid, et peu soucieux de marcher sur des pierres. Avant de me faire monter avec mon inséparable vélo, il fait le ménage de son bateau. Sans précaution, il pousse en vrac une bâche, un casier dépenaillé, un bidon rouillé, et nous prenons place dans ce bric-à-brac. Il rame vigoureusement mais sans hâte. Quel âge a-t-il ? Sa peau hâlée, ses mille rides autour des yeux et ses mèches blanches le font paraître sans doute plus âgé qu'il n'est en réalité.

Les cinquante mètres environ qui nous séparent de l'autre berge sont vite franchis. Je le regrette. Notre équipage était pittoresque, et je savourais autant cette traversée que s'il se fut agi d'une promenade en gondole à Venise.

Mon compagnon ne cherche pas à m'épater. Il est essoufflé et éponge sur son front une sueur qu'il me doit.

J'ai mauvaise conscience et lui dis avant les derniers mètres :

« Je ne vous ai pas proposé de vous aider, car je ne sais pas ramer. À la rigueur, si vous voulez tourner en rond, je peux. »

Nous sommes arrivés.

« Ce n'est pas pour les femmes, ce travail-là ! »

En galant homme, il me tend la main comme le ferait un canotier de *La Grenouillère.* Je n'ai rien de la jeune fille à l'ombrelle : mouillée, poisseuse, étriquée dans mes fringues raidies, j'évoque plutôt *Le Radeau de la Méduse.*

« J'habite tout près, venez chez moi ! Vous allez goûter mes vernis. »

Cette proposition m'amuse. Il la fait avec tant de simplicité que j'accepte :

« Vous êtes gentil, je veux bien. Mais vous ne savez pas qui je suis ? »

À vrai dire, il doit s'en moquer.

« Je m'appelle Michèle Clément. Je suis parisienne, divorcée, sans enfants. Je viens d'avoir quarante ans. Si vous voulez tout savoir, je suis secrétaire dans une maison d'orthopédie où je m'ennuie !... »

Embarrassé par cette miniconfession qu'il ne demandait pas et qui ressemble à une réponse d'interrogatoire dans un commissariat, il me tend la main et de l'autre enlève sa casquette. Il libère une tignasse qui s'égaie dans le vent, et claque les talons :

« Madame ! Je m'appelle Jean Cloarec. J'étais instituteur et chroniqueur. Maintenant, j'écris pour mon plaisir si ce n'est celui des autres. Ma pauvre femme est morte il y a dix ans. »

Nous nous taisons pendant qu'il attache sa barque, fixe les rames, descend le vélo et ajuste sa musette.

Il a été plus discret que moi en déclinant son identité. Qu'est-ce qui m'a pris de lui dire mon âge ! Je suis en colère après moi. En un éclair, je formule des phrases plus intelligentes, celles que j'aurais dû dire afin de ne pas trop me dévoiler.

Nous passons derrière un hôtel dont je ne connaissais que la façade. Une odeur d'égout nous fait retrouver la parole. Ensemble, nous disons :

« Ce que ça sent mauvais ! »

Nous rions très fort et nous faufilons dans une ruelle qui doit dater de l'origine du village. Les maisons sont petites et soudées les unes aux autres, ménageant juste à chaque propriétaire un petit bout de jardin gratifié d'un massif d'hortensias. La plupart sont décolorés par le soleil, mais j'aime ces roses pâles et ces bleus tendres. Les couleurs agressives des jardinières de la Promenade des Anglais manquent de naturel comme certains de ses estivants.

M. Jean s'arrête près d'un portillon qui grince lorsqu'il le pousse avec son genou. Il me laisse passer. Décidément, il est très courtois. Son devant de maison ressemble à ses cheveux. Son jardin est une savane, mais il ne s'en excuse pas car il s'en moque.

La maison est fraîche. Il me précède dans un long couloir et nous entrons dans une cuisine comme je l'attendais. Elle n'est pas aménagée, comme on dit maintenant. Sur l'évier, il y a des biberons. Dans une cuvette flottent des pissenlits. La table n'est pas débarrassée. Quelqu'un vient d'y déjeuner. Une tasse vide et sale l'atteste, ainsi qu'un croûton de pain et un litre avec un fond de vin rouge.

Mon nouveau copain paraît désorienté. Il cherche quelque chose des yeux. Sans doute pas une clochette pour appeler le personnel, alors je vole à son secours.

« Je vais vous aider. »

Comme Blanche-Neige remettant de l'ordre dans la maison des nains, je m'attaque à nettoyer en fredonnant. Lui fait du café. Je subodore que nous ferons un déjeuner pittoresque. Il joue de l'Opinel avec dextérité pour ouvrir ses vernis, les réencoquille avec du beurre d'escargot qu'il sort d'un réfrigérateur ancien modèle que je n'avais pas remarqué. Lorsqu'il allume le four, un ronflement puissant fait penser à un chalumeau.

« Vous voulez bien couper ce morceau de lard en petits morceaux ? Voilà une planche et un couteau. »

Il me tend un billot de bois comme si j'allais tuer un cochon.

Un quart d'heure plus tard, nous nous faisons face avec comme seul point commun une salade de pissenlit.

III

L'ÉPICIER LEBEC arrête sa camionnette devant la gare de Quimper. Je descends, légère et court vêtue, reconnaissante, car sans lui je n'aurais pas pu venir chercher ma sœur et la petite à la gare.

Le train de Paris ne va pas tarder. Il est 6 heures et demie. Une vingtaine de personnes sont dispersées autour du guichet de sortie. Chacun a l'air d'être là par hasard. Deux jeunes filles contemplent une affiche invitant au voyage, un vieux monsieur s'absorbe dans le règlement d'un avis de concours dont il n'a sans doute rien à faire. Un groupe de types hirsutes, surmontés de sacs à dos, délibèrent lugubrement. Ils hésitent entre l'Annapurna et Pont-Aven.

Tout à coup, mouvement de foule autour du guichet, comme si l'on distribuait quelque chose. Je me fonds dans la masse et tends le cou comme tout le monde. Des militaires sortent les premiers en riant. Ils attendent une permission depuis si longtemps qu'ils ne veulent pas perdre une minute. Puis vient un curé sans bagages. Il ne cherche personne des yeux, car il n'est pas attendu. Une mémé, l'air inquiet comme si elle n'était pas en règle, tend son billet à un contrôleur complètement indifférent. Suit une famille excédée. Le père, le chef, hérissé de cannes à pêche, recense son petit monde. La mère pose ses bagages pour donner des taloches. Vite un bain de mer pour calmer ces gens-là.

Derrière un gros nounours, j'entrevois Agnès. Madeleine, qui lui donne la main, m'a reconnue. Elle éclate de rire et me désigne à sa fille. Nounours reste impavide, mais Agnès plisse son nez et découvre ses quenottes.

Nous n'évitons pas les banalités :

« Ça va ? »

Malades à crever ou dans les pires ennuis jusqu'au cou, nous répondrions oui. Serait-ce le moment de se lancer dans les confidences ? Je prends tout de même le temps de lui demander des nouvelles de son mari :

« Alain va bien ? Il n'a pas pu se libérer de sa pharmacie pour t'accompagner ?

— Non. Il n'aura que huit jours de vacances cette année. Et puis, la mère Chanson n'est pas commode. Alain dit même que c'est une bourrique. »

Dans l'autocar, Agnès s'intéresse à tout. Elle me demande avec une voix claironnante pourquoi le monsieur en short qui est assis en face de nous a oublié de mettre son pantalon. Le nez collé à la vitre, elle regarde défiler le paysage. Mes réponses ne lui suffisent jamais. Les artichauts sur pied l'étonnent au plus haut point, ainsi que les champs de tournesols. Je me lance dans une conférence sur la fabrication de l'huile et m'aperçois que cinq ou six personnes m'écoutent, sauf Agnès qui joue à remonter ses chaussettes.

La maison semble leur plaire. Le portillon de bambou fait les délices d'Agnès qui s'amuse à l'ouvrir et le refermer.

Madeleine, qui ne reste ici que deux ou trois jours, a vite fait d'installer ses affaires et celles de la petite. Celle-ci commence à frotter ses yeux. La fatigue de la nuit a raison de ses trois ans.

Enfin, je me retrouve seule avec Madeleine. Nous avons pris place sur le banc de pierre sous le mimosa du jardin.

J'aspirais à ce tête-à-tête. Pourtant, à cette minute, j'aimerais qu'un événement extérieur l'avorte : autant me jeter à l'eau tout de suite et qu'on en finisse :

« Comment va Jean-Marc ?

— Je l'ai vu hier sur le chantier. Lorsqu'il a su que je t'amenais Agnès, il m'a dit de t'embrasser de sa part. C'est tout.

— Il a changé ?

— Son estomac s'arrondit, mais à part ça il est toujours aussi coquet. Il va maintenant à la Coifferie. Il faut reconnaître que cela le rajeunit.

— Il ne s'est jamais soucié de ses cheveux. Qu'est-ce qui lui prend ?

— Dernièrement, Chaubert est parti en retraite. Le patron a organisé une petite réception. Je me suis retrouvée avec Jean-Marc et Sylvie. Bien sûr, nous avons parlé boulot.

— Comment est-il avec elle ?

— Il file comme un toutou. »

Depuis deux ans que nous avons divorcé, je pense rarement à ce mari jaloux et bougon que je n'aime plus. Madeleine, qui le voit chaque jour, ravive des souvenirs. Je veux en savoir plus sur lui et sur cette Sylvie, et je me surprends à mendier des détails qui, à la limite, me font mal.

« Pourquoi dis-tu qu'il file comme un toutou, lui qui ne faisait jamais rien par contrainte ? »

Madeleine hésite à me répondre. Je sens qu'elle n'apprécie pas le tour que prend la conversation.

« Elle lui ferait faire n'importe quoi. Elle mène tout le monde à la baguette. Son titre de chef du personnel lui monte à la tête. Elle veut tout superviser. Tu sais bien que Jean-Marc a été subjugué par elle, ou plutôt par sa personnalité !

— Il me reprochait d'être autoritaire. Je ne vois pas pourquoi il a divorcé pour retomber volontairement sous une autre tyrannie, selon son mot ! »

Lancée, Madeleine dit tout ce qu'elle sait :

« Elle adore les cocktails, les vernissages où elle peut parader. Partout elle aime être le point de mire. Jean-Marc, orgueilleux, profite de ses relations. Il commence à y prendre goût. »

Puis, sans transition, elle ajoute :

« Tu permets, je vais mettre mon maillot. »

Tant mieux. Son numéro de strip-tease me permet d'encaisser et de réfléchir à ce qu'elle vient de me dire.

Je ne reconnais pas mon ancien mari dans la description qu'elle m'en fait. Il n'aimait pas sortir et paraissait bouder en société. Sa mauvaise humeur le bloquait et lui enlevait toute repartie. Comme il s'apercevait de son insignifiance, il ne pensait qu'à partir et à se retrouver seul avec moi. Au début de notre mariage, j'insistais et invitais plutôt les gens chez nous pour qu'il soit plus à l'aise.

Prétextant une migraine, il avait l'art de disparaître comme les gosses à la fin du dîner. Cela jetait un froid parmi les invités qui, loin d'être dupes, s'entre-regardaient en se demandant quelle mouche le piquait. Petit à petit, j'ai espacé les réceptions et les amis nous ont laissés tomber. Jean-Marc m'avait enfin pour lui tout seul sans réaliser qu'il lui aurait fallu beaucoup de qualités pour compenser tout ce qu'il m'enlevait.

Je me suis difficilement résignée, me réfugiant dans les livres et souhaitant une maternité qui semblait m'être refusée.

Je l'aimais pourtant. Inlassablement, je pardonnais ses scènes de jalousie. Chaque personne qui m'accaparait lui portait ombrage. Ne fût-ce que la concierge. Lorsqu'il allait trop loin et qu'il me voyait contrariée, il craignait une décision irréversible de ma part. Souvent, je lui disais : « Jean-Marc, cela ne peut pas continuer. » Alors il devenait câlin, jouait l'enfant et ne savait quoi inventer pour me faire plaisir. Il m'apportait un apéritif en me priant de m'asseoir et m'assurait qu'il ferait le dîner. Il excellait dans la gratinée. Tout en surveillant les oignons qui rissolaient en grésillant, il me mettait un disque de mon choix. Au fond je n'aimais pas être fâchée, alors nous faisions des projets, toujours les mêmes, en faisant semblant d'y croire.

Nous allions acheter une maison au bord de la mer. En Bretagne, puisque j'aimais. Nous avions déjà les meubles de tata Georgette dans la cave.

Lorsque je le trouvais « à point », je faisais allusion à sa récente colère. Il admettait tout et promettait.

Cette comédie aurait peut-être duré longtemps sans le changement d'emploi de Jean-Marc.

Un soir, il m'annonça qu'il quittait le bureau de dessin pour le service des ventes – je me suis demandé par la suite si « elle » n'était pas à l'origine de cette promotion. Il faisait face à Sylvie durant huit heures par jour. J'ai su par une indiscrétion qu'il se plaignait de mon sale caractère.

Elle lui insufflait l'idée que je ne le méritais pas. Ambitieuse pour lui, elle le poussait à prendre des responsabilités. Malléable, il grimpait les échelons, persuadé qu'il ne devait sa réussite qu'à lui seul.

Ils assistaient ensemble à des conseils d'administration, lesquels étaient suivis d'un dîner d'où j'étais exclue. Je me demandais comment il pouvait supporter ces agapes en compagnie de collègues qu'il voyait déjà toute la journée. Lorsque je l'interrogeais, il répondait par monosyllabes, bien déterminé à me mettre à l'écart. L'heure tardive à laquelle il rentrait ces soirs-là ne laissait pas de m'inquiéter. Restaient-ils ensemble à chanter *Les Montagnards* ?

Une âme charitable éclaira ma lanterne. Le pousse-café se prenait chez Sylvie, d'où il partait après tout le monde.

Madeleine surgit dans le jardin. Sa robe de toile vert pomme me fait mal aux yeux. Au moins, je ne la perdrai pas de vue sur la plage.

J'admets qu'elle est plus jolie que moi. Elle a des jambes fines et nerveuses comme une pouliche.

Elle ne manque pas de culot pour s'habiller. C'est d'ailleurs une de ses préoccupations majeures.

« Tu as vu mes petites chaussures ? »

Deux lanières dorées entortillent des pieds aux ongles faits. Suivant son idée, elle ajoute :

« Je les ai payées deux cent cinquante francs. »

Elle semble trouver que ce n'est pas cher. À Prisunic, je m'en offrirais trois paires pour ce prix-là ! Il est à reconnaître que moins il y a de cuir, plus le prix est élevé.

« Elles sont adorables, mais je te préviens charitablement que tu ne marcheras pas sur les dunes avec ça ! »

Si les chaussures sont inexistantes, le chapeau, en revanche, est de taille. Il la dispensera d'un parasol.

J'ai honte de cette méchante pensée, et je réalise tout à coup qu'Agnès n'est pas là.

Madeleine me rassure :

« Agnès joue derrière la maison. Lorsque je suis entrée dans la chambre, je l'ai trouvée debout sur son lit. Elle jouait avec l'attrape-mouche punaisé au plafond. Je suis arrivée à temps, elle commençait à s'engluer. Il était trop tard pour espérer qu'elle dorme ! Elle ne parle que de voir la mer. Dans le train, elle voulait que j'ouvre la valise pour examiner son seau et ses moules. Elle fait peut-être une bêtise… »

Comme mue par un ressort, Madeleine se précipite derrière la maison, faisant décrire des ellipses à sa jupe verte. Je file dans son sillage pour découvrir Agnès, accroupie devant mon massif d'hortensias. Avec ses deux petites mains, elle tasse dans son seau quelques têtes de fleurs hachurées. Prise en flagrant délit, elle n'a nulle conscience qu'elle fait mal. Elle nous tend sa cueillette avec un beau sourire.

En un instant, je mesure l'imprudence que j'ai commise en proposant de garder cette petite deux semaines. Je ne tiendrai jamais le coup. Je panique. Et si Madeleine la ramenait à Paris avec elle ?

J'étais bien, seule ici, à réfléchir. Je m'en veux d'aller au-devant des emmerdements.

Pas question d'aller à la plage avec un vélo pour trois. Nous prenons chacune la fillette par une main et cheminons à petits pas. À cette vitesse, j'ai le temps de saluer « mon » cheval et de voir s'il va me répondre. Je le présente à Agnès, un peu étonnée de mes relations.

Les haies bourdonnent d'insectes. Des grillons, cachés dans les herbes des talus, lancent des notes aiguës sur un fond de bruissements. D'un champ de blé s'échappe une volée d'alouettes. Après un prompt décollage, les voilà qui volent sur place, à quelques mètres de nous, imprimant à leurs ailes un tremblement fébrile. Agnès les suit des yeux à la manière d'un chat. Comme sur un signal, l'escadrille au complet traverse le champ et pique du bec à la lisière d'un bois.

À la hauteur du camping, Agnès est fatiguée et se plante devant Madeleine, ses deux bras tendus dans un geste significatif :

« Porte-moi ! »

Madeleine essaye de se défendre.

« Tu es une grande fille maintenant. Nous sommes bientôt arrivées à la plage, n'est-ce pas, Michèle ? »

Je sais qu'il nous faudra encore un bon quart d'heure avant d'atteindre les dunes, mais je vois mal ma frêle sœurette surchargée de vingt kilos :

« Mais oui, c'est tout près ! »

Le ton ne doit pas être bien persuasif. Agnès trépigne en ébauchant une vilaine grimace. Quelques campeurs occupés à laver de la vaisselle – ces gens-là passent leurs vacances à nettoyer quelque chose – relèvent la tête et considèrent cette danse du scalp que j'interromps en hissant Agnès sur mes épaules. Elle a gagné. Après tout, elle vient de passer une nuit dans le train.

D'avoir trouvé une excuse, j'ai meilleure conscience de céder à son caprice.

Madeleine, encombrée du parasol et du sac de plage dont je viens de la charger, trottine derrière moi sur ses hauts talons.

Je ne vais tout de même pas les porter toutes les deux !

Les grands rochers en sentinelle qui bordent la côte apparaissent. La route engendre un sentier qui escalade les dunes. Puis c'est le choc. J'éprouve le même depuis vingt ans. La sensation n'est pas émoussée tant le spectacle est beau.

Du promontoire où nous sommes, nous surplombons la mer de tous côtés. Elle scintille à l'infini. L'œil n'est pas assez grand pour tout embrasser. La ligne d'horizon arquée suit la courbe du globe terrestre.

J'évoque mon ancien professeur de peinture : « Dans la nature, tu ne trouveras jamais de lignes droites. » Le ciel semble retenir cette masse d'eau. J'allais oublier mes deux sauterelles. Madeleine, harassée, m'a rejointe. Agnès, enfin debout sur ses pattes de derrière, bat des mains et rit. En cet instant, je l'adore. Du doigt, nous lui montrons un bateau, l'écume de la mer contre les rochers, les gens – points multicolores – qui s'amusent sur la plage un peu plus loin.

Un coup de vent interrompt notre contemplation, car le sombrero de Madeleine quitte sa tête, plane comme une soucoupe volante et disparaît dans un trou de rocher deux mètres plus bas. Je me précipite, mais au moment où je vais me saisir du couvre-chef, un nouveau coup de vent fait tressaillir le chapeau qui décolle verticalement et se paie des ricochets sur les rochers. J'entends Agnès rire au-dessus de moi, dans le lointain…

Madeleine n'est pas en reste, mais elle a tort, car le bord de son chapeau plié à quatre-vingt-dix degrés rappelle étrangement celui des carabiniers espagnols.

Si la plage des Sables blancs convient aux enfants, celle du Goudoul, dont la proximité des rochers rend les fonds dangereux, attire les plongeurs sous-marins qui nous procurent le plaisir de les voir s'équiper. On dirait des Martiens. Un grand gaillard palmé se ligote un poignard impressionnant au mollet. Il rapportera sans doute une sardine. Des adolescents mâles plongent à tour de rôle d'un rocher en hurlant : « Regardez-moi ! » à d'autres copains indifférents dont l'attention est captée par l'apparition d'un beau gars noirci par le soleil – tête de roman-photo – qui essaie en vain de monter son mât sur sa planche à voile. Pas un ne songe à l'aider. La plage devient un grand public. Qu'arrive un olibrius, nous sommes quelque cent personnes à profiter d'un divertissement innocent, amusant et gratuit !

Madeleine étrenne un confetti qu'elle nomme « maillot de bain ». Il tiendrait dans son poudrier. Sa fille, très fière de son soutien-gorge, me précise :

« Maman, elle m'a "tricoté" mon maillot ! »

Puis elle nous entraîne tout de suite à l'eau.

Bien que le gros monsieur qui nous a précédées affirme qu'elle est bonne, nous trouvons l'eau glacée. Agnès, tenue par nous deux, saute comme un bouchon à chaque vague. L'eau qui nous éclabousse le ventre lui arrive au menton, mais ses cris de joie nous prouvent qu'elle s'en soucie fort peu. À chaque saut, elle perd un peu plus son slip en laine « tricoté main ».

Après une ronde effrénée, nous sortons de l'eau en courant. Agnès, entravée par son maillot qui lui descend aux genoux, avance par bonds comme un kangourou.

Séchée, habillée, nourrie, elle joue au sable avec ses moules.

Allongées sur le ventre côte à côte, Madeleine et moi nous accordons un long répit de silence. Si nos corps sont proches l'un de l'autre, nos pensées font l'école buissonnière par des chemins étrangers.

Par quel miracle Jean-Marc prend-il du plaisir à sortir ? Pourquoi accorde-t-il à Sylvie ce qu'il m'a refusé avec tant d'obstination ? Notre rupture n'a plus de sens. Je lui ai servi d'expérience, il n'a pas voulu recommencer avec elle les mêmes erreurs. Il a compris que « vie en commun » ne veut pas dire « vie à deux à l'exclusion des autres ». Quel être pourrait tout offrir ?

Trois ans plus tard, je ressentais encore l'amertume du jour où il m'avait annoncé par téléphone, à 7 heures du soir, qu'il ne rentrerait pas dîner.

J'avais eu beau insister en lui rappelant que nos amis anglais passaient la soirée chez nous, il m'avait répondu que précisément, il s'en souvenait et avait ajouté, avant de me raccrocher au nez, qu'il n'en avait rien à foutre.

En coupant la communication, il mettait fin à nos relations.

Agnès a creusé un grand trou qu'elle s'évertue à remplir d'eau de mer. Elle ne se lasse pas de son manège qui consiste à remplir son seau et à le déverser ensuite dans son réservoir sans fond. Elle paraît toutefois étonnée devant la gloutonnerie du sable qu'elle invective dans son jargon.

Madeleine se met de la crème solaire sur le nez et, devinant ma pensée :

« Tu ne devrais plus t'en soucier. La page est tournée, Michèle, tu n'as rien à te reprocher.

— Dis-moi ce qu'il t'a dit d'autre à la réception de Chaubert.

— Il milite maintenant à la tête d'un comité d'entreprise.

— C'est assez surprenant ! Lui qui a horreur de la politique et de l'agitation sociale !

— Sylvie se plaint de ne plus le voir. »

Je pense à ces dimanches interminables où pendant des heures, il se plongeait dans sa collection de timbres, me condamnant à m'asseoir devant la télé ou à me saisir d'un tricot dont personne n'avait besoin.

« Tu te souviens, Madeleine, du jour où il avait promis de m'accompagner à la Foire de Paris ? Finalement j'ai déambulé toute seule, les bras chargés de prospectus. Je me suis assise à un stand de dégustation, passant ma rage sur un sandwich de foie gras arrosé d'un verre de vin blanc. Perchée sur un grand tabouret, j'avais l'air d'une entraîneuse. La présence des familles qui m'entouraient me faisait encore plus ressentir ma solitude. Je me suis juré ce jour-là de ne plus sortir seule. Alors, la solution ?

— Celle que tu as choisie, Michèle. Pourquoi t'encombres-tu de ces souvenirs désagréables ?

— C'est qu'il y en a eu des bons. Il savait être attendrissant.

— Il se foutait de toi. Tu marchais à tous les coups. Puisqu'il est différent maintenant… Le Jean-Marc actuel ne t'aurait peut-être pas intéressée, puisque tu l'aimais comme il était. »

Ce qu'elle me dit me donne à réfléchir. J'aimais quelqu'un d'inconsistant. Chacun de nous n'adopte-t-il pas une attitude différente suivant son interlocuteur ? Instinctivement, je pense à mon collègue Gilbert. Il me considère comme une petite marrante. Notre cadre de travail n'a pourtant rien de folichon. Nous évoluons parmi des fauteuils roulants, des bandages pour hernies, des prothèses pour rafistoler la cour des Miracles. Cela ne m'a pas empêchée dès le premier jour de lui dire une grosse bêtise qui l'a fait rire aux larmes. Depuis, il ne voit en moi qu'une machine à plaisanter. Pour ne pas le décevoir, je réponds à son attente et me mets en condition. Il pense que ma gaieté est toute naturelle. M'imagine-t-il dépressive ?

« Mesdames, salut ! »

Il arrive à point, mon vieux copain. Planté devant moi qui suis allongée sur le sable, il m'apparaît gigantesque malgré sa taille moyenne. Ce n'est pas pour suivre la mode qu'il porte des habits délavés. Ils font partie intégrante de son personnage. Sa casquette de marin est-elle un hommage à son père pêcheur, ou témoigne-t-elle d'un lointain désir de faire également partie des gens de mer ? Toujours est-il qu'elle semble vouloir protéger ses yeux bleus pétillants de malice. Sans le sourire bienveillant, on pourrait même parler de moquerie.

Cette rencontre me cause un plaisir inattendu. Nous ne nous sommes pourtant pas dit grand-chose lors de notre dînette. J'ai appris que les biberons appartenaient au bébé des locataires du premier étage, la cuisine du rez-de-chaussée étant commune. Drôle d'arrangement dont M. Jean a l'air de s'accommoder parfaitement. Vivent aussi dans la maison ses enfants mariés et leur petit garçon, mais chacun mène sa vie indépendamment de celle des autres. Cette anarchie explique le désordre qui règne dans la cuisine. Il m'a surtout montré les livres de contes qu'il a édités à compte d'auteur en me les commentant. C'est un plaisir de l'écouter, mais il faut le voir ! Il s'anime, illustre ses histoires de mimiques expressives ; il ne lui manque plus que de chanter pour être un parfait troubadour. Il a sorti pour moi les dessins originaux qui accompagnent les textes.

Je le présente à Madeleine, un peu à contrecœur. J'aurais préféré ne pas associer celle-ci à ma nouvelle relation. Par esprit de contradiction, elle critique souvent mes amis, d'où mon hésitation.

Il lui tend une main chaleureuse. Le franc sourire qu'elle lui adresse prouve la bonne note qu'elle lui accorde. Il s'intéresse à Agnès à qui il offre un coquillage nacré sorti d'une de ses poches. Puis il se tourne vers moi :

« Vous ne faites pas trop de cauchemars à cause de mon livre ? »

Il fait allusion aux légendes transmises par le vieux meunier, sans compter sa propre imagination. Les illustrations à elles seules donnent la chair de poule.

« J'ai commencé le livre de vos souvenirs d'enfance. Ils ne me donnent pas de cauchemars, mais beaucoup d'émotions. Vous parlez avec tant d'amour et d'admiration de vos parents ! Vous évoquez cette jeunesse de misère sans acrimonie, avec regret même. J'aimerais que beaucoup de jeunes lisent ce livre. Vous étiez si peu exigeant !

— Cela ne me serait même pas venu à l'idée d'être exigeant. Les petits copains étaient logés à la même enseigne. Et puis, nous savions qu'il ne servait à rien de réclamer quoi que ce soit. Nos parents faisaient le maximum tout en se saignant aux quatre veines. »

Nous discutons debout tous les trois, gênant la vue des gens assis sur la plage derrière nous. Agnès a profité de notre inattention pour s'échapper. Elle discute avec un petit garçon dont le papa s'évertue à faire voler un cerf-volant.

Un marchand ambulant circule parmi les groupes éparpillés sur le sable. Il ploie sous la charge d'une glacière et d'une corbeille de beignets. De temps en temps, il annonce la couleur : « Glace ! Beignets ! Confiture ! » Des mots qui font « tilt » dans l'oreille d'une petite fille de trois ans. Agnès revient vers nous en courant. Spontanément, Madeleine, qui a compris, offre un goûter à chacun, y compris à M. Cloarec qui accepte sans cérémonie et s'assied près de nous. Il vit intelligemment sans courir, et sa présence a le don de me calmer.

« Avec ma femme, nous avions l'habitude de goûter. Certains jours, cela tenait lieu de souper.

Maintenant que je suis seul, je n'ai plus d'horaire, je mange comme les bêtes, lorsque j'ai faim. »

C'est la première fois qu'il parle de sa femme. Si je laisse tomber la conversation sous prétexte de discrétion, je l'empêche de s'épancher s'il en a l'envie. Je me risque à le pousser dans les confidences :

« Vous m'avez dit que vous étiez seul depuis dix ans ?

— Oui. Nous avons profité de notre retraite à deux pendant une dizaine d'années. Elle travaillait aux PTT, et j'ai pris ma retraite d'instituteur en même temps qu'elle. Pour s'occuper, elle repassait du fin pour le monde. Ses parents lui avaient fait apprendre dans sa jeunesse. J'en ai vu défiler, des coiffes, faute de repasseuses ! Je les connaissais toutes, les commères. Lorsqu'il faisait froid, ma femme leur offrait un café, pendant que je leur lisais mes contes. Elles étaient mon premier auditoire. Je me souviens d'un soir où j'avais tellement effrayé l'une d'elles, que j'ai dû la raccompagner jusqu'à sa maison. Elle habitait en bordure du Steir, et mon histoire de naufrageurs ne lui disait rien qui vaille, malgré mes raisonnements. Quelques-unes amenaient leurs gamins. Il y avait toujours un morceau de far dans le buffet ! Ils n'étaient jamais bien fiers avec moi. Ils me prenaient un peu pour le diable. Un gentil diable, mais quand même ! Les enfants aiment avoir peur. Cela me rappelait l'époque où j'accompagnais ma mère chez le meunier. Certaines de ses histoires, cent fois racontées, me terrorisaient. Pas tant sur l'instant même qu'au moment d'aller fermer l'enclos des bêtes le soir après le souper. Avec quelle rapidité je tirais les portes du lit clos pour m'enfoncer avec délice dans la paille, blotti contre mon frère ! »

À l'évocation de ce souvenir, il se rapproche de moi avec un soubresaut, comme s'il craignait encore quelque chose. Je l'aurais écouté durant des heures.

Madeleine étant occupée à se peinturlurer les ongles des pieds, il s'adresse à moi seule :

« Je suis bavard, ma petite dame. Comment, déjà ?

— Michèle.

— Michèle. Au fait, connaissez-vous l'origine du Mont-Saint-Michel ? »

À cet instant, un chien se met à creuser furieusement un trou à nos pieds. Il déploie une telle énergie qu'en quelques secondes, il saupoudre de sable le beignet à la confiture d'Agnès et les ongles fraîchement carminés de Madeleine. Tollé général. Le chien, surpris, lève la patte sur mon sac de plage et s'éloigne en sautillant.

Après cet entracte, je relance M. Cloarec :

« Vous alliez me parler du Mont-Saint-Michel ? »

Il paraît satisfait de mon intérêt et de celui de Madeleine qui s'est rapprochée de nous et semble enfin s'apercevoir de sa présence.

Durant combien de temps nous parle-t-il des constructions successives sur le Mont, entre le Xe et le XVIe siècle, de l'abbaye des moines bénédictins ?

« Les Anglais les ont encerclés pendant quarante ans, un peu après l'épopée dramatique de Jeanne d'Arc. »

Madeleine écoute bouche bée, et sans interrompre, ce qui prouve l'intérêt de notre conteur.

Aux faits historiques se mêle l'extraordinaire. Inutile de faire le tri, son histoire est trop belle et nous sommes si ignorantes. Il s'identifie à ses personnages, revêt des uniformes et déploie des étendards.

Se donnant parfois le beau rôle, il aime aussi les petites gens. De bâtisseur il devient chantre, puis guetteur et archer. Il tire les cloches, active les cheminées et remonte à cheval une venelle entre les échoppes où travaillent ses amis.

M. Cloarec sort un mouchoir d'une poche de sa vareuse et tamponne son front où perle la sueur. À croire qu'il descend vraiment de son cheval. Son exaltation tombe d'un coup, avec son rêve. Il ne dira plus rien. Je prends le relais :

« On a envie d'applaudir. Vous parlez du Mont-Saint-Michel comme si vous y aviez vécu des siècles.

— Je n'y ai jamais mis les pieds !

— Continuez, puisque votre fiction est plus belle que notre réalité. Mais c'est quand même dommage, car on a raison de l'appeler “la Merveille”.

— À mon âge on ne fait plus de projets, et si on devait dresser la liste des regrets, on passerait le restant de sa vie à se lamenter… Nous ne devions pas chercher des vernis ensemble ? Demain, la marée sera basse à 10 heures. Cela vous conviendrait-il, mesdames ?

— Comment faudra-t-il s'habiller ? »

La question ne peut émaner que de Madeleine qui voit peut-être là l'occasion d'inaugurer son suroît. Je la fixe tout de suite :

« Ne confonds pas avec la pêche à la morue ! Je te conseille le maillot de bain en bas, et la liquette en haut à cause des coups de soleil.

— Michèle a raison. Mettez-vous à l'aise. Tout ce qu'il y a de moins fragile », confirme mon compagnon.

Il m'a appelée par mon prénom, naturellement, comme si nous étions de vieux amis. Cette marque d'amitié me touche. Je suis décidément une pauvre cloche avec ma sensibilité à fleur de peau.

Il nous fixe rendez-vous pour le lendemain et nous quitte après avoir embrassé Agnès qui en profite pour lui chiper sa casquette.

« Je vais essayer de placer quelques livres », dit-il en tapotant sur sa musette.

Il se dirige vers la mer. Drôle de façon de faire du commerce. Il n'y pense déjà plus. Il se déchausse et s'éloigne de la plage en décrivant des méandres le long de la frange mousseuse de la mer. Pieds nus, il frappe dans les vaguelettes mourantes.

6 heures du soir. La plage se vide soudainement comme sur un ordre de mobilisation générale. Quelques traînards s'agitent dans des capes de bain. D'autres rassemblent des affaires qui gisent pêle-mêle. Les gosses fatigués pleurent, et les chiens, heureux de la diversion, s'échappent sur les dunes. Le dernier chalutier se découpe sur l'horizon. Le vent s'apaise, la mer se stabilise. Agnès, en conversation avec un bernard-l'ermite, semble échapper à la métamorphose. Le regard de Madeleine est rivé comme le mien sur la silhouette désarticulée qui s'éloigne dans des gerbes d'étincelles.

IV

AGNÈS M'ACCOMPAGNE à la ferme voisine où nous nous procurons le lait. Je suis contente de sentir cette petite main d'enfant dans la mienne. Nous entrons dans la crèche que nous nommons improprement étable. Dans l'obscurité, nous distinguons six vaches dont deux sont harnachées pour la traite électrique. Cette opération subjugue Agnès qui ne veut plus s'en aller.

Notre dîner est très gai. Ma cuisine s'anime soudain. Les objets eux-mêmes semblent participer à la fête. Surtout la carafe d'eau qu'Agnès renverse sur la table ! Madeleine et moi montons la coucher dans le lit de deux personnes qui lui est réservé. Excitée, elle fait des cabrioles et accepte de se glisser dans les draps lorsque nous la persuadons que son ours a sommeil.

L'absence de télévision nous oblige à nous retrouver face à face. Un jeu de dominos pourrait sauver la situation. Seul le bruit des petites cuillères dans nos infusions fait diversion.

Nous ne sommes dupes ni l'une ni l'autre. Madeleine sait ce qui me préoccupe, et je devine moi-même qu'elle m'attend au virage. Pourtant, nous trichons. Elle m'entretient du fils d'un charcutier de notre ancien quartier dont nous nous foutons complètement. Je lui parle avec passion d'un présentateur de la télévision qu'elle confond avec un autre, de son esthéticienne qui lui coûte une fortune, en passant par le cheval de la ferme d'en face que l'on conserve pour l'arrachage des pommes de terre. Je suis loin de Jean-Marc et cherche une transition avant d'aborder le sujet. Madeleine est-elle réceptive en cet instant ? Il n'est pas prévisible, le moment où la confidence trouvera une résonance. Avec certains il ne vient jamais, il faut ravaler ce qui allait jaillir. Avec d'autres, le climat se crée tout de suite. Rencontre furtive d'un compagnon de voyage qui paraît soudain familier, avec qui l'on ose mettre l'âme à nu et que l'on quitte à regret sur une soif d'en dire davantage. Heureux partage du cœur et du temps avec ce voisin de table qu'un hasard a placé à votre côté. Au nom de la respectabilité, aucune raison de se revoir, et pourtant… On s'entendait si bien !

Il est tard. Le sucre colle au fond des tasses, et nous n'avons décidément rien à nous dire, Madeleine et moi.

Je l'aime bien, cette petite sœur. Nos parents sont nos seuls points communs, mais c'est énorme. Elle est gentille.

Comment serait-elle méchante ? Elle ne voit pas les autres. Son égocentrisme l'empêche d'être critique. Au fond, elle est heureuse puisqu'elle ne réfléchit à rien. Elle est vide comme une coloquinte. Ses seules contrariétés dans la vie se résument à la fermeture annuelle de son coiffeur et aux faux bonds de sa femme de ménage ! Pour l'instant, elle s'ennuie visiblement. Par la faute de mon humeur maussade. Il vaut mieux que je disparaisse et je donne le signal :

« Il faut nous coucher, car demain nous avons rendez-vous avec M. Cloarec. Il n'accorde pas la même importance au temps que nous, mais c'est égal, il ne faut pas le faire attendre. Cette équipée va plaire à Agnès.

— Cela ne t'ennuie vraiment pas de garder la petite avec toi quelques jours ?

— Mais non, voyons, puisque c'est moi qui te l'ai proposé. D'ailleurs, lorsqu'elle sera seule avec moi, je suis sûre qu'elle obéira plus facilement qu'en ta présence. Tous les enfants sont pareils. Demain soir, elle va sûrement faire la comédie lorsqu'elle va te voir partir, mais ne te fais pas de mauvais sang, je saurai la distraire. Je l'emmènerai dîner à la crêperie. »

*

* *

La « cueillette » des palourdes est un passe-temps charmant pour des dames désœuvrées. Cependant, l'une d'entre elles renâcle toutes les cinq minutes :

« C'est amusant, mais qu'est-ce qu'on s'abîme les ongles ! »

Ce en quoi elle n'a pas tort.

M. Cloarec nous étonne par son flair et son habileté. Depuis une heure, il est le seul à jeter des coquillages dans le seau. Nous avons beau écarquiller les yeux et enfouir nos mains dans le sable, nous ne collectionnons que des coquilles vides. Agnès est la première à découvrir un beau spécimen, au moment où nous commencions à nous décourager. Elle en est très fière.

Je rends la politesse à notre ami en l'invitant à la dégustation chez moi.

La maison n'a jamais été si gaie. Comme nous sommes tous plus sales les uns que les autres, je lave les pieds de mes invités au jet dans la cour. Celui-ci, mal réglé, éclabousse tout le monde. Madeleine, peu habituée à l'eau froide, glapit en gesticulant, ce qui amuse beaucoup M. Cloarec dont le pantalon de toile s'égoutte en formant deux rigoles. Son rire est communicatif. Agnès, peu rassurée au début par ce genre de toilette, se met à rire aux éclats en piétinant dans les flaques, étonnée d'y être autorisée.

Seule rescapée du déluge, je peux atteindre la cuisine pour chercher des serviettes et des vêtements secs destinés aux plus éprouvés. Ensuite, je demande du renfort pour traîner l'énorme table de cuisine dehors. Directrice des manœuvres, je la fais installer devant le banc de pierre, réalisant là un vieux rêve. Mon innovation a pour résultat un nouveau fou rire lorsque Madeleine s'assied en disparaissant pratiquement derrière la table et qu'elle y appuie son menton.

La journée s'écoule aussi joyeusement qu'elle a commencé. Comme nous sommes fatigués par la matinée de pêche au Steir, nous ne désirons pas retourner à la plage. Au cours d'une partie de boules dans l'allée du jardin, Agnès, confondant boule et ballon, casse le regard vitré de la cave. Ignorant l'entrée de celle-ci, on abandonne la boule qui a dû rejoindre un tas de charbon. Pour varier les plaisirs, notre conteur de service nous fait passer des frissons avec ses histoires fantastiques, laissant présager des difficultés pour endormir Agnès ce soir. Subitement, il dresse l'oreille comme un chien. Nous n'avons rien entendu.

« C'est la *Marie-Françoise* qui rentre. Ce soir, elle a le numéro un. Il doit être 5 heures. »

Et se tournant vers Madeleine :

« Je vais vous laisser finir vos bagages, madame. Vous prenez le car de 7 heures ? »

Habituée à faire du charme, Madeleine répond en se tortillant :

« Oui. Michèle a l'intention de porter la valise sur son vélo jusqu'à l'arrêt du car.

— Et la petiote ? Qu'est-ce que vous allez faire de la petiote ? »

Pour dire vrai, nous n'y avons pas songé. Devant notre embarras, il propose :

« Sauf votre respect, je vous accompagnerai, moi. Je n'ai pas besoin de vélo, elle ne doit pas être bien lourde, cette valise. »

Pour le respect, je ne me fais pas de mauvais sang. J'imagine mal M. Cloarec en satyre. Quant au poids de la valise, je suis plus sceptique. Il compte sans la diversité du vestiaire de ma petite sœur. J'ai même remarqué une robe du soir au déballage. Pour aller où, mon Dieu ! Mais désirant lui ménager la surprise, j'accepte chaleureusement la proposition.

« Vous allez manger un petit quelque chose avant de partir ? »

Seule dans la cuisine, je réalise que, de toute façon, mon Frigidaire étant presque vide, effectivement, ils n'auront qu'un « petit quelque chose ». Je mets la table pour me donner le temps d'improviser un en-cas et renverse une boîte de thon entourée d'un rempart de rondelles de tomates sur quelques feuilles de salade. Me souvenant de l'Opinel de M. Cloarec, je sors le saucisson sec que j'ai renoncé à entamer après plusieurs tentatives. À la vue du plat, ils poussent tous les trois des cris d'admiration. Après ce repas frugal, Madeleine fait des recommandations à sa fille qui, absorbée par le rangement des boules de pétanque dans leur mallette, ne semble pas trop s'en soucier.

« Tu vas aller au lait avec Tata. »

Cette diversion qui ne sert qu'à éloigner la petite n'est pas nécessaire, car au moment de la séparation, seule Madeleine a les larmes aux yeux.

J'ouvre le portillon de bambou et m'efface pour laisser passer un M. Cloarec rapetissé de vingt centimètres par le poids de la valise. Je regarde Madeleine s'éloigner comme une Parisienne en promenade, coiffée d'un curieux béret à pompon et balançant au bout du bras un petit sac à main doré.

*

* *

Je n'ai pas revu M. Cloarec depuis trois longs jours. Agnès occupe tout mon temps. Elle est gentille et j'obtiens d'elle tout ce que je veux. Je joue beaucoup avec elle, mais je cherche partout mon vieux bonhomme des yeux. Il ne déambule plus sur la plage des Sables blancs pour vendre ses livres, pas plus qu'il n'apparaît au port à l'arrivée des bateaux. Nous avons vainement erré le long du Steir à marée basse, sans l'apercevoir, couteau d'une main, seau de l'autre, à la recherche de ses merveilles.

Son bateau est solidement attaché et berce sa quincaillerie dans la même disposition.

Le quatrième jour, je m'enhardis et prends la direction de la fontaine. Ne trouvant pas de sonnette, je pousse le portillon dont la peinture écaillée laisse deviner qu'il a été bleu. Je traverse la forêt vierge comme lors de ma première visite, tenant Agnès dans mes bras afin de ne pas la perdre. Après quelques coups discrets à la porte, j'entrouvre celle-ci qui ne résiste pas et me mets à hurler :

« Monsieur Cloarec, monsieur Cloarec ! C'est Michèle ! »

Une voix étouffée s'échappe de la cuisine :

« Entrez, ma chère. Je vous attendais. »

Il est tassé sur une chaise, entortillé dans une robe de chambre usagée, les pieds dans une cuvette fumante, la casquette toutefois sur sa tête. Il a vieilli de dix ans.

« Qu'est-ce qui vous arrive, monsieur Jean ? (Cette intimité m'autorise à abandonner le patronyme.) J'étais inquiète de ne plus vous voir, alors j'ai osé…

— J'ai dû manger une saleté, et l'autre nuit j'ai bien cru que ça y était. Si on ne peut plus manger de moules à présent !

— Je vous avais dit qu'il était interdit de les ramasser derrière la digue. Les bateaux nettoient leur mazout, c'est dangereux, vous savez. De plus, avec la grosse chaleur du mois dernier… »

Il se met à rire, d'un rire qui signifie : « J'en ai vu d'autres ! », mais bien déterminé à se moquer de mes reproches.

« Pourquoi prenez-vous un bain de pieds ?

— C'est de l'eau de mer. J'ai envoyé mon fils en chercher. Le mal par le mal. »

C'est en effet une théorie, mais bien nouvelle pour moi. Je n'avais jamais entendu dire qu'on pouvait soigner la colique en se lavant les pieds.

« Vous avez déjeuné, j'espère ?

— Une bonne soupe au lait avec du pain trempé. Je vais mieux maintenant.

— Du lait ? (Décidément, j'ai beaucoup à apprendre sur cette thérapeutique.) Demain matin, je viendrai prendre de vos nouvelles. Avez-vous besoin de quelque chose ?

— Demain, je vais à la pointe de l'Arvor chercher des algues. Mon voisin m'emmène avec la camionnette. On prend les fourches, et allez donc ! J'y serai sur le coup de 9 heures. Cela vous fait tôt pour la petite ? »

Il connaît mal Agnès chantant à tue-tête *Le Gentil Canard* à 6 heures du matin !

« Nous vous rejoindrons avec le vélo. Mais pas d'imprudence, si vous n'êtes pas bien… »

Il égoutte ses pieds sur une serpillière, enfile des savates et nous raccompagne à la porte. Il descend même les quelques marches dont la dernière disparaît sous un coussin de verdure, se penche vers un buisson de marguerites, en cueille deux et nous les offre respectivement :

« Au revoir, mes belles, et merci ! »

*
* *

Avant la construction du pont, il fallait avoir recours au passeur pour traverser le Steir à marée haute afin d'atteindre la plage. L'embarcation ne lui permettait de charger que quatre à cinq personnes. Je n'ai jamais su s'il était là à titre personnel ou en service commandé. À peine installés, nous avions déjà atteint l'autre rive, mais ce laps de temps nous permettait toutefois de faire connaissance. Les rares voitures qui circulaient à l'époque étaient contraintes de faire un grand détour par les terres. Pour nous rendre à la pointe de l'Arvor, nous pourrions longer la plage des Sables blancs sur trois kilomètres, mais les petites jambes d'Agnès fatigueraient vite, aussi rejoignons-nous notre ami par le pont, puisque maintenant pont il y a.

La petite, à califourchon sur le porte-bagages, s'accroche à moi comme un singe sur le dos de sa mère. Je m'interdis de regarder ailleurs que devant moi, mais tant de choses sollicitent le regard de part et d'autre de ce pont ! Sur la droite, j'aperçois d'élégantes voiles dirigées par des planchistes débutants qui n'osent pas encore affronter la mer. Le courant est si discret qu'ils font du surplace. À gauche, j'embrasse le paysage que je connais si bien et dont la vue ne me lasse pas. La rivière s'étire langoureusement entre des berges sablonneuses bordées d'une végétation dense et très verte sur ce ciel bleu. Parfois, une trouée dans la verdure laisse entrevoir une maison, simple tache blanche prolongée d'une cheminée et chapeautée d'un toit d'ardoise.

Entre la route et les dunes s'étend le palud : une zone de champs irrigués par le Steir qui s'y ramifie en mille capillaires, et des marécages où sautent les grenouilles. Par-ci, par-là, des cannes à pêche dépassant les roseaux trahissent la présence de pêcheurs à la ligne. Après une conversation avec l'un d'eux, je sais maintenant qu'ils pêchent le bar et le mulet. Les cultures maraîchères s'accommodent fort bien du sable. Malheureusement, d'année en année, les jardins potagers disparaissent, morcelés et vendus à des citadins qui, faute de pouvoir construire, y installent à demeure des caravanes. Les paluds prennent figure de camp de nomades !

Les dunes m'empêchent d'apercevoir la mer, mais à l'odeur de varech qui s'accentue aux approches des rochers de l'Arvor, je sais qu'elle est là.

Dans les jardinets, des lessives se balancent au vent et des filets s'étirent sur les murets. Des casiers sur lesquels folâtrent des mouches sèchent au soleil.

Le village étranglé respire par de petites fenêtres encore trop grandes pour affronter les jours de tempête. Car les vacanciers ne connaissent qu'un visage de la Bretagne. Nous sommes des intrus et des mangeurs de soleil. Dans le mariage, il faut aimer pour le meilleur et pour le pire : accepterions-nous de vivre l'hiver ici, sur cette pointe qui ressemble à une terre d'exil ?

À la grande marée d'équinoxe, la mer se retire très loin, au point qu'il n'y a plus d'île. Elle la démystifie en mettant à nu les fonds rocheux qui relient maintenant la côte. Les pêcheurs d'étrilles affluent, bottés et armés jusqu'aux dents. Les ramasseurs de goémon aussi. Parmi eux, je reconnais tout de suite M. Jean. Sans sa casquette, il apparaît comme un diable avec sa tignasse hirsute et sa fourche à la main. Il est vêtu d'un tricot décoloré sur un pantalon délavé et a chaussé de vieux brodequins. Cette tenue lui sied mieux que la robe de chambre !

J'enlève Agnès du porte-bagages où elle est ancrée. Avant de dire bonjour, elle déclare à M. Jean et à son acolyte qu'elle a mal aux fesses.

Un tas d'algues impressionnant s'entasse entre deux rochers. Vu la taille de la camionnette, sans doute vont-ils exécuter plusieurs voyages. Le type qui accompagne mon ami n'est pas très engageant. Son nez pointu comme une dent de sa fourche semble être là pour arrêter un bonnet de laine marin enfoncé à la limite des yeux. Un menton agressif et des joues creuses complètent ce visage en lame de couteau. Ses bras et ses maigres jambes poilues rappellent une araignée de mer. Il porte un short taillé à coups de serpe dans un jean dont les deux jambes n'ont pas la même longueur. Un tee-shirt frappé des armoiries des Glénan recouvre une poitrine creuse. Nerveux, il charrie ses algues à toute allure, ce qui donne un air de flânerie à son compagnon de travail.

Celui-ci me fait un clin d'œil :

« C'est bon, les algues, pour le jardin, mais il faut les laisser pourrir avant de les utiliser. »

Il s'en régale d'avance.

« Mais vous ne faites rien pousser ?

— Rien pousser ? Parce que vous n'avez pas vu le jardin derrière la maison ? Vous verrez ! »

Il dit cela comme une bonne farce.

Pendant ce temps, Agnès a trouvé un jeu épatant qui consiste à sauter à pieds joints sur les renflements des algues étalées par terre. En éclatant, ils libèrent un jus noirâtre qui gicle en émettant un bruit malpropre.

Dans le sable mouillé, deux hommes creusent un trou, fiévreusement, comme s'il s'agissait d'une sépulture clandestine. M. Jean m'explique qu'ils cherchent des vers pour la pêche.

J'aperçois un couple qui m'intrigue. La dame, plus toute jeune, se donne beaucoup de mal pour tenir debout sur les rochers avec des chaussures à talons. Parfois, elle réussit à se baisser, tente une génuflexion au bord d'une mare prisonnière au creux d'un rocher, et dans une cascade de petits cris, tend à son compagnon un crabe qu'il regarde placidement en déclarant :

« C'est encore un vert ! Il ne vaut rien. »

Le crustacé décrit une parabole dans l'atmosphère et, s'il a de la chance, continue sa vie de crabe dans un milieu aquatique voisin.

La camionnette est remplie, et Agnès à ne pas saisir avec des pincettes :

« Au revoir, messieurs ! Je viendrai voir votre jardin, monsieur Jean ! »

Je lui serre la main, mais me contente de faire un signe de politesse à Valentin le Désossé. J'aurais peur de me piquer.

Quelques mètres, et les rochers font place à l'étendue de sable. Je déshabille ma petite mère et l'entraîne en riant vers l'océan qui nous tend les bras.

V

Je restai deux jours sans voir M. Jean. Ma fierté m'intimait l'ordre d'attendre. Après tout, ce vieux bonhomme savait où me trouver. Je le laissai donc s'occuper de son fumier tandis que je m'amusais avec ma gamine. À longueur de journée, je devais faire appel à mon imagination pour inventer des jeux dans lesquels elle entrait d'emblée. Parfois l'élève dépassait le maître. Elle m'embarquait dans son rêve avec une telle assurance qu'elle m'intimidait :

« On dirait qu'on a un bateau… »

Elle dessinait sur le sable avec un coquillage, balisait avec ses moules, creusait des souterrains qui devenaient des antres pour elle. Je me métamorphosais à sa demande. J'étais un méchant marin, un bébé malade ou un oiseau blessé. Il y avait toujours des éclopés dans ses histoires. Je n'avais plus le droit de tricoter, encore moins de lire. Cette gentille tyrannie ne devait pas durer, aussi je me prêtais à ses caprices. Je goûtais un repos complet, car elle m'empêchait de penser. Jusqu'à cette matinée où M. Jean vint nous rejoindre sur la plage du Goudoul.

La mer venait de se retirer. Du sable encore humide, quelques filets d'eau suintaient de toute part pour rattraper leur mère nourricière, se ramifiaient, s'unissaient en accélérant leur course, entraînant une légion de grains de sable irisés dont la vue, sous le soleil, blessait les yeux. Les plus gros, de la taille d'un pois, se faisaient déloger avec peine, tâchaient de résister, puis, vaincus par le courant, rejoignaient en roulant l'armée scintillante.

Les berges de ces chenaux lilliputiens s'écroulaient. Des crabes minuscules s'affolaient devant ce sauve-qui-peut. Agnès et moi établissions des barrages avec nos pieds nus, créant des paniques. L'intervention de M. Jean nous empêcha peut-être de remonter jusqu'à la mer des Sargasses.

Pour une fois, Agnès fit grise mine à son vieux copain. Il dérangeait. Elle continua seule son aventure. Nous nous assîmes tous deux sous l'aplomb des dunes. Tout à coup, ce fut comme l'effet d'une bombe. Nous reçûmes une grêlée de sable et sursautâmes en même temps. Un garçon et une fille, d'une vingtaine d'années chacun, venaient de sauter par-dessus nos têtes. Surpris comme nous, ils ne pensèrent même pas à s'excuser, se prirent par la main et descendirent la plage en courant. Vêtus d'un minimum de maillot, ils semblaient nus, et c'était une jolie vision, ce couple dans le soleil. Ils atteignirent les premières vaguelettes dans une gerbe d'écume, se découpèrent à contre-jour sur une nappe d'or en fusion en provoquant un effet de carte postale. Il fallait marcher longtemps à marée basse pour pouvoir se baigner. Ils s'aspergèrent mutuellement dans une pluie d'étincelles et s'embrassèrent. Ils étaient seuls. Malgré notre présence, ils étaient réellement seuls. Ils s'éloignaient maintenant dans la mer, se prenant, se déprenant. Ils se bécotaient comme des colombes pour former un tableau ravissant. Elle s'arrêta pour nouer ses cheveux, il plongea dans la mer où elle s'enfonça à sa suite.

Je me rappelais certaines légendes et n'aurais pas été autrement surprise de ne plus les voir réapparaître.

Au regard bienveillant de M. Jean, je vis qu'il était en admiration comme moi. Cette vision lui évoquait-elle des souvenirs ? Ils devaient remonter à si longtemps ! Quant à moi, à l'attendrissement se mêlait la tristesse. Je me trouvais encore jeune – à quarante ans, quel culot ! –, et ces joies n'étaient plus pour moi, mais je me sentais encore l'ardeur de partager un amour. Serais-tu jalouse, ma vieille ? Non, je ne nourrissais aucun mauvais sentiment.

M. Jean brisa le silence :

« Ils sont mignons, hein ? C'est beau, la jeunesse. »

Bon. Au cas où j'aurais eu des illusions.

Des amoureux, il ne restait que deux têtes émergeant de la mer, ballottées au gré des vagues. Leur histoire ne pesait pas lourd parmi cette immensité.

À me voir assise, si sereine sur cette plage, M. Jean pouvait-il deviner la tempête qui s'était levée en moi à l'apparition de ce couple ?

François ! Je conserve ton souvenir en moi comme dans un reliquaire. Le seul fait d'épeler ton nom est une sorte de profanation. Je ne peux t'évoquer seul, je suis toujours à tes côtés, car nous n'existions pas l'un sans l'autre. En nous séparant, sur mon initiative, nous nous sommes tués. La Michèle de cette époque a vécu. Je pense à elle comme à une autre. Serait-il imaginable que tu sois devenu un monsieur respectable avec un minimum de cheveux et un maximum d'estomac ?

Je sens encore le fin duvet de tes joues. Je comparais ton teint d'adolescent aux fleurs des pêchers. Tes dix-sept ans ne s'offusquaient pas de cette comparaison. L'adoration que je te vouais n'avait rien à faire avec la virilité. Tu ressemblais aux personnages angéliques de mes images de catéchisme. La pureté de notre amour m'autorisait des comparaisons célestes. Il nous arrivait d'entrer dans une église en nous tenant par la main.

Aux gens du quartier qui me considéraient sans doute comme une petite coureuse et toi, comme un grand dadais à la conquête d'une première expérience, nous aurions paru sacrilèges. Comme nous étions loin d'eux ! Incompris, culpabilisés, nous nous sentions enfin admis à la lueur des vitraux sous le regard bienveillant de tendres effigies qui nous ouvraient les bras comme pour nous inviter à les suivre dans un monde à notre mesure. J'étais l'initiatrice de ces pèlerinages, mais tu semblais heureux de partager ces moments privilégiés.

Tu me trouvais un peu excessive lorsque je te disais que j'aimerais mourir là en plein bonheur, et j'arrivais à t'inquiéter en souhaitant qu'un chapiteau tout à coup se détachât sous la poussée d'un ange complaisant.

Notre amour trouvait refuge dans la nature. Habitant Paris, nous n'hésitions pas à faire deux heures de métro pour nous rejoindre de brefs instants dans des parcs municipaux, ces paradis, car nous les voyions ainsi. C'était en quelque sorte nos maisons. Nous y connaissions chaque banc, et tous les arbres étaient nos amis. Nous enfouissions à leurs pieds de petits trésors en nous assurant de leur présence à chacune de nos visites. Ce contrôle nous confortait quant à l'inviolabilité de notre territoire.

Rien ne ressemble plus à une cathédrale qu'une allée bordée de fûts centenaires. Leur feuillage se rejoignait au-dessus de nos têtes en formant une voûte qui protégeait nos confidences. Les statues du Grand Parc racontaient aux écoliers que nous étions encore les histoires de la mythologie grecque : Jupiter, Pan et Bacchus devaient bien rire de nos chastes baisers sous leur masque de pierre, et nous devions à leur pétrification de ne pas être entraînés dans de galantes aventures aux jeux moins innocents.

Nous ne rencontrions que rarement des gardes. Ils nous faisaient peur, et nous changions d'allée pour éviter leurs regards suspicieux. Nous étions parfois épiés par des maniaques que nous devions décevoir beaucoup.

Avant de quitter notre paradis, nous laissions un témoin, telle une branche ou un marron d'Inde, que nous retrouverions avec attendrissement à notre prochaine visite. Nous lui aurions presque fait les recommandations d'être sage pendant notre absence tant nous lui attachions d'importance.

Le temps ne nous arrêtait pas. Nous déambulions dans les allées verglacées en récitant le poème de Verlaine :

Dans le grand parc solitaire et glacé…

Les frondaisons disparues faisaient place à des enchevêtrements de branches noirâtres. Nul promeneur ne se découpait sur le ciel chargé de neige. Nous prenions place sur un banc, malgré le froid, distribuant du pain aux oiseaux qui s'enhardissaient jusqu'à nos pieds, et nous nous partagions le sucre qui, pensions-nous, nous aidait à supporter les frimas.

La chaleur du métro retrouvé aurait dû nous faire plaisir, mais elle annonçait notre proche séparation et nous n'échangions plus un mot.

*
* *

M. Jean me tira de ma rêverie par une exclamation :

« Ça y est, il est retombé ! Il a pourtant de la suite dans les idées, ce garçon. Voilà bien dix fois qu'il tombe à l'eau, mais il ne se décourage pas ! »

Mon regard rivé sur l'horizon avait dû tromper mon compagnon. Je ne voyais pas ce véliplanchiste amphibie. Il m'importait peu avec ses cabrioles aquatiques.

J'évoquais tes yeux, François, ils n'avaient pas leurs pareils. Ce serait insuffisant de dire qu'ils étaient bleus. Comme si tu craignais pour eux la lumière, tu descendais deux franges de longs cils noirs pour les abriter. Ton regard n'y perdait rien en éclat. Si tu tamisais la lumière, moi, je me noyais dans des fonds marins d'un bleu tirant sur le violet. Rarement fâché, il t'arrivait pourtant d'être contrarié, mais tes yeux ne suivaient pas ton humeur. Ils se désolidarisaient de ta gronderie et vivaient la joie à mon intention.

La première fois que je t'ai aperçu, tu sortais de l'école à la tête de la classe en file par deux, immobilisé sur la dernière marche, attendant l'injonction : « Allez ! » tombée de la bouche d'un directeur imperturbable. Ton garde-à-vous m'avait permis de remarquer ton pull-over. Sur un fond bleu marine se détachait, à la place du cœur, un parachute blanc qui m'intriguait. Je sus par la suite que ces entrelacs représentaient tout simplement un F majuscule, en apprenant que tu t'appelais François.

Chaque jour, je surveillais attentivement la pendule de la classe aux environs de 11 heures et demie. Si nous sortions avec quelques minutes de retard, je manquerais la sortie de ta classe et n'apercevrais pas le gentil garçon au parachute. Cette vision conditionnait la bonne marche de mon existence. Bienvenue, la petite boutique qui faisait face à ton école ! Si tu n'étais pas encore sorti, elle me donnait la ressource de gagner quelques minutes à t'attendre avec l'achat d'une gomme ou d'une poignée de bonbons que je mangeais sans plaisir. Mais j'étais capable de tous les sacrifices pour t'apercevoir parmi la vingtaine d'élèves qui soudain envahissaient le trottoir avec des cris de Sioux.

Tu étais facilement repérable grâce à ton inséparable copain qui vous dépassait d'une tête, toi et les autres garçons.

Ma camarade de classe partageait mon secret. Son imagination ajoutée à la mienne nous permirent de dresser un plan de campagne pour vous aborder tous les deux. Opération délicate pour deux jeunes filles bien élevées. Seul le « parachutiste » retenait mon attention.

Au mois de juin, la fête foraine s'installait dans le quartier. Les manèges s'implantaient sur la place, et les baraques, serrées les unes contre les autres, envahissaient les rues comme des tentacules. Elles empiétaient sur la chaussée qui devenait piétonne. Notre quartier parisien prenait une allure de village. Ce remue-ménage nous ravissait. Beaucoup moins nos parents qui devaient prendre leur parti de passer trente nuits blanches. Un vent de liberté soufflait sur le chemin de l'école, accompagné des claquements des tirs, des cliquetis des roues de loterie et des flonflons des manèges. La fête, c'était pour nous la révolution. Elle excusait les retards et les audaces. Qui de nous quatre osa parler le premier ? Ce fut le début d'une longue camaraderie, jusqu'au jour où je devins la Virginie de Paul, ou plutôt de François.

Désormais, les manèges pouvaient tourner et les lutteurs s'entretuer : le monde extérieur n'existait plus. Seul le calendrier retenait notre attention.

Vacances scolaires et jours fériés signifiaient pour nous séparation. Or nous étions perdus l'un sans l'autre. Nous nous rejoignions, entre deux problèmes de maths, devant l'écluse qui filtrait des péniches que nous n'apercevions pas, absorbés dans la joie de nous tenir les mains. Ou bien encore devant le portail du parc que nous mîmes des mois à oser franchir. Tacitement nous considérions cet îlot de verdure comme un sortilège, et nous nous contentions d'en faire le tour en longeant les grilles. Le profil de nos promenades variait selon les saisons. Les marronniers, comme s'ils étouffaient derrière leur ceinture métallique, lançaient leurs grands bras feuillus par-dessus les barreaux. Nous marchions sous leur ombre sur un tapis de fleurs blanches ou roses. À l'automne, les marrons donnaient du relief au trottoir et distrayaient l'asphalte.

Les marronniers nous survivront. D'autres amoureux échangeront des serments en piétinant leurs fleurs. Certains de ces serments s'envoleront, les nôtres résonnent encore.

*

* *

La vision de ces deux adolescents aura suffi à faire saigner les cicatrices d'un cœur que je croyais guéri. Mes années de mariage avec Jean-Marc sont pourtant passées dessus. Années heureuses avec ce mari enfant, déposées en moi comme des alluvions sur des sédiments indestructibles.

Le vent se lève avec la marée montante. Comme s'il annonçait un cataclysme, les baigneurs se changent en toute hâte, les mères de famille rassemblent leurs affaires et leur progéniture. Cette effervescence électrise l'air. Le temps, qui semblait suspendu et me permettait de rêver, accélère sa progression. M. Jean court sur la plage vers un attroupement au centre duquel je reconnais Agnès. En quelques enjambées, je suis sur place et m'aperçois qu'elle est en sanglots. Sans savoir encore à quel danger elle a échappé, je la serre dans mes bras. Elle enfouit sa tête dans mon cou. La chaleur de son petit corps, la douceur de ses cheveux éveillent en moi des émotions maternelles refoulées. En cet instant, je représente tout pour elle. Elle essuie ses larmes sur mon épaule. Le rôle de « tata » qui me relègue au second plan dans le cœur de ce jeune cabri se change soudain en celui de mère protectrice.

« Michèle ! Tata Michèle ! J'étais perdue toute seule… »

Ce n'est pas le moment de lui faire remarquer que, n'ayant aucune ascendance africaine dans la famille, il est inutile de subtiliser ainsi les r.

Les badauds échangent des commentaires moralisants :

« Ça va vite, un enfant. Y a des parents qui font pas assez attention ! »

C'est une chipie qui dit cela. Elle n'a sûrement rien vu, elle a des lunettes trop noires.

« Moi, je la voyais, la gamine. J'avais dit à ma femme : elle s'est perdue. Heureusement, j'ai couru. »

Pour la manger sans doute, car le bonhomme ventru qui vient de se poser en sauveteur s'annonce par un estomac débordant d'un slip imitant la peau de panthère.

M. Jean sourit. Chez lui, le visage entier subit une transformation. Des rides se forment en éventail sur ses joues. Ses yeux bleus s'étirent et l'extrémité de ses paupières prend la forme d'une étoile. Il irradie et communique sa gaieté. J'ai envie de lui sauter au cou pour l'embrasser, mais je suis entravée par la chair qui n'est pas de ma chair et dont j'aimerais bien me délester.

Nous faisons figure de héros tous les trois en regagnant le coin de plage où nous avons abandonné lâchement nos affaires. M. Jean, pour satisfaire aux questions de curieux, s'attarde près d'un groupe et me rejoint en criant joyeusement :

« J'ai vendu deux livres ! »

Sur le chemin du retour qui mène à sa maison, mon vieux compagnon m'interroge pour la première fois :

« Pourquoi n'avez-vous pas d'enfant ?

— J'aurais aimé. Je le souhaitais désespérément. Mon mari en parlait aussi, mais j'ai toujours pensé qu'il n'en souffrait pas. Vous voyez, monsieur Jean, c'était lui, mon enfant. Avec le recul, je pense qu'il est parti pour échapper à ma tutelle, comme un adolescent qui ouvre les ailes vers des horizons nouveaux. »

M. Jean m'écoute. Je lui parais peut-être impudique avec ces soudaines confidences. Nous longeons la clôture d'un splendide jardin sur la pelouse duquel un goéland poursuit sa convalescence, la patte enveloppée d'un pansement. Il nous est familier. Nous connaissons son histoire. Lui aussi soupire après la liberté.

J'ai besoin de m'épancher. Autant vider mon sac :

« Ma vie conjugale est un malentendu. J'aurais voulu un mari fort sur lequel je puisse me reposer. L'existence d'une femme doit être facile lorsque celle-ci se sent protégée. Au contraire, monsieur Jean, j'ai eu Jean-Marc sur les épaules durant une dizaine d'années. Il dépendait de moi, me laissant prendre toutes les décisions. Certaines femmes aiment porter la culotte dans le ménage ; moi, je n'envisageais pas le mariage sous cet angle. Exclusif, il me voulait pour lui tout seul, me coupant de mes amis. En somme, il m'aimait trop, vous voyez. La rencontre d'une femme à son travail l'a complètement transformé. Après m'avoir isolée, il m'a laissée en plan. Une émancipation tardive. Et moi, jouant les femmes de marin. Ce n'était plus tenable, vous comprenez ? Avec cette petite en garde, je me fais l'effet d'une mémé, et je veux encore vivre, monsieur Jean ! »

Tant pis pour le ridicule. Oui, je pleure. J'en ai marre du seau et de la pelle, et des dialogues bêtifiants. Pas folle, ma sœur Madeleine, qui parade sur ses petites chaussures à talons pendant que je joue les nounous. J'aperçois ma dégaine dans la vitrine du boulanger. Je me mouche, dissimulant les trois quarts de ma figure dans un mouchoir de terrassier. On en voit toujours assez.

Mon copain est consterné. Comme pris en défaut, il balbutie :

« Venez chez moi, Michèle, on va casser la croûte ensemble. Moi aussi, je me sens seul, mais j'en ai pris l'habitude. »

Le mot qu'il ne fallait pas : « l'habitude ». Je ne me résous pas, moi. Je me rebiffe. J'ai encore des sursauts. Quarante ans, je ne suis pas foutue.

Plus prosaïquement, j'entre chez le traiteur pour acheter trois friands, une barquette de carotte râpée et un morceau de far aux pruneaux.

La petite dort maintenant, la tête entre ses bras sur la table couverte de miettes. Je me suis proposée pour faire le café malgré mon antipathie pour cette opération, car je ne sais pas faire de bon café. M. Jean feint d'ignorer le progrès et me tend une cafetière en fer-blanc datant de la guerre avec une chaussette qui doit revenir du front.

« Pourquoi vivez-vous seule, Michèle ? Ce n'est pas normal à votre âge, une belle fille comme vous ! me lance-t-il avec la sincérité qui le caractérise.

— Il n'y a que vous, monsieur Jean, qui me fassiez encore des compliments. Je me suis aperçue que l'on ne m'en faisait plus depuis quelques années. Jeune femme, j'étais habituée à des hommages à distance : un regard appuyé dans le métro, un coup de klaxon en voiture, un sifflement admiratif provenant d'un ouvrier perché sur un toit, crânant de loin – à plus forte raison s'ils étaient plusieurs. Cela m'amusait. Je n'encourageais pas, mais je ne jouais pas non plus les vestales outragées.

— Moi aussi, j'ai sifflé sur le passage des filles. J'allais au bal et croyez-moi, je n'étais pas le dernier à m'amuser, interrompt M. Jean avec un petit air coquin.

— Ce sont les glaces qui nous apprennent la vérité. Les glaces des grands magasins sont de cruelles révélatrices. Un jour, vous entrevoyez votre silhouette en attendant l'ascenseur. Vous vous prenez vous-même en flagrant délit de mocheté : l'air harassé, les épaules tombantes, le ventre lourd. Incrédule, vous détournez les yeux, l'air apparemment indifférent mais masochiste, vous voulez en savoir plus sur votre dégradation.

Vous revenez avec insistance sur ce reflet fané qui est bien “vous”. Vous vous donnez des excuses : la fatigue, l'éclairage, la chaleur. Il faut se rendre à l'évidence : la jeunesse a foutu le camp et il va falloir s'habituer à cette vision nouvelle, ou apprendre à tricher en gommant les années à coups de maquillage. C'est le jour de cette révélation que l'on s'aperçoit qu'on peut circuler tranquillement dans le métro. Fini le pince-fesse. Bientôt, ma vieille, on t'offrira une place assise ! Vous pouvez passer dans la rue, le couvreur là-haut ne risquera pas de lâcher une tuile ! »

Malgré la vétusté du matériel, le café est bon.

« Il est même très bon », déclare M. Jean après avoir baladé son nez connaisseur au-dessus de sa tasse. Pour me laisser le temps de déverser toute ma hargne, il se tait en mélangeant vigoureusement avec sa cuillère un sucre qui risque de tourner au caramel. On dirait qu'il fait du mortier. Pas étonnant que ses tasses soient dépareillées. Il doit les user.

Ces réflexions imbéciles ont détourné mes pensées. Ma révolte tombe comme un soufflé. Je transporte Agnès sur un divan. Elle est très enfoncée dans son sommeil malgré un petit grognement. Sa joue, qu'elle a appuyée sur son bras, est zébrée par les plis de sa manche. Je ne me fais pas de soucis, elle va vite se déchiffonner, elle.

Je ris en apercevant mon hôte qui lave la vaisselle, ceint d'un tablier à volant. Il se justifie :

« C'est pour faire râler ma bru. On ne se parle plus, mais quand elle m'aperçoit avec son tablier, j'en entends ! »

Pour la première fois, je regarde M. Jean avec d'autres yeux. Sa perpétuelle bonne humeur laisserait à penser que cet homme est heureux. Je me sens terriblement égoïste en pratiquant une amitié à sens unique. J'expose mes problèmes et mes états d'âme à ce pauvre type qui vit comme un paria dans sa propre maison. J'aimerais qu'il soit mon père. Je lui prêterais mon tablier.

« Votre bru, elle vit là toute l'année ? »

M. Jean pousse un soupir avant de répondre. Un soupir révélateur :

« Non. Elle est dans l'enseignement. Comme vous le voyez, c'est un virus dans la famille. Alors elle vient dès qu'elle a des congés. C'est souvent. Lorsqu'ils se sont mariés – ma pauvre femme était encore de ce monde –, ils avaient leur chambre, et tout le monde s'entendait bien. Lorsqu'elle est morte, Michèle, ils ont trouvé que ma chambre était trop grande pour moi tout seul. Ils l'ont occupée. Remarquez, ils avaient raison, mais ce que j'ai regretté, c'est la vue. Ah ! la vue. Tenez, je vais vous montrer. À cette heure-ci, ils ne sont pas là, et votre petite dort. »

Comme s'il allait jouer un bon tour, il défait son tablier en toute hâte, me prend par la main et m'entraîne dans un escalier qui sent le vieux bois. La maison est plus grande qu'elle ne le paraît de l'extérieur, mais le décor n'est pas folichon. Les yeux s'habituent à la pénombre. Je distingue un couloir recouvert d'un tapis dont il ne subsiste que la trame. Impossible d'identifier la couleur d'origine. L'odeur du vieux bois a fait place à un relent de poussière. Des portes en enfilade cachent je ne sais quelle misère. De place en place, le long du mur, s'entassent des paquets. Quelqu'un vit-il ici en transbordement ?

M. Jean, me devinant, explique :

« Ce sont mes livres. Ils ont vidé la bibliothèque, forcément. Il y a aussi des affaires à eux : ils vont s'installer définitivement bientôt. »

Il dit cela comme une fatalité. Pas sorcier de comprendre que le pauvre type se fait évincer de sa maison. Il me pousse dans une chambre dont la luminosité m'éblouit. Contre les murs blanchis à la chaux s'adossent de beaux meubles anciens malheureusement sevrés d'encaustique depuis longtemps. Un magnifique lit clos converti en armoire, un banc sculpté bien campé sur ses pattes pour soutenir un navrant bric-à-brac, et un lit recouvert, hélas ! d'un couvre-pieds de méchante qualité.

« Ma femme était si soigneuse... »

Mon ami s'encadre dans l'embrasure de la fenêtre ouverte. Avec lui, je regarde : un ciel bleu qui descend très bas sur l'eau avec une frange de verdure pour adoucir la jonction. L'eau, c'est encore la rivière, et c'est déjà la mer. Elle s'étire paresseusement sur un lit sableux, pour s'enfoncer au loin dans un fouillis de verdure d'où émergent les tourelles du château, prisonnier dans les futaies. En contrebas, juste au pied de la maison, des enfants, les pieds enfoncés dans un mélange humide de sable et de vase, cherchent des coques. Sur la terre ferme recouverte de débris de coquillage, un homme promène son chien. Une grande pureté se dégage de ce tableau peint à larges touches, sans heurts ni détails superflus. Au premier regard, tout semble fixe. Pourtant la lumière vibre dans l'atmosphère, car la vie est présente dans chaque élément. Dans le bleu du ciel, des milliers de points blancs dansent une sarabande en formant des spirales qui se font et se défont dans une apparente anarchie. Le soleil, sur la rivière passive, casse et articule la surface de l'eau dans un scintillement insoutenable, comme s'il faisait l'offrande de son propre feu. La lumière joue des arpèges sur les feuillages, en gamme de verts, creusant des trous sombres où doivent s'égarer les oiseaux.

La mer se fait pressentir par son léger parfum d'embruns. À l'heure de la marée descendante, elle va happer le Steir, et le boire goulûment. Il s'engouffrera sous la digue, s'amenuisera en élargissant les berges auxquelles il ne peut se retenir, pour ne laisser subsister qu'un ruisselet. Par endroits, l'eau qui aura échappé à ce gigantesque buvard stagnera comme un miroir. Alors les mouettes et les goélands s'abattront sur le sable mouillé à la recherche d'une faune désemparée. Le chien promeneur échappera à son maître pour se lancer dans une course folle. Les oiseaux se disperseront, écartant leurs ailes comme des éventails, dans une gerbe d'eau et de plumes.

M. Jean entoure mes épaules de son bras, affectueusement. Je sens chez lui un chagrin qu'il ose enfin communiquer :

« Vous comprenez, Michèle ? C'est beau, n'est-ce pas ?

— Il faut reprendre cette chambre. Vous ne pouvez pas accepter de vous faire déposséder comme ça ! »

Il fait un geste d'impuissance avec ses deux mains. Cette soumission fait monter en moi un flot de colère.

« Vous n'auriez jamais dû accepter. Vous vous êtes laissé grignoter petit à petit. Et qu'est-ce que vous avez en échange ? Si j'ai bien compris, votre bru ne vous parle même plus. Je vous en prie, foutez-les dehors. Ce n'est pas vous qui allez partir, tout de même ? »

M. Jean lâche mon épaule et s'affale sur un prie-Dieu. On voit qu'il connaît chaque chose par cœur. Son découragement l'empêche de se souvenir des convenances. Il me laisse debout. Ramassé sur lui-même, il paraît encore plus pitoyable. Je cherche une solution :

« Et si vous leur annonciez que vous me sous-louez tout le premier étage ? Il y a bien déjà un locataire. »

Il trouve le moyen de rire :

« On voit bien que vous ne la connaissez pas. Je vous ai montré l'autre jour les dessins illustrant *Les Légendes bretonnes*. Vous souvenez-vous de *La Harpie* ? Eh bien, c'est elle, avec les ongles en moins. Elle me déteste. Elle me reproche d'être sale et me gourmande comme un gosse. Au début je ne me laissais pas faire, et puis mon fils me défendait. Pour avoir la paix, il ne dit plus rien, et moi non plus. »

Il lève la tête vers moi. Comme il a changé soudain, mon ami. Ses yeux, plissés par l'ironie en permanence, me semblent plus grands en cet instant. Oh non, il ne rit plus. À croire qu'il ne rira jamais plus. Il murmure, d'une voix douloureuse :

« Si je les chasse, je ne verrai jamais plus mon fils et l'enfant. »

Je comprends que la situation est sans issue. Il est trop tard maintenant. Je ne réponds rien et aide M. Jean à se relever. À l'instant où il referme la porte, j'aperçois au fond de la chambre, par la fenêtre laissée ouverte, un rectangle de ciel bleu, avant de nous enfoncer dans la pénombre du couloir qui ressemble fort à l'amertume de son existence.

Ma présence bouleverse les habitudes de M. Jean. Oh ! il continue à vivre sans heures, et c'est ce côté bohème qui fait son charme. Mais son commerce de livres ne va pas fort depuis que je l'accapare. Il dit lui-même qu'il ne diffuse pas ses légendes dans un but lucratif, mais pour mieux faire connaître son pays. Je l'ai déjà accompagné, avant l'arrivée d'Agnès, dans une de ses tournées de plage. Il fait penser aux colporteurs transmettant les nouvelles d'un village à l'autre. Il ne propose jamais un livre sans en faire un résumé, ou lit un extrait devant un aréopage qui grossit au fil de son récit. À certains, il précise l'heure des marées, indique les bons coins aux pêcheurs, donne éventuellement à d'autres une recette de cuisine. Il lance un ballon égaré à un gosse ravi d'avoir un nouveau copain ou fabrique un château de sable à un jeune architecte en panne d'inspiration. Je l'ai même aperçu un jour démêlant l'écheveau de laine d'une tricoteuse au bord des larmes ! Il quitte toujours ses interlocuteurs comme s'ils étaient de vieux amis, leur serre la main et traverse la plage comme une vedette.

Alors que je lui en fais la remarque, il me répond :

« J'ai l'air d'un vieux fou !

— Surtout, restez le même, monsieur Jean, ne changez pas. Les gens vous aiment comme ça. »

VI

L'AUTOCAR S'ARRÊTE sur le port de Loctudy. Agnès s'est endormie dans mes bras. Notre réveil matinal et les ronrons du moteur ont eu raison de sa résistance. Je m'efforce de la réveiller. Son corps inerte pèse cent kilos et pour bien me faire comprendre qu'elle refuse de quitter ses rêves, elle accroche son pouce à sa bouche et le tète goulûment. Les voyageurs s'entassent dans l'allée centrale en piétinant sur place comme s'ils allaient manquer une distribution gratuite à la sortie. Maladroite, j'attrape ma gosse, le sac et le nounours. Il ne me manque plus que le corsage dégrafé pour ressembler à une nourrice. Dehors, l'air est vif et a tôt fait de remettre la gamine sur pied, les enfants ayant la faculté de se réveiller avec la même soudaineté qu'ils s'endorment.

« Regarde les bateaux, Agnès ! Et le gros navire avec ses drapeaux, là ! Tu vois les oiseaux ? »

Cette sortie, soudain, me met en joie. Nous ne partons pas pour un voyage au long cours. Nos prétentions s'arrêtent à la remontée de l'Odet, excursion qui m'a été vivement recommandée. Notre vedette est là. Agnès pousse des cris de souris pour franchir la passerelle. Un marin en uniforme lui tend la main, ce qui la comble d'orgueil. Déjà coquette ! À bord, c'est la ruée. Les prudents et les frileux s'engouffrent à l'intérieur, les audacieux et les naïfs grimpent aux échelles et envahissent le pont supérieur. Ce sont les corsaires d'un jour. Nous nous installons toutes deux sur le pont arrière avec la chance d'être près du bastingage. Je comprends vite pourquoi personne ne nous dispute la place : nous sommes à l'ombre et apprécions nos lainages. Réflexion faite, nous serions mieux à l'abri. Laissant Agnès seule quelques secondes, je fais une tentative en risquant un œil à l'intérieur. Une odeur de mazout mêlée à des relents de pâté a vite fait de me rejeter à l'air libre. La machinerie s'accélère. Le bruit et la trépidation inquiètent Agnès ainsi qu'un petit chien qui se réfugie sous notre banquette. Penchées sur le bastingage, nous regardons l'écume blanche qui bouillonne intensément contre les flancs du bateau. Rapidement, nous nous éloignons du quai en côtoyant d'inquiétants mastodontes surmontés de palans et d'énormes chaînes, masses métalliques à demi rouillées qui contrastent avec de fragiles barques à l'amarre dansant dans nos remous.

Au large de l'Île-Tudy, nous croisons un trois-mâts dont l'équipage nous salue de la main. Il disparaît dans l'éclat du soleil comme le vaisseau fantôme dans les brumes. Dans le port de Bénodet, danse une flottille multicolore. D'un haut-parleur, une voix d'outre-tombe nous souhaite la bienvenue. Après l'effet de surprise, nous nous habituons à notre guide invisible. Il ne manque pas d'humour, et sa bonne humeur est communicative.

« À droite, messieurs-dames, vous allez apercevoir la chapelle Sainte-Barbe. À gauche, vous verrez un amas de rochers. On l'appelle la Chaise de l'Évêque. »

Dociles, les têtes se tournent d'un côté puis de l'autre, comme pour un match de tennis. Certains esprits lents se font répéter les explications par leurs voisins. Ils n'ont rien vu et comprennent avec un métro de retard. Il y a longtemps qu'elle est passée, la Chaise ! Le château de la Belle au Bois dormant, enserré par de hautes futaies, raconte sa légende :

« La princesse se réfugia dans une conque marine près de la fontaine que vous apercevez dans le parc. Ses dames d'honneur, qui ne purent s'échapper, furent momifiées sous forme de colonnes qui forment le péristyle. »

Elle est jolie, son histoire. Tout le monde veut y croire.

« Avant le coude de la rivière, nous allons passer le Saut de la Pucelle. »

Là, tout le monde rit. Une voile blanche nous croise, insouciante des sortilèges qui la guettent.

Agnès a déjà demandé à plusieurs reprises si nous étions bientôt arrivées. Indifférente aux farfadets et à la poésie de la rivière, elle n'ambitionne que l'escalade de l'échelle qui mène au pont supérieur. Après une lutte acrobatique, elle, pour monter, moi, pour la faire descendre, et qui se termine par une taloche, j'éprouve une immense nostalgie. J'aurais dû emmener M. Jean. Le guide peut faire ses bons mots, je suis seule. La tristesse passe sur moi comme un nuage. Les rives sont devenues tristes. L'eau sombre ne dissimule plus de nymphes : je n'entre plus dans le jeu. Il me vient à l'idée, comme ça, furtivement, de disparaître dans ce sillage mousseux qui se referme derrière nous et qui m'engloutirait avec mon insignifiance. François !

Notre innocence, ton amour, ma fuite. Pourquoi ? Ce bateau, qui glisse inexorablement entre deux berges où restent figés les souvenirs du passé – témoins réels à force d'être créés et recréés ou imaginaires –, est semblable à ma vie qui s'écoule en abandonnant sur ses rives mon enfance, mes amours, mes illusions. Le temps n'a pas de consistance. Regardez, touristes, la pierre, la terre, l'arbre et la source. Immuables, ils racontent, car ils ont vu et enregistré jusqu'à la fin des temps. François, ces mèches de cheveux que nous avons échangées en plein bonheur ! Inséparables, il nous fallait posséder une parcelle de l'autre. La tienne n'a pas quitté son écrin de coton. Elle semble inerte, mais vibre de souvenirs et de reproches. Quelques filaments d'une blondeur enfantine. Tu étais donc si blond ? Liés par un brin de laine, ils reposent solidaires dans l'ordre que tu affectionnais. Moi, j'aimais lorsque le vent les *embroussait*. Rappelle-toi ce bois en étages dont nous dévalions les pentes comme des poulains en nous tenant par la main ! Je hurlais de peur et de joie sans doute. Sur le terrain plat, nous nous faisions face en reprenant notre souffle. La couleur aux joues allait bien à ton teint pâlichon d'étudiant. Tes yeux plus bleus que jamais brillaient de notre exploit. En un geste vif, tu sortais un peigne qui n'attendait que cela, pour rejeter en arrière tes cheveux anarchiques. Tu rajustais ta veste dont je n'ai pas oublié l'odeur. Oui, cela t'amusait de m'entendre dire que je te respirais. Si ta nuque exhalait une senteur de foin coupé et de bébé parfumé, je retrouvais une délicieuse odeur de sciure émanant de ta veste. Le tissu d'après-guerre fabriqué avec de la fibre de verre ou de bois expliquait la présence de ce parfum. Bien sûr, du bois.

La logique fait tomber un écran sur mes douces évocations. François était si présent. J'émerge d'un brouillard où il s'est perdu. La rivière, en effet, est ensorcelée. Agnès, que je ne dois pas quitter des yeux comme le font les dresseurs de fauves, est à l'autre bout de la vedette. Curieuse, elle a enfilé sa tête sous la bâche qui recouvre le canot de sauvetage. Ses mains sales ne le cèdent en rien à sa robe. Dans le jardin je l'aime bien en sauvageonne, mais pour déambuler dans les rues de Quimper…

Le bateau a achevé sa course. Aux abords de la ville la rivière s'assagit, canalisée par les hommes, enjambée de nombreux ponts et passerelles fleuries. Voici les quais, l'ancien port maritime immortalisé sur la toile par Boudin. Je cherche des yeux la flèche de la cathédrale qui se situe là-bas, sur la gauche, au centre d'un labyrinthe de vieilles rues pittoresques. Mais elle fait la coquette et se fait mériter. Nous partirons à sa recherche comme à la conquête du Graal, mais j'espère avec moins d'embûches, car nous n'avons que deux heures devant nous. Agnès a tout de suite repéré les manèges qui s'étirent le long du mail qui borde l'eau, sous les marronniers tricentenaires. J'aurai du mal à échapper aux flonflons de la fête foraine. Heureusement pour moi, elle se situe sur l'autre berge au-dessus de laquelle domine le mont Frugy. Je dissuade Agnès en l'achetant avec la perspective d'un bon goûter. Après quelques hoquets, le moteur s'est arrêté. L'absence de bruit, l'immobilisation de cet univers flottant engourdissent un moment les passagers. J'ai honte d'avoir sommeil et regrette un instant d'avoir sacrifié une journée de plage. À peine la passerelle est-elle posée sur la terre ferme qu'un groupe compact s'abat sur mon dos. Je suis réveillée. Les Vikings débarquant sur la côte normande devaient montrer moins d'empressement ! Quelqu'un crie : « Mais ce sont des sauvages ! » Ce doit être l'opinion d'un couple de vieux Quimpérois accoudés à leur balcon, à qui l'arrivée de la vedette fournit une distraction quotidienne. Après la fièvre du débarquement, les touristes soudain très calmes s'égaillent par couple, ou par groupe – j'allais dire en cordée –, pour une permission de deux heures à terre. Ma petite bonne femme est attentive à tout ce que je lui montre : les jardinières fleuries qui garnissent les ponts et les berges, les maisons différentes de celles de Paris, les boutiques regorgeant de faïences. Je la sens réceptive, avide de savoir et crédule comme tous les petits. Ma part de responsabilité envers cette enfant d'emprunt m'effraie un peu. Ma chère sœur si folle comprend-elle cela ? À quel âge lui échappera-t-elle ? Se défera-t-elle complètement de son empreinte pour se forger elle-même des idées, un goût personnel ? Sa main perdue dans la mienne, nous nous amusons à déambuler dans les rues bordées de maisons anciennes et faisons une halte dans une échoppe convertie en crêperie. Dans une boutique de souvenirs, j'offre un bol à Agnès, marqué à son nom, s'il vous plaît. Cette distinction la flatte.

« Regarde, tata, mon bol a des oreilles comme nounours ! »

Nous pénétrons dans la cathédrale pour un regard. Non, un coup d'œil. Ce serait lui faire offense. C'est toujours un grand moment pour moi, une visite dans l'antichambre du paradis. Le portail étant malheureusement condamné, nous sommes obligées de pousser une petite porte capitonnée qui me donne l'impression de passer par une chatière. J'avance, les yeux baissés sur les dalles de pierre afin de me réserver le choc émotionnel lorsque je serai au centre du vaisseau. Alors, je regarde. Je le prends de plein fouet, d'un seul jet comme il a été bâti. D'une envolée, comme ces orgues de pierre qui montent en s'affinant et se rejoignent, semblables à des mains en prière pour former la voûte. Curieusement, à la hauteur du transept, le chœur indiscipliné et se jouant de l'ordonnance architecturale oblique vers la gauche. Nous remontons lentement les bas-côtés, nous attardant devant chaque chapelle. Dieu est partout. Intriguée par des cierges allumés, Agnès me questionne à voix basse, d'instinct. Nous en allumons un, mais j'ai beaucoup de mal à la dissuader de ne pas l'emporter.

« C'est à toi, tata. Tu l'as payé avec tes sous ! »

La petite main me serre plus fort devant une *Mise au tombeau* dont les personnages grandeur nature l'inquiètent fort.

« Pourquoi ils ne parlent pas ?

— Parce que ce sont des statues, des messieurs en pierre. »

Ce qui ne la rassure pas pour autant.

Dehors, les yeux qui s'étaient habitués à l'obscurité sont éblouis. Bizarrement, j'ai pourtant l'impression de quitter le soleil.

Pour regagner le bateau, je porte Agnès, alourdie par la fatigue et les crêpes. La remontée de l'Odet bercera son sommeil au chaud dans la cabine. Les exaltés de tout à l'heure se sont tus. La voix de notre guide aussi. Je me plais à reconnaître l'anse du Dragon. Ici, ces masses de rochers inquiétants, est-ce le Trou du Diable ? Cette avancée feuillue qui semble vouloir basculer dans la rivière, est-ce le Fauteuil de l'Archevêque ? Je ne me souviens déjà plus. Aucune importance. Quelques voiliers rallient le port de Bénodet. On dirait que tout le monde fuit la rivière. Je n'ai aucune envie de tomber dans l'eau noire. La chaleur de ce grand bébé endormi que je serre contre moi m'attache à la vie. Pourtant, elle va me quitter demain. Je vais regretter son babil et ses démonstrations affectueuses de jeune chien. Dans la famille, on dit : « Michèle, elle est rêveuse », synonyme d'ennuyeuse. Lorsque l'on parle d e Madeleine, on rit d'avance : « Un feu d'artifice, une tête de linotte. » On excuse sa frivolité, on ne lui tient pas rigueur de ses gaffes. Elle a droit à toutes les indulgences. Moi, la raisonnable, je n'ai pas le droit de me tromper. Cette notion de perfection que l'on attend de moi, c'est peut-être elle qui m'a poussée vers Jean-Marc, garçon solitaire, à principes. « Il est très bien, ce garçon ! » assurait-on chez moi. Après six mois de mariage, je le trouvais terriblement bonnet de nuit.

Je fais une découverte : j'avais besoin de lui pour sortir de ma chrysalide. Il a accumulé en moi, comme au cœur d'un volcan, le rire spontané, la joie de vivre, l'émerveillement des choses, en un mot : la passion. Sans méchanceté aucune, il a cru me soumettre. Je me pensais moi-même résignée après les dernières pelletées de cendre jetées par lui dans le cratère et qui s'appellent égocentrisme, esprit chagrin, pessimisme. Mon réveil, je le dois à l'innocence d'Agnès, à ses joies explosives. Je le dois à l'amitié de Jean Cloarec qui, malgré son drame familial, trouve du sel à la vie. Je le dois à ma chère Bretagne retrouvée, immuable. Le temps, les guerres, la destruction des hommes n'ont pas d'emprise sur elle. Elle m'attend dans son giron avec fidélité. Si les menhirs plantés dans sa chair l'ont ancrée sur la carte comme les oyats des polders, son éternité ne l'a pas figée. Ses forêts frissonnent, ses landes ondulent et ses sables se métamorphosent. Son océan ne connaît pas l'eau dormante. Ses remous proviennent des entrailles de la terre. Il ne renie pas son pays. Irascible, il crache, il vocifère. Enfin apaisé, il a toujours quelque chose à dire. Aimer la Bretagne, c'est se mettre à l'écoute de ses vibrations.

Encore trois semaines à passer dans ma seconde matrice. Je suis heureuse !

Tout en rangeant avec soin le vestiaire d'Agnès dans la valise, j'observe par la fenêtre de la chambre le coin de jardin où elle discute dans son jargon avec son vieil ami. Il ne parle jamais de son petit-fils. Pourtant il a les qualités que l'on attend d'un grand-père, adaptant ses histoires fabuleuses à l'âge de son auditoire. Je ne peux détacher ma vue de ce tableau charmant qui ne se renouvellera plus : le vieillard et l'enfant sous le mimosa, assis côte à côte sur le banc de pierre. Instinctivement, je me dissimule derrière le rideau de mousseline qui ne cache rien du tout. J'apparais dans l'encadrement de la fenêtre, car je vois que leurs regards convergent dans une autre direction. Ils se dirigent vers le portail. Comme une biche alertée, je dresse l'oreille, pressentant un danger. Le gravier crisse sous les roues d'une voiture. J'entends Madeleine glapir : « Bonjour, ma petite caille ! » Elle ? Pourquoi ? Je l'attendais au car de 11 heures. Affreuse. Je suis affreuse. Vite, un coup de peigne dans la salle de bains ! J'arrache mon tablier, troque mes espadrilles d'où les pouces s'évadent contre mes sabots, et changeant ma vitesse de folle contre une allure de reine, je sors de la maison. La surprise me fige. Un grand type, mains sur les hanches, admire la maison et me fait face : Jean-Marc ! Grand branle-bas dans mon organisme. Le sang afflue à mes joues, mes tripes se nouent comme si je bloquais un ballon de football avec mon ventre, et mes jambes molles n'ont plus la force de traîner les sabots. Pour dire quelque chose, je lance un imbécile : « Oh ! c'est gentil ! » avec une voix de tête que je ne reconnais pas. Il m'embrasse, très à l'aise.

« Je suis content de te revoir. Madeleine a proposé que je l'accompagne pour reprendre la petite, alors… »

Et me tenant par les épaules :

« Tu n'as pas changé, tu sais. »

En une fraction de seconde, je comprends qu'il ment. Mais ce qu'il ne sait pas, c'est à quel point j'ai changé. Je l'ai appris moi-même hier.

Madeleine se suspend à ma nuque pour m'embrasser et m'évite de répondre. Elle sent bon. Ses cheveux, son rouge à lèvres qu'elle vient sûrement de rectifier. J'ai envie de lui tordre le cou ! Pourquoi m'a-t-elle amené Jean-Marc ? Encore une de ses idées. Je reprends mes esprits, rentre dans mes fonctions d'hôtesse et leur présente

M. Cloarec qui, visiblement, se sent bien encombrant et s'écarte, discret.

« Entrez. Excusez le ménage, mais je ne vous attendais pas si tôt. »

J'aimerais ravaler ce que je viens de dire. Pourquoi « vous » ? Qu'il ne pense pas une seconde, ce cher ex-mari, que j'étais de connivence avec Madeleine pour ce kidnapping.

Nous sommes debout dans la cuisine. Situation bien inconfortable. J'aperçois nos bols sales sur l'évier et mon peigne oublié sur la table. Qu'est-ce qui m'a pris de les faire entrer ? Prise de court par l'apparition de ce revenant, je ne sais que dire. Jean-Marc, cravaté, est habillé comme pour aller au bureau. Cette tenue conventionnelle rend encore plus insolite sa présence ici. Madeleine porte avec aplomb un tee-shirt blanc au centre duquel un Noir joue du banjo et un autre de la trompette. Sous cet orchestre ambulant, trente centimètres de jupe étranglent deux fesses presque inexistantes.

Je fonce :

« Nous n'allons pas... (et je précise) Tiens, Jean-Marc ! M. Cloarec est tout seul dans le jardin. Nous n'allons pas rester dans cette cuisine ? »

J'ai l'air de le jeter dehors, mais je préfère réparer tout de suite cette fausse manœuvre. À l'air libre, l'atmosphère sera plus détendue.

« Vous avez des valises ? »

Je ne sais pas où je mets les pieds. Jean-Marc me rassure.

« Non. Nous repartons ce soir. Avec la petite, j'aime mieux voyager de nuit. Elle dormira. »

Un poids de moins.

Il se dirige vers le coffre de sa voiture et en sort un carton de pâtissier qu'il me met dans les mains.

« Place-le au frais. »

Pendant qu'il rejoint M. Jean qui fait mine d'admirer les rosiers, je rentre dans la cuisine et bute sur Madeleine. Accroupie avec Agnès, elle regarde fonctionner un manège de cochons roses qui tournent en musique et qu'elle vient sans doute de lui offrir.

« Madeleine, pourquoi l'as-tu amené ?

— Je sais bien, elle est un peu grande pour ce genre de joujou, mais c'était si mignon ! »

La réponse de Madeleine me stupéfie. Fait-elle l'imbécile ?

Je précise :

« Je te parle de Jean-Marc, évidemment, pas des petits cochons ! Cette situation est très gênante, qu'espères-tu ? »

Madeleine me regarde avec des yeux si tristes et si apeurés en même temps que ma colère tombe d'elle-même. Le coup du cocker grondé, cela marche à chaque fois.

« J'ai eu l'impression, l'autre jour, que tu regrettais Jean-Marc. Tu en parlais tout le temps. J'ai voulu te faire plaisir. Vous pouvez peut-être… »

Je ne la laisse pas finir.

« Non, nous ne pouvons pas. Tu es gentille, ma chérie, mais il est trop tard. »

Madeleine, qui n'a jamais eu une vie sentimentale très compliquée, n'est nullement curieuse d'approfondir ce que je viens de dire. Après tout, ce ne sont pas ses histoires. Elle redonne un tour de clef à ses cochons et me demande ce que nous avons pour déjeuner. Elle est désarmante !

M. Cloarec, qui a toujours peur d'être redevable de quelque chose, nous propose de nous offrir l'apéritif au *café du Port*.

Plusieurs tables sont occupées par des marins. Nous sommes dimanche, il est 11 heures. Les patrons des chalutiers règlent les comptes avec leur équipage en leur payant une bouteille. Parmi ces hommes fatigués par quinze heures de travail journalier, Madeleine et Jean-Marc, trop élégants, semblent une provocation. Ils ne prêtent pourtant pas attention à nous, ces marins, habitués qu'ils sont aux touristes. Ils tolèrent durant deux mois cette horde grouillante et multicolore qui envahit le quai chaque soir à l'arrivée des bateaux. Ils s'accommodent de ce s grappes humaines qui entravent le passage des chariots, du bateau à la criée, au moment du débarquement des casiers.

Il a fallu que nous devenions vraiment insupportables pour que l'accès de la criée nous soit interdit !

M. Cloarec explique à Jean-Marc, très intéressé, le fonctionnement des salaires. Agnès, impatiente de voir les bateaux au repos, précipite notre départ. Elle ne réalise pas qu'elle ne reverra plus son vieil ami. Malgré mon insistance pour qu'il déjeune avec nous, il décline l'invitation et prétexte qu'il a « des choses » à faire chez lui. Il soulève Agnès de terre et la tient au bout de ses longs bras. Elle hurle de plaisir.

« Au revoir, chipie ! »

Il ne veut pas s'attendrir. C'est moi qui ai la larme à l'œil. Pour me faire comprendre que je ne resterai pas seule, il ajoute :

« À demain, Michèle ! »

VII

Je suis allongée sur le ventre. Privilège de la plage. Position difficilement acceptable lorsque l'on est dans un salon chez des amis. Je me sens lourde sur ce sable mou, savourant ma paresse. Par instinct de conservation, j'ai posé mon visage de profil, ce qui me permet de respirer et de regarder Jean-Marc. Organisé comme toujours, il s'est aménagé un vestiaire de circonstance. Tout de blanc vêtu, il reste très élégant, même en short et tee-shirt. Madeleine avait raison : il s'est un peu arrondi à la place de l'estomac, mais pas suffisamment pour être disgracieux. Juste ce qu'il faut pour être plus mûr, et même séduisant. Je me le rappelais mal, je le vois aussi plus carré qu'au temps de nos amours, comme si j'avais quitté un adolescent pour retrouver un homme.

Il est à genoux, à la dévotion d'Agnès qui joue à lui fermer les yeux avec ses mains. Le jeu semble inusable et comporte des variantes. Maintenant elle est derrière lui et, sans scrupule pour l'ordonnance de la coiffure à la mode – oui, ma chère, maintenant il va à la Coifferie !… –, enserre sa tête dans ses bras, des bras potelés d'angelot florentin. Parfois, il fait une rapide volte-face en faisant mine de vouloir la dévorer. Elle recule, effrayée, et donne une tape sur cette bouche d'ogre. Moi, j'aperçois ses dents blanches, et j'ai soudain une folle envie de l'embrasser.

Lâchant sa prise, il reprend sa rigidité de sphinx, se laisse masquer les yeux trois ou quatre fois, puis attrape les deux mains de la provocatrice qui pousse des cris, mais n'attendait que cela.

L'absence d'enfant, c'est sans doute la raison de notre échec. Père, il aurait cessé lui-même d'être enfant. Pourquoi est-il revenu ? Pour constater que nous pouvons nous séparer en toute quiétude puisque nous restons amis ? Simple curiosité : voir ce que je deviens sans lui ? Pour essayer de renouer ? Suis-je toujours aussi forte que tout à l'heure à prétendre que je ne l'aime plus ? Son jeu avec la petite, du chat et de la souris, exaspère mes souvenirs. Remontent à la surface de ma mémoire ses approches amoureuses lorsqu'il me voulait dans ses bras. Il était charmant alors, ne manquant ni de tact ni de patience. Il prenait grand soin de notre confort et commençait à me réchauffer les pieds, refusant, comme il disait, d'étreindre la Vénus du musée d'Athènes ! Il ne gagnait pas toujours à jouer au saint-bernard, car il m'arrivait, engourdie par la chaleur, réfugiée au creux de ses bras, de me sentir si bien que je m'endormais comme une marmotte.

Aujourd'hui, ce type me considère comme une étrangère. Pendant le déjeuner, il s'est montré un chevalier servant agréable. Il faut avouer que je ne me montre pas très loquace. Beaucoup trop de monde avec nous pour aborder les choses sérieuses, mais une seule question avant de tourner la page. Je le regretterai tout à l'heure, lorsqu'il sera parti. Du courage, ma vieille !

Justement, Agnès, qui se plaint d'avoir du sable dans l'œil, est près de sa mère. Jean-Marc lutte avec le vent et son peigne pour remettre ses cheveux en ordre. Pas le temps de faire des périphrases, juste celui de ramper sur deux mètres pour être près de lui.

« Tu es toujours avec Sylvie ? »

Comme s'il s'attendait à ma question, il répond hâtivement :

« Oui, bien sûr ! Il faut que tu saches : elle voudrait qu'on se marie. »

Il dit cela avec un air de s'excuser. Toujours son tact, il ne veut pas faire de la peine.

« Et toi, tu n'y tiens pas ? »

Jalousie féminine : je ne veux plus de ce mari, mais je n'admets pas de le laisser à une autre.

« Je ne sais pas ce que je dois faire. »

Peut-être a-t-il le secret espoir que je vais régler ses affaires.

« Attends encore, tu y verras plus clair. »

Je modère ma réponse, mais au fond de moi-même, je déplore un éventuel mariage avec cette orgueilleuse qui ne sera jamais rassasiée. Pauvre gars ! Il n'a pas fini de trimer, il ne sera jamais assez bien. Elle va me le crever.

Il regarde sa montre, geste qui me cause un petit pincement au cœur. Ils vont s'en aller.

« Je vais me baigner, déclare-t-il en s'étirant comme un chat. Vous m'accompagnez, mesdames ? »

Madeleine ne saute pas sur la proposition.

« Tu n'y penses pas, Jean-Marc, mes affaires n'auront jamais le temps de sécher ! Celles de la petite non plus. Et puis, je sors de chez le coiffeur. » Véritable argument.

En parlant, elle a descendu ses lunettes de soleil sur son nez, révélant deux hublots blancs autour des yeux d'un effet déplorable. Son visage bicolore rappelle ces fruits de concours agricoles qui ont poussé avec un cache, dessinant ainsi un charmant motif. Je laisse le soin à sa glace de le lui révéler. Bonne surprise.

« Moi, j'y vais. Attends-moi, Jean-Marc ! »

Je le voyais déjà s'envoler vers la mer, vu la rapidité avec laquelle il a fait glisser son short sur ses pieds. Mais il plie ses vêtements avec soin et les confie comme un trésor à Madeleine. Il est penché en avant dans l'attitude du discobole et ne se doute pas que j'admire son dos. Si je savais tenir un crayon, j'aurais plaisir à dessiner l'arc de ses épaules. Il s'est relevé maintenant et détache sa montre. Sa peau a la couleur d'un petit pain cuit à point. Trop blanche, elle fait maladive et fragile ; tannée, elle s'apparente à une peau d'éléphant. Il connaissait mes instincts de cannibale lorsque je lui annonçais que j'avais envie de mordre dans son bras !

Je m'attarde avec impudeur sur la chute de ses reins où le temps n'a pas de prise sur ses deux fossettes. La nature est ainsi faite : l'anatomie du dos se dégrade moins vite que la « façade » dont les encorbellements trahissent l'âge.

Comme pour m'échapper, il franchit la plage en quelques foulées, escalade les trois ou quatre vagues formées par la marée montante à la manière d'un sauteur de haies et s'enfonce dans l'eau la tête la première après un sursaut. La mer l'a absorbé et veut le garder. Je suis veuve durant quelques secondes. Sa tête réapparaît loin parmi cette immensité. Une pointe d'épingle, mais qui pèse si lourd sur mon existence. Tout est relatif. S'il ne revenait pas, les gens continueraient à s'amuser sur la plage. Oui, un petit mouvement de foule, quelques commentaires, une diversion, quoi ! Je ne le distingue plus, il se confond avec des flotteurs qui dansent continuellement. Au loin, j'aperçois déjà un chalutier qui rentre. Nous pourrions aller au port, cela occuperait les dernières heures avant leur départ que je voudrais hâter maintenant. Qu'on en finisse !

Dans ma contemplation, je me suis avancée dans la mer sans m'apercevoir que l'eau m'arrivait au-dessus du ventre, une des frontières stratégiques réagissant au froid de notre carte géographique appelée « corps ». Penser et sentir, suis-je donc incapable de faire les deux en même temps ? Dégoûtée de moi-même, avec l'idée de me laver de mes imperfections, j'essaie de nager dans le fond. Dans un remous phosphorescent, j'aperçois un crabe vert qui cavale sur le sable, affolé par l'apparition de mes soixante kilos. Comme l'a si bien dit Archimède, je ressens une poussée qui me soulève vers la surface comme un bouchon insubmersible. Si je pensais au suicide, il faudrait exclure la noyade. Mon exhibition aquatique se résume en deux brassées exténuantes, mais la vision de ce monde mouvant, trouble et limpide à la fois, me fascine. Lorsque j'émerge, j'aperçois Jean-Marc à plat ventre dans cinquante centimètres d'eau, exécutant des battements de jambes à un rythme effréné. Il me fait penser à ces poissons gisant dans les casiers de la criée avec l'apparence de la mort, qui tout à coup s'agitent en soubresauts désespérés. Que diraient de lui ces messieurs du conseil d'administration ! Son ennemi héréditaire, sa bête noire qui, non content de lui gâcher ses heures de bureau, alimentait la conversation à table, au lit, en promenade, aurait tout loisir d'exercer sa malfaisance en lui écrasant la nuque d'un coup de talon ! Il est si vulnérable dans sa mare d'eau. Une vague qu'il n'attendait pas, attaquant par-derrière, le soulève comme un fétu de paille et recouvre sa tête d'un dépôt de sable qu'il s'empresse de rincer. Il m'aperçoit et rit à belles dents.

« Ah ! la vache ! Tu as vu ça ? »

Il regarde vers la plage en mettant sa main en visière et ajoute :

« Où sont-elles, nos dames ? Je ne les vois plus. »

Parmi ces milliers de points multicolores rappelant la technique de Seurat, j'aperçois le seau vert pomme d'Agnès.

« Nous nous sommes déplacés terriblement sans nous en apercevoir. Regarde, elles sont là-bas ! »

Sensation étrange ressentie lorsqu'un train voisin du vôtre démarre et vous laisse en plan. On ne sait plus qui part, sans repère. Ce qu'il y a de certain ici, c'est que la plage n'a pas bougé.

Il me prend par la main et lance d'un air joyeux :

« Il faut courir lorsqu'on sort de l'eau ! »

Où va-t-il chercher cette exubérance ? C'est exactement comme cela que je l'aurais voulu. Finalement, notre séparation est un lamentable malentendu. Il veut me laisser un bon souvenir, me montrer ce que j'ai perdu. Il ne se rappelle sans doute plus le garçon éteint qu'il était au moment de notre séparation.

Tout va vite maintenant. Agnès, pour une fois obéissante, rassemble ses moules sans discuter. Madeleine finit un chapitre d'un roman-photo intarissable. Lui, enfile son tee-shirt sur un torse qu'il croit sec mais où perlent encore quelques gouttes d'eau. Je plie, roule et rapetisse une serviette de bain qui se refuse à réintégrer mon sac de sport. Je range le jeu de boules dont personne ne s'est servi. J'emporte toujours des choses inutiles, mais il me manque souvent l'essentiel. J'ai l'impression que les autres sont mieux organisés que moi. Coup d'œil circulaire pour voir si rien n'est oublié. Je hais ces départs de plage. À plus forte raison celui de ce soir.

Le sable, lisse à notre arrivée, est labouré par nos piétinements. Nos corps ont inscrit des empreintes déformées, avec des bavures, des plis, des bossellements. Notre aire de repos ressemble à un lit défait. En remontant la plage, j'ai l'impression de passer en revue ces groupes si différents de mœurs et d'éducation. Certaines familles, agglutinées dans un fouillis inextricable de sacs, jeux, thermos, frusques, représentent sans doute ce qu'on appelle des familles soudées. Au sommet de la pyramide veille un chien.

D'autres ethnies semblent éparpillées par un vent de discorde. Des pliants bancals se tournent le dos avec leur propriétaire, des serviettes isolées, des espadrilles orphelines traînent un peu partout. Parmi ce désastre, des gisants anarchiques reposent sur des nattes. Ces « groupes » qui ont la particularité de ne pas être groupés possèdent aussi un chien, qui essaie en vain de délimiter son périmètre.

Je ramasse un emballage de gâteaux secs et une bouteille vide qui ont été jetés comme autant de gros mots sur cette plage crucifiée.

Parvenus en haut de la dune, sans nous consulter, nous nous arrêtons pour admirer une dernière fois la mer. Moi, je la reverrai demain matin, ainsi que la plage déserte, propre, nettoyée par l'équipe de nuit, inlassable, qui s'appelle la marée.

Jean-Marc regarde sa montre. Il redevient citadin.

« Nous n'avons pas le temps d'aller au port, Michèle. On achète de quoi faire des casse-croûte, on prend les affaires d'Agnès, et on file ! »

Comme il a résumé cela.

« N'oublie pas ton nounours, Agnès ! Où vas-tu l'installer, ma petite mère ? Prends des fruits, Madeleine, vous aurez soif. »

Elle les range dans son sac pour me faire plaisir, puis enserre son visage dans un foulard noué sous le menton qui lui donne un air charmant de paysanne russe. Tout lui va. Elle semble émue de me quitter.

« Merci pour la petite. Sois raisonnable, ne t'ennuie pas. Tu vois M. Cloarec demain ? »

Sa sollicitude me touche. Bien sûr, être seule en vacances n'est pas bien folichon, mais je la rassure en l'embrassant.

Agnès, que je voudrais retenir dans mes bras, me fait deux grosses bises sonores et s'échappe prestement pour prendre place dans cette voiture dans laquelle elle ambitionne de monter depuis ce matin.

Pendant que Madeleine s'installe devant et arrange les plis de sa robe, Jean-Marc, après avoir vérifié la fermeture de son coffre – ce qui n'était peut-être qu'un prétexte –, prend ma main qu'il garde dans les siennes et lève vers moi ses yeux gris, tristes, très tristes.

« Michèle, dis-moi ce que je dois faire avec Sylvie. J'ai peur de faire une bêtise.

— Vraiment, je ne sais pas, mon grand. Être adulte, c'est ça finalement : prendre une décision seul. »

Encore une fois, j'aurais dû jouer la maman. Je l'embrasse rapidement sur sa petite moustache et lui dis gaiement pour montrer que je ne suis pas fâchée :

« Au revoir. Tu as bien fait de venir. Donne-moi de tes nouvelles de temps en temps. N'hésite pas à m'appeler si tu as besoin de moi. »

La portière claque, les mains s'agitent et la voiture dépasse le portail en faisant crisser le gravier. Elle s'amenuise. Je ne distingue plus qu'un tourbillon de poussière, et mon bras levé ne doit plus être visible pour eux.

Je ne peux supporter la vue de cette cuisine vide. Alors je décide d'aller chercher le lait pour échapper à la maison.

« Ta liberté, tu l'as voulue, hein, ma vieille ! »

À deux pas de la crèche, je rencontre la fermière et ses cinq vaches. La traite n'est pas commencée. Aucunement désireuse de faire la conversation, je bifurque dans le chemin menant à la ferme abandonnée, et pour cause : elle est en ruine ainsi que les bâtiments qui l'encadrent. De belles cheminées en pierre subsistent dans chaque bâtisse. Comme à chacune de mes visites, je joue à l'architecte et trop vite au décorateur. Je pourrais aussi jouer au banquier. On ne construit pas des châteaux qu'en Espagne !

Seule parmi ces décombres, la laitière au bout du bras, j'ai l'air de tourner dans un film italien. L'idée me fait rire. Tiens, je vais me faire des crêpes, je suis en vacances, après tout !

*

*   *

Ici, je me lève facilement. À travers les volets, l'intensité de la lumière m'indique qu'il fait un temps splendide. Je laisse entrer l'air à profusion et m'accoude à la barre d'appui. Les Allemands qui demeurent à côté dorment encore. Ils rentrent le soir à des heures impossibles et jouent parfois aux boules dans la cour au milieu de la nuit. La composition de ce groupe d'individus est bizarre. S'agit-il d'une famille ? J'essaie de former des couples, ou de deviner une descendance parmi eux. En vain. Nous nous voyons peu puisqu'ils vivent à contretemps. La grand-mère qui résiste dans sa ferme sauvegardée paraît indifférente à cette cohabitation. Se réjouit-elle de voir sa solitude rompue durant deux mois, ou redoute-t-elle l'arrivée de ces énergumènes qui suspendent d'immenses draps de bain sur les fils de son jardin ? Elle aura passé son existence à quelques centaines de mètres de la mer sans que l'idée de s'y tremper lui soit venue. Ils sont malades, ces touristes ! Elle avait bien assez à faire avec son champ de pommes de terre, son jardin et ses bêtes. Sans oublier qu'il fallait porter les crêpes beurrées et le lait doux aux faucheurs pendant la pause. Elle criait : « *Krampoez lardet !* » (crêpes beurrées). Le dimanche, elle sortait pour aller à la messe et elle recevait la famille les jours de procession. Elle ne manquait pas la foire et la fête du pays, dates que l'on n'oubliait pas car elles marquaient la fin des travaux : semailles ou récolte.

Maintenant, elle trouve que rien n'est plus comme avant. On ne demande plus la bénédiction du ciel, on vit en mécréant. Aussi le cœur s'est endurci…

Elle sort précisément de chez elle. D'une année l'autre, je la vois vêtue de la même jupe noire à l'origine, verdie par le temps, dissimulée en partie par un tablier dont le dessin s'est effacé, et de son corsage de velours qu'elle supporte par cette chaleur d'août. Les manches sont larges et l'encolure très dégagée découvre une peau tannée ou plutôt patinée par le temps. Certains mouvements qui font bouger le tissu laissent apparaître une peau laiteuse ingénument tachée de son comme celle d'une jeune fille.

Depuis peu, m'a-t-elle avoué, elle ne porte plus la coiffe bigoudène. Ce n'est ni un reniement ni une émancipation, mais faute d'occasion de sortir. Elle est trop isolée ici dans l'arrière-pays. Par la force de l'habitude, elle fait toutefois son chignon qu'elle enserre dans un ruban de velours noir après avoir relevé et tendu ses cheveux dans un peigne d'écaille qui fera front au plus grand vent.

Elle remplit un seau d'eau, m'aperçoit et m'adresse un large sourire édenté. Il est chaleureux, ce sourire. Je voudrais lui dire quelque chose de gentil, mais je vais réveiller les fêtards d'outre-Rhin, d'autant plus qu'elle est dure d'oreille. Alors j'agite ma main comme si je m'adressais à un petit enfant.

Elle s'apprêtait à traverser la cour pour rentrer chez elle, mais elle se ravise et déverse l'eau dans une auge convertie avec bonheur en jardinière où prolifèrent de flamboyants bégonias.

Après une rapide toilette et un coup de balai dans la maison, je me dirige vers la remise pour prendre ma bicyclette. Elle a bougé. Je respecte trop les choses pour l'avoir jetée ainsi sur le côté. D'autant plus que je ne la considère pas comme une chose. Elle s'est laissée glisser sur le côté, retenue par des sacs de copeaux de bois qui m'intriguent puisqu'il n'y a pas de cheminée dans cette maison. Elle a enfoncé une pédale en terre pour ne pas aller plus bas. La roue avant, entraînant le guidon, a pivoté sur elle-même dans une mise en scène d'accident.

« Je t'ai négligée quelques jours, mais tu ne crois pas que tu en fais un peu trop ? »

Et je lui donne une tape affectueuse comme si je flattais un chien.

En fermant le portillon de bambou, je pense soudain à Agnès. Elle en aurait fait une maladie si je l'avais privée de cette responsabilité. Avec ses trois ans, elle déployait toute son énergie pour repousser cette fermeture dérisoire qui lui apparaissait là comme les portes du temple de Salomon ! Mais j'y pense sans tristesse. Elle est bien, Agnès, avec sa mère qui joue avec elle comme avec une poupée. Une joie m'envahit à la vue de la campagne. Il pourrait être insignifiant, le bout de chemin qui mène à la route, mais les grands arbres qui le bordent en font une allée royale. Leur feuillage entremêlé tamise le soleil et me plonge dans un tunnel de fraîcheur.

Les deux derniers arbres qui accompagnent ce chemin ménagent les yeux en offrant une transition avec la route brûlante dont la blancheur aveugle. Un frisson permanent agite leurs feuilles qui se profilent en ombres sautillantes sur la terre battue, créant un damier miroitant que je franchis en ralentissant. Mon passage dérange les habitants des haies. Deux ou trois oiseaux s'échappent, affolés, ainsi qu'un gros bourdon qui décrit une ellipse autour de moi. Mon attention, qui n'est plus retenue par le babil d'Agnès, s'attache au décor qui me devient familier. Sur mon parcours, j'ai élu des jalons. Par quel caprice ai-je choisi là ce balcon fleuri, ici l'enseigne publicitaire d'une auberge, plus loin cette charrette vernie qui prend sa retraite au milieu de la pelouse ? Amis muets, ils accompagnent ma promenade. Que l'un d'eux disparaisse, sa place reste vacante, que rien ne comblera. Un sens m'avertit que quelque chose a déserté le paysage, ou l'a endeuillé par l'indésirable présence d'un mur de béton inesthétique ou l'abattage d'un arbre qui ne demandait qu'à grandir.

*
* *

Le Steir a atteint son plus haut niveau. Les maisons ont les pieds dans l'eau. Les vieilles barques sur le flanc depuis fort longtemps mouillent leur carcasse desséchée et se donnent l'illusion de voguer pour un ultime voyage malgré les chaînes rouillées qui les retiennent prisonnières.

Les pêcheurs à la ligne ont battu en retraite devant les berges inondées. Ils se sont réfugiés sur le pont d'où ils pratiquent le lancer, rembobinant inlassablement leur moulinet d'un air peu convaincu.

À certains endroits, l'eau affleure les balustrades des jardins et lèche la lisière des champs. Des centaines de tournesols tournent leur large face étonnée devant ce bain de pieds inhabituel.

Les mouettes et les goélands sont absents. D'un vol rapide, les leaders ont fait circuler l'information : les flots sableux sont submergés. Plus de haltes de repos, plus de buffet campagnard gratuit. M. Jean a dû entendre le message, il n'y a plus rien à grappiller pour lui non plus. Le Steir se refuse.

Alors où traîne-t-il ses guêtres, ou plutôt ses espadrilles ? Tout à coup, je suis paniquée à l'idée de ne pas le rencontrer. Semblable au ciel qui se couvre brusquement de nuages, mon humeur s'assombrit. Le débordement du Steir m'apparaît comme une catastrophe. Le village de toile qui prenait l'allure d'une cité lacustre a dû plier bagage. Le passeur avec sa barque a refait son apparition et affiche son tarif : on se croirait sur le lac du bois de Boulogne. Un Chris-Craft pétaradant trouble les pêcheurs du pont et me casse les oreilles. Je fulmine.

Mon ami, mon vieil ami, où le trouver à cette heure-ci ? Je ne peux donc pas me suffire à moi-même. Je crânais tout à l'heure, le mot « liberté » à la bouche. Après tout, je ne supporte pas d'être seule et j'enrage de cette constatation. La chère bicyclette n'est au fond qu'une vieille bécane grinçante.

En passant sur le pont, ma jupe se relève, ce qui fait pouffer de rire un grand dadais et son copain gringalet. Le vent ne se contente pas de retrousser les filles, je l'ai dans le nez et lutte avec lui à grand renfort de coups de pédales pour franchir ce pont interminable. J'entends dans mon dos : « Vas-y, Robic ! » Encore un qui n'a pas vu le temps passer… Cela ne vaut même pas un haussement d'épaules. D'ailleurs je ne peux pas, au risque d'être déséquilibrée.

Je la reconnaîtrais entre mille, sa maison ! J'y viens pour la troisième fois, mais je la connais par cœur. À l'encontre des autres jardinets qui rivalisent de soins, le sien s'annonce comme un morceau de forêt vierge. Sur les quatre fenêtres percées dans la façade, les deux du haut sont toujours fermées sur le locataire mystérieux. Les volets de la troisième battent lugubrement avec ou sans vent. Seule la dernière exprime la vie avec ses rideaux blancs bien tendus. Je tire le cordon d'une clochette qui me rappelle le guignol de mon enfance. Une silhouette apparaît entre les deux rideaux, la fenêtre s'ouvre et une femme peu amène aboie plutôt qu'elle ne parle :

« Qu'est-ce que vous voulez ? »

Surprise par le ton, je ne sais plus au juste… Pour me mettre à l'unisson, je crie aussi :

« Je viens voir M. Cloarec, s'il vous plaît !

— Il n'est pas là. Vous le trouverez au marché. »

En fait de salutations, elle referme sa fenêtre à la volée comme si elle me giflait. Je regarde les rideaux osciller comme des pendules.

Pas besoin d'un arbre généalogique pour comprendre que cette gracieuse dame est sa bru.

Si ce n'était la présence de l'église flanquée d'un énorme massif d'hortensias et de son enclos de granit, la place du marché serait méconnaissable. Vu de loin, le spectacle multicolore où évoluent tous ces petits bonshommes me fait penser à un tableau de Bruegel. En m’approchant, je constate avec regret que les personnages ont une taille normale, mais qu’ils sont effectivement colorés. L’été, toutes les fantaisies vestimentaires sont permises. L’effet de ce kaléidoscope est dû aussi au fait que les éventaires, chapeautés de parasols, sont installés à la diable.

Ce n’est pas un marché, c’est une fête de village. Je confie ma bicyclette à un marchand de jeans qui oubliera sur-le-champ sa mission de surveillance. Mon engin ne pourrait tenter qu’un antiquaire comme pièce de collection.

Je dépasse deux manèges et me joins à la foule qui entoure un camelot. Celui-ci vend des services de table en porcelaine de Limoges, il brade et casse :

« Vous n’en voulez pas ? » Crac ! Plus calmes, ce marchand de tapis d’Orient et ce peintre qui expose ses tableaux à même l’asphalte. Mieux équipée, une vieille brodeuse a disposé sur une modeste table pliante : napperons, tabliers, gants et cols, ouvrages crochetés ou brodés qui ne se portent plus guère, mais qui sont charmants. Des cultivateurs ont aligné leurs légumes sur des tréteaux ou à même le sol, comme ce vendeur d’artichauts qui vient tout droit de Saint-Pol-de-Léon et laisse le soin aux clients de peser eux-mêmes leur marchandise. Certains commerçants, nantis d’une camionnette aménagée, semblent jouer une farce dans leur théâtre de marionnettes, et cela ne fait pas sérieux de les voir négocier de la saucisse sans les coups de bâton du gendarme. Un marchand de disques crée l'ambiance en diffusant des airs du folklore breton.

À ses côtés, s'est installé un producteur de cidre. M. Jean discute avec lui, verre en main. Je ne pensais plus à lui.

« Bonjour, ma belle ! Je vous cherchais. Goûtez-moi au brut, si vous aimez le râpeux. »

Il me tend une main chaleureuse qui me réchauffe le cœur, puis remplit un verre qui sert à tout le monde, et trinque avec moi en m'adressant quelques mots de breton. Je prends l'air intelligent des gens qui ne comprennent rien et déguste un cidre comme je l'aime, rêche, avec un arrière-goût de fond de pressoir.

J'évoque soudain la tête de Madeleine si elle m'entendait dire : « Terrible, ce cidre ! »

Elle ne manquerait pas d'ajouter avec une grimace : « Tu as vraiment des goûts bizarres… »

Comme devinant ma pensée, M. Jean interroge :

« Alors, elle est partie, la petite famille ? » Sans attendre de réponse, il enchaîne : « Cet après-midi, je descends avec un ami à Pont-l'Abbé. Je dois aller à la banque. C'est la quinzaine commerciale, venez ! Profitez de la voiture ! »

Ce mot « banque » sonne mal dans la bouche de M. Jean qui donne l'impression de vivre d'amitié et d'eau fraîche.

À l'inverse du pittoresque d'un marché, je n'aime pas les quinzaines commerciales bruyantes et fouleuses, mais pour ne pas rester seule je lui réponds :

« D'accord. Vous passerez me prendre tantôt ?

— Bien sûr. »

Et s'adressant au marchand de cidre avec un petit air coquin :

« Qu'est-ce qu'on ne ferait pas pour une jolie femme !

— Attendez, monsieur Jean, je vais m'habiller en citadine cet après-midi, vous n'avez pas tout vu. À tout à l'heure ! »

Je me serais contentée d'un déjeuner hâtif, mais je me trouve en tête à tête avec un artichaut et n'en finis pas de faire des chevrons avec mes feuilles « usagées », car j'ai horreur d'avoir l'impression de manger dans une boîte à ordures.

Tout en grignotant, je passe mentalement en revue mon vestiaire réduit. Si j'excepte les pulls et les maillots de coton, il ne reste qu'une robe blanche à pois rouges qui a fait dire un jour à mon collègue de bureau :

« Tiens ! Vous ressemblez à une bête à bon Dieu. »

À quoi je lui ai répondu :

« Elle se distinguerait, mon cher, car généralement elles sont rouges à pois noirs ! »

Après l'absorption d'un petit-suisse, je m'attaque à ma métamorphose. Je me sentais très bien dans ma peau en sauvageonne, ayant déjà oublié les gestes automatiques de ma vie parisienne. En maquillant mes yeux et mes lèvres, j'éprouve l'impression de me préparer pour les bals costumés de mon enfance. Avoir le droit de mettre du rouge à lèvres, c'était vraiment ressembler à une dame. Le miroir regrette aujourd'hui mon éclat de petite fille. Et un sac ! Je n'ai pas emporté de sac, si ce n'est cette sacoche en cuir qui se porterait plus facilement sur un bleu de travail que sur une robe en soie. Ma trousse de toilette en plastique blanc me sauve la vie.

Un coup de klaxon devant la maison. Mon cœur bondit. Je reconnais le chauffeur en la personne du ramasseur de goémon qui semble issu de l'atelier de Giacometti. Il se croit obligé de sortir de la voiture pour me présenter ses civilités, ce qui lui demande un temps de réflexion pour déplier ses pattes d'araignée, lentement, pour ne pas les casser.

Il m'invite à m'asseoir à côté de lui, M. Jean ayant déjà pris place sur la banquette arrière. Je m'installe, un peu essoufflée, car j'ai couru pour rejoindre la voiture.

« Vous faites mentir le proverbe, Michèle. On dit qu'une jolie femme peut se faire attendre ! Avec cette robe, vous ressemblez à une coccinelle, lance M. Jean, toujours galant, en mettant sa main sur mon épaule.

— Je n'aime pas être en retard. On change. Si ma pauvre maman était là pour vous raconter mes départs à l'école... Je boutonnais mon tablier en descendant nos trois étages, faisais sursauter la concierge en claquant la porte cochère et dévalais l'unique rue qui me séparait de l'école en rasant les murs pour ne pas bousculer les passants. Une folle, disait maman. »

Mon conducteur, replié sur lui-même, pose ses deux mains noueuses sur le volant comme des paquets de sarments. Je continue :

« Savez-vous quel stratagème ma mère avait inventé pour m'inculquer l'exactitude et m'obliger à me lever plus tôt ? "Il faut que tu prennes le temps de faire ton lit et de plier ta chemise de nuit avant de partir. Si tu ne le fais pas, je te lance la chemise par la fenêtre avec ton presse-papiers en marbre à l'intérieur. (Elle savait que j'y tenais.) Elle arrivera avant toi sur le trottoir, tu n'auras plus qu'à remonter." Comme je savais pertinemment qu'elle l'aurait fait, à dater de ce jour j'ai plié ma chemise de nuit chaque matin. »

L'araignée, qui n'avait pas encore ouvert la bouche, demande :

« Elle ne vous a pas menacé d'envoyer aussi le lit par la fenêtre s'il n'était pas fait ? »

La repartie m'amuse, mais pas tant que la voix de contre-ut émanant de cette carcasse de Méphisto.

En me retournant j'aperçois les yeux bleus rieurs de M. Jean. Il paraît ravi de notre équipée et s'extasie :

« Regardez le champ de glaïeuls à gauche. L'horticulteur est un ami. Depuis des années, je fleuris la tombe de ma femme grâce à lui. Il expédie ses fleurs jusqu'à Quimper ! »

Pour cet homme qui n'a jamais bougé de son village de pêcheurs, Quimper semble au bout du monde. Le bruit du moteur de notre 2 CV est couvert par un bruit de foule : cris, rires, sifflets. Dans une trouée de verdure, j'aperçois la colonie de vacances que j'ai souvent croisée sur la route et sur la plage. Elle est installée dans une ancienne ferme aménagée. Quatre ou cinq corps de bâtiments encadrent la cour. Du temps où il y avait des vaches en Bretagne !

La supériorité du vélo sur la voiture, c'est la flânerie du regard. Il s'attache au paysage, en images successives, à la cadence du pédalier. De la portière d'une voiture, la vision est syncopée. Quelques flashes éblouissent l'œil qui opère un tri.

Au cerveau ensuite de raconter ce qu'il a enregistré. À deux, on ne fait pas le même voyage, retenus par des détails différents. L'agitation colorée des enfants est déjà loin. M. Jean, qui l'avait aperçue, lance :

« Vous vous rendez compte, ces pauvres gosses, tout le chemin qu'ils font quatre fois par jour pour aller sur la plage ! Ils vont s'user les jambes, les parents ne pourront pas s'extasier qu'ils ont grandi…

— Vous m'étonnez, monsieur Jean. Dans votre jeunesse vous marchiez beaucoup, et sans doute pas pour vous amuser ! »

Je dis cela en me tordant le cou pour regarder mon compagnon assis derrière moi, mais dès l'évocation de ses souvenirs, je ne le regarde plus. Il sait que je l'écoute :

« Cette route-là, je l'ai faite plus d'une fois à pied, traînant les sabots. Nous nous battions avec mes frères et sœurs pour savoir qui accompagnerait la mère à Pont-l'Abbé pour livrer les coiffes et les devanciers qu'elle brodait à la maison, entre une bouillie de châtaignes à tourner sur le feu et un coin de jardin à bêcher. L'heureux élu recevait l'honneur de porter le carton, ou plutôt le “coco” qui enfermait les linons empesés. Nous le portions à bout de bras comme le saint sacrement les cinq cents premiers mètres. Ensuite, le carton prenait une allure penchée qui faisait dire à ma mère : “Donne-moi ça et prends les paniers”, car au retour nous rapportions le sel pour saler le cochon, du luxueux café et du sucre qu'elle assurait payer moins cher qu'au pays. Parfois, elle s'arrêtait un instant à l'atelier de brodeuses où elle avait travaillé toute gamine. À cette époque, elle participait à la fête des brodeuses qui se tient toujours en juillet. Elle embrassait Philomène qui s'usait les yeux du matin jusqu'au soir depuis quarante ans. Leurs effusions me permettaient de ramasser des chutes de velours et quelquefois des perles oubliées entre les lames du parquet. Je subtilisais mes trésors et les enfouissais dans ma poche, persuadé que personne ne m'avait vu, ce qui augmentait le prix de mon larcin.

— Vous êtes un peu triste, alors, lorsque vous venez à Pont-l'Abbé.

— Non, ma petite Michèle. Ce sont d'heureux souvenirs. Je ne vous ai pas tout dit : avant d'attaquer la route du retour – ce qui nous semblait pénible, surtout l'hiver lorsque la nuit descend tôt –, ma mère entrait dans une épicerie-buvette et me calait l'estomac avec une galette de sarrasin arrosée d'une bolée de cidre. Je ne crois pas en avoir bu du meilleur ! La pauvre femme avait gagné quelques sous, et c'était sa joie de nous faire plaisir. Les petites pattes reprenaient avec courage le chemin de la maison. À la nuit tombante, les silhouettes des arbres m'inquiétaient bien un peu, le hennissement d'un cheval dissimulé derrière une haie me faisait bien sursauter, mais j'aimais avoir peur. Et puis, ma mère me donnait la main. J'en étais heureux car, chez nous, on n'avait pas le temps de faire des cajoleries. »

Le chauffeur, qui me fait penser à Don Quichotte, profite de cette fin de narration pour s'emparer de la parole. Il n'a pas dit grand-chose, mais sa voix de crécelle me cause à chaque fois un choc :

« Avec la foire commerciale, les rues sont piétonnes. Je vais mettre la voiture au parking près du marché couvert. Nous, on va d'abord au Crédit agricole. Hein, Jean ? »

Autrement dit, il m'élimine, le bougre. Je ne suis pas fâchée de me retrouver seule, car je nous vois mal déambuler tous les trois comme les Pieds Nickelés dans ces rues bondées de monde. En femme affranchie, pour river son clou au grand escogriffe, je dis :

« J'ai des courses à faire. Nous pourrions nous retrouver dans une heure à la terrasse de ce café. C'est moi qui offre, messieurs. À tout à l'heure ! »

M. Jean paraît contrarié. Je fais virevolter mes pois rouges en leur tournant le dos et me dirige… je ne sais où.

VIII

UNE ODEUR DE FRITURE sucrée flotte dans l'air. Les gens paraissent s'amuser. J'achète une ceinture à un marchand ambulant. Une ceinture marrante faite avec une cordelière le long de laquelle s'égrènent des perles en bois. Il s'agira maintenant de m'acheter une robe pour aller avec la ceinture, ou d'entrer chez les carmélites. Un animateur de jeux radiophoniques me fait écouter sous la menace le refrain d'une chanson que j'identifie sans mal, ce qui me vaut une bouteille de vin rouge entre les bras et un ballon qui sautille au bout d'un fil. Je m'empresse d'accrocher celui-ci au poignet d'une fillette qui hurle de peur. Je m'approche d'un stand de charcuterie régionale et deviens la proie d'un charcutier rubicond qui me fourre une rondelle d'andouille dans la bouche.

« Vous n'allez pas me dire qu'elle n'est pas bonne ? » Je serais bien en peine de protester : j'étouffe. Devant une dizaine de badauds rigolards, je ne peux saboter la vente en déclarant que l'andouille est trop poivrée, alors je joue le compère et, tout en essuyant les larmes qui coulent de mes yeux, déclare que je n'en ai jamais mangé de meilleure. Stoïquement, j'achète un tronçon de cette dynamite.

Je m'arrête devant la vitrine d'un photographe et suis subjuguée par la beauté d'un chien-loup qui semble sourire de toutes ses dents. Nul maquillage, aucun artifice, à l'inverse des mariées figées entre leurs corbeilles de fleurs. La plupart sont béates. Je devais être comme elles. D'autres, au sourire malicieux, ont l'air de penser : « Je l'ai bien eu. »

La foule s'éclaircit. J'arrive au bout de la rue commerçante : un surplus américain accroche à l'extérieur de son magasin des tenues de camouflage, des canadiennes doublées de mouton, des treillis fatigués d'avoir été au combat ou d'avoir fait la vitrine. À croire « qu'ils » s'étaient préparés pour la guerre de Cent Ans ! Sur des tréteaux s'entassent pêle-mêle des bidons, des torches, des casques, des insignes, des poignards, et la vue de cet arsenal me fait mal. Mon humeur a vite fait de se transformer : des mariées benoîtes et des p'tits Ricains sacrifiés. Voilà le plongeon en arrière.

Je tourne à angle droit pour enfiler une rue déserte – la rue Danton – où je me réfugie entre deux rangées de maisons anciennes chapeautées de leurs ardoises d'origine. Leurs volets sont clos pour décourager un soleil qui pourtant ne s'aventure jamais ici. Quelques fenêtres s'enhardissent à ouvrir les yeux sur la rue à travers des rideaux blancs amidonnés que l'on ne voit qu'en province. Une cage emprisonnant un serin est suspendue à une barre d'appui qui défend aussi deux pots de géraniums. Les gouttières qui descendent le long des murs déversent leurs eaux dans un caniveau revêtu de petits pavés ronds. Il n'y a pas de trottoirs. Mes yeux sont attirés par un soupirail qui dispense un semblant de clarté au fond d'un cul-de-basse-fosse où travaille un artisan. Une odeur de colle forte qui me rappelle l'école m'aide à comprendre qu'il répare la reliure d'un livre.

Au-dessus du soupirail, dans la vitrine du magasin, un chat dort entre des livres anciens et des gravures piquées de chiures de mouches. Un écriteau dont l'encre est décolorée par de longues années d'exposition informe l'aimable clientèle que la boutique n'ouvre qu'à 15 heures. Le chat peut dormir en paix, car le chaland est rare. Seule une paumée comme moi qui s'attarde maintenant devant une galerie d'art. La devanture, ne comportant pas de vitrine, n'expose aucun tableau. Le regard plonge directement dans une pièce moquettée de beige dont les murs sont tendus d'une toile tabac. Des spots lumineux judicieusement disposés éclairent les tableaux suspendus aux cimaises. La porte est ouverte et, sur une discrète carte de visite punaisée contre le chambranle, je lis : « Alexandre, entrée libre ». Alors j'entre. Un coup d'œil circulaire transmet les informations à mon cerveau : nous aimons. Pour ne pas gâcher le plaisir, je concentre toute mon attention sur une première aquarelle. Le sujet n'est pas original, mais fait plus couleur locale que des pics rocheux. Sur un grand ciel se découpent les silhouettes de quatre ou cinq maisons basses, leurs cheminées trahissant leur origine. Une plage longue s'étire, semble-t-il, à perte de vue, derrière une unique barque couchée sur le flanc. Une amarre la retient inutilement, faute de mer, à un ponton discret. Les couleurs pastel échappent aux bonbons fondants. Elles semblent mouillées comme le sable lourd d'humidité qui vient de digérer sa dernière marée.

Personne dans la boutique. À regret, je détache mes yeux et les reporte sur le tableau suivant. Avec surprise, je me trouve devant un sujet presque identique peint à l'heure où le soleil au zénith accorde les ombres les plus courtes aux choses. La barque alanguie tout à l'heure est vigoureusement plantée sur un sable dont la blancheur aveugle. Ses contours, fermes, ne laissent ignorer aucun détail. Éraflée, écaillée, elle n'est plus si jeune que cela. Le ponton est vermoulu et disloqué. Les maisons fantomatiques nimbées d'un contour incertain ont fait place à des sentinelles vigilantes qui captent l'attention au détriment de la plage qui paraît plus petite et sans intérêt. La troisième manière du peintre me laisse songeuse. Voilà un monsieur obstiné qui a de la suite dans les idées, comme Monet avec la cathédrale de Rouen. Cette fois, la mer est présente. La barque soudain à flot s'est redressée. Les remous qui l'entourent me permettraient presque de percevoir les clapotis. La chaîne qui la retient disparaît dans l'eau. Seule la présence du ponton qui émerge sur la pointe des pieds laisse à penser qu'elle ne prendra pas la mer si facilement. La plage fuit loin, très loin, accompagnée d'une frange de mousse qui s'amenuise à la limite du papier. Les maisons se réduisent à deux pour surveiller la barque. La toile suivante représente une côte rocheuse surplombant un océan tumultueux traité en peinture à l'huile. Les vagues s'écrasent, se fracassent, se pulvérisent. Partout des éclaboussures d'écume ! Je n'aime pas ce côté agressif.

Une lumière s'allume dans mon dos. J'ai aperçu son reflet dans le sous-verre qui me fait face. Avec l'habileté d'un chat, un homme vient de s'installer derrière une petite table éclairée par une lampe en porcelaine fleurie surmontée d'un abat-jour. Il ne m'adresse pas la parole et s'absorbe dans l'écriture. L'imagination aidant, je conclus qu'il rédige des invitations, car il a une pile de bristols devant lui. À n'en pas douter, il s'agit de M. Alexandre. Je ne sais s'il est grand, mais il paraît costaud, une cinquantaine d'années, des lunettes, des cheveux longs, ainsi qu'un pull-over que la canicule actuelle ne justifie pas.

Le sous-verre enferme un dessin au crayon qui me plaît infiniment. Des marins déchargeant des casiers à l'arrivée d'un chalutier sont figés dans l'action avec une économie de traits. Leurs mouvements sont amples, précis, et je suis frappée par l'énergie qui se dégage de ce croquis. D'autres scènes du port et de la criée lui font suite. La couleur revient avec de charmants paysages bretons, des chapelles, des calvaires, des chemins creux, des massifs d'hortensias décolorés par un soleil trop ardent qui fait mentir les détracteurs du climat breton. Aucune outrance. Des taches de couleurs légères avec beaucoup de blancs pour faire resplendir de la lumière partout.

Je suis arrivée à la dernière œuvre. Ce sont des fleurs emprisonnées dans un pot. Ce n'est jamais joli, un vase, et les fleurs sont tellement plus belles dans les champs, mais ce bouquet planté à la diable n'a rien de sophistiqué et le réalisme de ces fleurs légères me plaît. Je réfléchis à ce que je vais dire, car je ne peux pas partir comme cela, sans un mot. Pourtant, le cerbère attablé n'invite pas à la conversation, mais j'ai une idée pour l'aborder.

« Pardon, monsieur. Auriez-vous un catalogue de l'exposition, s'il vous plaît ? »

J'ai parlé bas, comme dans une église. On parle toujours bas dans les expositions de peinture. Il fourrage dans une pile de documents posés sur la table et se lève pour me tendre un tarif sous plastique. Ce type est plus grand que je le pensais. En revanche, ses cheveux, qui ne reposent plus sur ses épaules maintenant qu'il a redressé la tête, sont moins longs qu'il y paraissait. Ils ondulent en vagues argentées en longeant les tempes et terminent leur course en bouclettes. À travers les lunettes, deux yeux noirs foudroient, mais la voix se fait douce car, par esprit d'imitation, il murmure :

« Commencez plutôt par ce tableau-là. Il correspond à l'ordre des numéros. »

Sans en avoir l'air, il a bien observé que j'ai regardé l'exposition dans le mauvais sens. Vexée, je me sens rougir. Après tout, ma figure sera assortie à ma robe. Je recommence mon tour dans le bon sens :

Chapelle de Tronoën	1 000
Port du Guilvinec	1 200
Plage de Lesconil	1 000

Pourquoi ne pas m'offrir une aquarelle ? Peu m'importe si ce peintre est coté ou pas. Ce qu'il fait me plaît infiniment. Je vais la regretter, cette plage, celle dont les maisons sont mouillées. Il l'a intitulée : vision matinale. Elle est un peu nostalgique mais reposante, et s'accorde parfaitement avec l'atmosphère feutrée de cette pièce. Elle s'adaptera chez moi, puisque je l'aime déjà. Aucun besoin de porter les yeux sur une peinture agressive lorsqu'on revient le soir du boulot. Pour une fois, la « gémeaux » que je suis ne tergiverse pas.

« Excusez-moi de vous déranger encore, mais je désirerais acheter cette aquarelle.

— Tiens, vous avez choisi celle-ci, me répond-il, étonné. D'après les réactions des visiteurs, je sais qu'ils préfèrent toujours le soleil, mais je vais vous dire confidentiellement : mon goût rejoint le vôtre. Vous connaissez Lesconil ? »

Sa question me prend au dépourvu, et comme une imbécile j'allais dire non.

« J'y viens en vacances depuis des années. Avec des coupures, car j'ai voulu changer. Je lui ai préféré l'Autriche, puis l'Espagne, mais je ne suis vraiment heureuse qu'ici. Ce n'est pas une envie, c'est un besoin, comme les oiseaux migrateurs qui regagnent les pays chauds ! Vous habitez toute l'année à Pont-l'Abbé ? »

J'ai plaisir à prolonger l'entretien. Nous nous faisons face en croisant les bras tous deux, et je me prends à penser que nous sommes en position pour danser une gigue écossaise. De mon sac qui pend à mon épaule sort un effluve d'andouille, et ma bouteille de vin rouge trahit sa présence par sa capsule métallique qui dépasse. Ce sac, je voudrais l'envoyer au diable ! Mon vis-à-vis ne semble pas y prêter attention et répond de bonne grâce à ma question indiscrète :

« Il y a quelques années, j'habitais à Quimper et je venais peindre dans les environs : Penmarc'h, Le Guilvinec, Lesconil. Un jour, en passant par Pont-l'Abbé, je suis tombé sur cette boutique à vendre. C'était une occasion. Maintenant, j'y demeure toute l'année.

— Mais vous ne pouvez pas vous éloigner pour peindre si vous devez tenir votre galerie ?

— J'ai un accord avec une jeune fille. Elle est moins rude que moi et n'effarouche pas la clientèle. Lorsqu'elle me remplace, les affaires marchent, ajoute-t-il en riant.

— Il est difficile d'être artiste et commerçant. Mon parrain, qui peint pour son plaisir, ne peut se résigner à se séparer de ses tableaux. Encore moins à les négocier. Je l'ai vu en donner un troisième gratuit à une personne qui lui en avait acheté deux !

— Je ne peux pas me permettre ce luxe, car j'essaye de vivre de ma peinture. Mais vous avez raison : je ne suis pas un bon commerçant et j'éprouve une certaine gêne à recevoir de l'argent. C'est idiot.

— Vous allez pourtant accepter mon chèque ! »

Il sourit et avance un fauteuil à mon intention près de son bureau. Je mets mes lunettes, ce qui me permet de mieux apprécier son sourire. Celui-ci lui ôte d'un seul coup dix ans d'âge. Le sourire ressuscite les traits de l'enfant que nous étions. Il gomme les expressions dures créées par les soucis. « Alexandre » n'a plus composé pendant quelques instants. Comme s'il regrettait de s'être livré, il est déjà redevenu sérieux et me dit, lorsque je lui tends le chèque :

« Je vais vous demander une faveur. Répondez-moi franchement. Vous serait-il possible de me laisser ce tableau encore quelques jours ? Rassurez-vous, il est retenu, mais je n'aimerais pas dénuder l'exposition, surtout que celui-là, il fait partie d'une série…

— Bien sûr. Cela ne m'ennuie en aucune façon. Il est destiné à mon domicile parisien et je ne sais même pas si j'aurais trouvé un clou pour l'accrocher dans ma location ! Je ne rentre à Paris qu'à la fin du mois.

— Autrement dit, cela vous arrange. En attendant, gardez votre chèque, je vous fais confiance.

— Jamais de la vie !

— Alors prenez ces billets de concert, puisque vous êtes en vacances. L'orchestre de Heidelberg joue, entre autres, l'été, *Les Quatre Saisons* de Vivaldi à l'église des Carmes de Pont-l'Abbé. Vous connaissez ? ajoute-t-il abruptement.

— Quoi ? Vivaldi ou l'église des Carmes ? »

Il fronce les sourcils. Gare à l'ironie, ma vieille, le monsieur a l'air d'être susceptible. Il ne répond d'ailleurs pas à la question et justifie :

« On m'a fait cadeau de ces deux places. J'aime la musique, mais j'ai horreur de sortir tout seul. Ce serait dommage de les perdre.

— Je vous avoue que je suis toute seule aussi, mais je ne renonce pas pour autant à sortir. La vie de célibataire serait intenable. »

Il paraît déconcerté, et je sens qu'il me regarde maintenant comme une vieille fille. Si l'homme seul fait figure de héros, de don Juan qui refuse de se lier, de jeune homme qui défie les ans, nanti à son berceau d'une éternelle jeunesse, la femme célibataire éveille la compassion. C'est une laissée-pour-compte, un rebut, et le bouche-trou des compartiments et des hôtels. On recherche la compagnie du célibataire, on l'invite, on le courtise. On « consent » à mettre un couvert à sa table pour la délaissée, à condition que ce ne soit pas trop souvent. Si l'homme est seul, c'est qu'il l'a bien voulu. Mais la demoiselle ou la femme seule traîne avec elle une odeur de catastrophe. Monsieur Alexandre, j'ai choisi mon état. Non seulement je vais assister à ce concert, mais vous allez me connaître.

« Pourquoi ne viendriez-vous pas avec moi ? »

J'ai dit cela presque hargneusement, alors que le pauvre gars n'a pas ouvert la bouche.

« D'accord, alors je garde les billets. Disons 9 heures moins le quart devant l'église demain ? »

Nous nous serrons la main comme de vieilles connaissances ou comme des paysans qui viennent de conclure un marché. J'embrasse encore d'un regard circulaire les tableaux avec le regret de ne pouvoir les acquérir tous. Il suit mon regard, se dirige vers la table et me tend un livret.

« Vous emporterez toujours ça, madame ?...

— Michèle.

— C'est le catalogue de ma dernière exposition. En couleurs, s'il vous plaît ! »

Je balbutie des remerciements et sors de la boutique. Je me sens gauche, car je parie qu'il me suit des yeux, aussi je loupe la marche, et ma sortie par voie de conséquence. Un coup d'œil à ma montre me rappelle à la réalité. Mes deux compagnons doivent m'attendre, inquiets. Suis-je kidnappable ? Je marque une minute d'arrêt, éblouie par le soleil. Perdue un instant dans le temps et dans l'espace, je décide de regagner la rue piétonne par le chemin précédemment parcouru.

Le chat dort toujours entre ses gravures, le canari a laissé intacte la branche de sénevé qui pend dans sa cage. Pour eux deux, rien n'a changé. Pour moi, le monde a basculé : j'ai rendez-vous avec un homme. Et, mon Dieu, il n'est pas mal du tout…

M. Cloarec et « l'araignée » sont assis à la terrasse, deux verres vides entre eux. Je réalise tout à coup mon incorrection.

« Vous êtes là depuis longtemps ? Excusez mon retard, mais j'ai rencontré un ami… »

M. Jean me tire de l'embarras où il me voit empêtrée.

« Cela ne fait rien, Michèle. Nous étions très bien à vous attendre. Vous prenez quelque chose ? »

Il est d'autant plus gentil que son ami fait carrément la gueule.

« Oui, je vais prendre… un petit porto ! »

Mine désapprobatrice du redresseur de torts. Mais je me fiche de tout et me sens étrangement heureuse. Mon besoin de communiquer me fait raconter.

« Je vais aller à un concert demain soir à l'église des Carmes.

— Vous irez à vélo ? » demande M. Jean.

Au fait, il a raison. Passe encore pour l'aller, mais je me vois mal pédaler en pleine nuit pendant des kilomètres. Soudain, je suis catastrophée et ne vois pas d'issue. Décidée à me rendre à ce concert par n'importe quel moyen, j'irais bien sur le ventre. Mais il y a sans doute une solution moins barbare.

« J'irai à vélo à l'aller et tâcherai de trouver quelqu'un qui repart à Lesconil en voiture. Je laisserai ma bicyclette chez mon ami. »

M. Jean ne prend pas mon idée au sérieux. Je le vois à ses yeux plissés, il se moque.

« Vous ferez une annonce à l'église ?

— Je demanderai à la sortie autour de moi. »

Me revient à l'esprit une réflexion de maman lorsque, à seize ans, je fréquentais François et trouvais mille subterfuges pour le rencontrer, ne fût-ce qu'une minute : « Rien ne résiste à une fille amoureuse ! »

Alors, étais-je amoureuse ? D'Alexandre ? Déjà ?

Je règle les consommations comme je l'avais promis, et aussi pour me faire pardonner mon retard. Ce geste plaît à l'araignée qui daigne m'honorer d'un sourire en rangeant sa chaise. Dans la voiture, j'ai beaucoup de mal à fixer mon attention sur le bavardage de M. Jean. Attentive d'ordinaire à ses récits, ils ont un peu le don de m'agacer ce soir, et je suis ravie de me retrouver enfin seule devant ma barrière de bambou.

*
* *

Coûte que coûte, il faut remplir les heures qui me séparent de mon rendez-vous. Je connais par cœur le catalogue de l'exposition de Quimper que je conserve comme une relique. J'essaie de deviner les paysages d'après des indices, m'attardant sur un clocher, un pont, un étang. Je me prends à rêver devant ces grands ciels où traînent des nuages tracés à coups de pinceaux vigoureux. J'ai passé une mauvaise nuit à me répéter les quelques phrases qu'il a prononcées. Je leur attribue un sens qui ne l'a sans doute pas effleuré. Je m'invente des réponses plus intelligentes. Les aquarelles se succèdent, syncopées comme un film muet. Certains détails me faisant faux bond, mon imagination supplée. Tout compte fait, j'aurais dû retenir les trois aquarelles, car il s'agissait d'études dont l'intérêt résidait dans le changement d'atmosphère sur le même lieu. J'ai mutilé sa série. Je réparerai cela, ce soir. Et s'il ne venait pas ?

Aucune idée de l'heure. J'ai dû m'endormir sur le matin. La vieille dame du dessous a ouvert ses volets depuis longtemps – les personnes âgées se lèvent toujours de bonne heure –, et les Allemands écoutent ou n'écoutent pas un disque de Sidney Bechet. Il doit être tard. Ils partent se baigner à 11 heures du soir et ne sont pas matinaux. Malgré cette conscience, les membres ankylosés, je ne peux bouger. C'est comme si je n'avais pas de corps. Je plonge dans un demi-sommeil. L'inaction permet à mon cerveau de travailler à cent pour cent. Je raisonne plus justement. Les situations qui me paraissaient dramatiques me sont soudain moins inextricables. Finies, les petites tracasseries de la nuit. J'embrasse le cosmos, j'appréhende Dieu et son armée céleste, j'explique le pourquoi de notre existence. La vision se rétrécit. Je pense à mes amours. François superpose Jean-Marc. Celui-ci s'estompe, malgré nos dix années de vie commune. Dix ans d'équilibre dont je suis fatiguée rien que d'y penser. François qui s'est effacé comme un second rôle au théâtre ressurgit avec force. Je l'aime comme au premier jour. Je voudrais le rattraper et me donner enfin à lui, abattant les préjugés qui nous ont séparés.

Louis Armstrong a succédé à Sidney Bechet et censure ma rêverie. Je sors de ma torpeur à contrecœur et reprends connaissance devant mes tartines de beurre salé qui me font oublier mes kilos superflus et mes résolutions. Je me lave la figure avec l'énergie qui faisait dire à Jean-Marc : « Mais pourquoi t'arraches-tu la figure ? » Moulée dans un short démodé, je passe en revue le jardin. Des oiseaux dont j'ignore le nom picorent les miettes que j'ai jetées à leur intention. Je coupe des têtes d'hortensia fanées, égalise à l'aide d'un balai les cailloux dérangés par le passage du vélo et m'assieds sur le banc de pierre pour justifier sa présence et parce que j'y suis bien. Les branches du mimosa lui font une ombre légère et dansante. De la ferme voisine sort une charrette tirée par mon copain le cheval aux pattes frangées. Un bruit de bidons, une odeur de purin complètent ma sensation d'être en sécurité. J'examine une sauterelle qui fait escale sur le bout de mon pied. Mon seul souci à l'heure présente est de savoir si une sauterelle mord.

« Madame ! Vous avez une lettre… »

Par-dessus la barrière, j'aperçois la tête de ma logeuse. Le courrier arrive chez elle. Nullement désireuse d'entretenir la conversation, je l'invite toutefois à entrer, d'autant plus qu'elle est charmante. Elle n'a pas le temps. Un brin anxieuse, j'ouvre la lettre. Je ne peux ouvrir une lettre sans un petit pincement au cœur, redoutant toujours une tuile. C'est Madeleine. Elle me plaint : « Ma pauvre grande, tu es seule, tu dois t'ennuyer. » Elle m'emmerde !

L'inaction ne me vaut rien. Alors je décide d'aller à la pêche aux moules pour mon déjeuner. J'enfourche mon vélo. Il est docile et ne me contrarie pas, à l'inverse de Madeleine. Je pédale sans penser, avec seulement le réflexe de fermer la bouche et d'entrouvrir les yeux, juste ce qu'il faut pour ne pas récolter de moucherons. Du pont, je constate que le Steir se retire dans la mer. Il semble mettre de la mauvaise volonté. La marée le ponctionne, mais il s'attarde entre les rochers, comme un enfant qui demande un sursis lorsqu'on l'appelle : « Laisse-moi encore quelques minutes ! » L'arrachage des moules aux abords du pont n'est pas chose aisée. L'eau qui bouillonne me déséquilibre, et les pierres sur lesquelles je pose mes pieds à l'aveuglette sont recouvertes d'algues ou de mousse gluante. D'une main je décroche les moules, de l'autre je tiens le petit seau qu'Agnès a oublié. Je ne suis pas seule. Deux ou trois acrobates aussi fous que moi s'esquintent les mains, histoire de manger leur pêche et de pratiquer un sport, car c'en est un. Eux le font en silence. Moi, je ris ou dis des gros mots.

L'après-midi je me ménage, allongée sur la plage avec un bouquin dont je ne vois pas la fin, car je ne lis pas. J'aurais aussi bien pu prendre mon fer à repasser. Sans cesse je vis ma soirée, invente des dialogues, noue une idylle et m'en veux d'être aussi cloche. J'écris une carte postale à mon collègue. Un marin hilare brandit une langouste devant une pile de casiers. Pauvre gars ! J'ai l'air de me moquer de lui : il ne prend pas de vacances et, en fait de langouste, se contente de la soupe qu'il va manger chaque soir chez sa mère. Du collègue, je passe aux fauteuils roulants, aux béquilles qui représentent notre toile de fond toute l'année. Je pars en courant vers la mer pour y noyer mes pensées noires.

*

* *

Je n'aime plus me regarder dans une glace. Aucune complaisance. Le bronzage que je recherchais il y a peu d'années encore, car il faisait ressortir mes cheveux blonds et me prêtait un petit air nordique, accuse maintenant mes traits. Rides d'expression, dit-on pour se consoler. En face à face dans la salle de bains, je dénombre les striures blanches de mon visage qui me font penser aux tatouages d'un Indien partant pour la guerre. À partir de là, je dois songer à me faire belle. Pitié pour mon peintre : je remise la palette que je n'ai jamais eu l'occasion d'ouvrir et me contente de dessiner avec mon bâton de rouge à lèvres au goût de framboise ma bouche en forme de cœur – héritage que la famille se transmet avec fierté comme un blason.

J'ai souvent froid à l'intérieur d'une église, aussi j'opte pour le pantalon de jersey bleu marine, le pull blanc et le caban pour dissimuler une poitrine agressive et faire face aux frimas, car n'oublions pas que je me prépare pour un éventuel retour nocturne à bicyclette.

À force de parcourir le trajet Lesconil-Pont-l'Abbé, les kilomètres me semblent plus courts. J'arrive au croisement de Plobannalec, étonnée du chemin parcouru, mais j'ai présumé de ma résistance et peine pour effectuer les derniers coups de pédales. Crevée, essoufflée, décoiffée, j'arrive bien trop tôt devant l'église des Carmes. La petite porte est cependant ouverte, car des musiciens portant leurs instruments arrivent, décontractés. Je pénètre dans l'église à leur suite. Comme la mémoire est infidèle ! Je ne la voyais pas si grande. J'avais oublié la présence de ces quelques marches qu'il faut descendre pour atteindre le niveau du sanctuaire. La vue de l'admirable rosace qui occupe tout le fond du chœur me cloue sur place. La lumière encore vive de ce soir d'été anime les vitraux emprisonnés dans ces entrelacs de pierre qui s'effacent avec modestie pour faire éclater une symphonie de couleurs. Je caresse des yeux les courbes de la voûte en bois en forme de carène. Le mur latéral droit correspondait jadis à un cloître. La présence de niches aveugles évoque le temps où les moines suivaient les offices à travers leurs arcatures. À gauche, l'unique bas-côté est plongé dans la pénombre. J'y distingue pourtant une chapelle qui abrite saint Crépin et saint Crépinien, curieuse association des patrons des cordonniers et des médecins. Voici sainte Barbe et sainte Apolline… Au long des siècles, elles furent sans doute promenées, adorées, car la Bretagne savait honorer ses saints. Ce soir, elles participeront à la fête, car la musique « habitera » l'église. Je m'attarde à regarder les bancs vides et ressens un malaise voisin de l'angoisse à l'écoute du silence. Au cours du concert, celui de la foule attentive sera de nature différente, tangible, presque palpable.

Des jeunes gens en tenue d'été sortent brusquement de la sacristie et jouent les déménageurs. Ils montent un clavecin, installent des pupitres, déplacent des bancs. On me prie de sortir, un peu à la manière de l'infirmière qui vous met à la porte pour donner des soins. Près de la porte, je croise un type qui semble en difficulté avec une table. Elle paraît lourde, mais je n'ai aucune envie de l'aider puisque je suis évincée. Après plusieurs tentatives, il l'installe en bas des marches et y dispose des disques et des cassettes, ainsi qu'une pile de programmes.

Entre-temps, une cinquantaine de touristes sont arrivés pour former une file festonnée. La plupart sont des étrangers parmi lesquels dominent les Allemands, puisque l'orchestre vient de Heidelberg. Sur le parking, certains attendent l'heure du concert dans leur voiture. Moi, je rejoins mon vélo et le gare entre deux véhicules avec l'espoir qu'on ne me l'aplatira pas dans l'obscurité. J'observe la curieuse tour carrée coiffée d'un campanile en bois recouvert d'ardoises. Et cette fenêtre insolite percée en haut de la façade au-dessus de la rosace ? Elle ne paraît pas à l'intérieur de l'église ; elle éclaire donc les combles.

Des portières claquent, la foule grossit subitement, et un sentiment d'inquiétude commence à poindre dans un coin de moi-même. Le cœur ? La tête ? Plutôt l'estomac. Et s'il ne venait pas ! Il a raison, Alexandre, je n'aperçois pas de personne seule. Les gens s'engouffrent maintenant dans l'église, billet en main. Après l'estomac, l'angoisse étreint le ventre. Il va être 9 heures et le concert va commencer. Il ne va tout de même pas arriver en retard ! J'ai horreur de ça ! Il ne s'agit plus d'inquiétude : je suis furieuse, cela doit se voir. Agnès dit dans ces cas-là :

« Pourquoi tu fais la petite bouche, dis, tata ? » Mais il m'arrive dans le dos, le temps pour moi de reprendre un air convenable.

« Bonsoir. J'avais un client qui ne me lâchait pas… Bon ! Où ai-je fourré les billets ? »

Un peu surprise de la façon abrupte de m'aborder sans un mot d'excuse, j'attends qu'il passe en revue toutes ses poches pour lui tendre la main. Il le fait distraitement, contrarié sans doute par son retard, et atteint le contrôle à grandes enjambées, me plantant là. Je trottine comme une souris derrière lui. L'église est bondée, mais j'ai l'heureuse surprise de constater que les places sont numérotées, et nous voilà au deuxième rang, à quelques mètres des musiciens. Nous dérangeons quelques personnes prêtes à râler, et je m'installe derrière une tignasse bouclée qui a l'envergure de la rosace. Mon compagnon, qui n'a pas encore desserré les dents, hèle une jeune fille qui circule avec les programmes. Les regards qui convergeaient vers nous au moment de notre arrivée reprennent la même trajectoire. Heureusement, le chef d'orchestre apparaît et salue d'une façon bien germanique, ainsi que ses jeunes musiciens qu'il présente dans un très bon français. Un laïus intéressant sur l'œuvre qui va suivre dispense d'ouvrir le programme. Et l'enchantement commence. Dès les premiers accords, ma contrariété s'estompe. Un regard glissé vers mon voisin m'apprend qu'il ferme les yeux. Je ne me cache pas qu'il me fait très peur, et j'ai l'impression de guetter le réveil de l'ogre. Le premier violon m'arrache à mon observation indiscrète. Je regarde les musiciens un moment, me familiarise avec leurs manies, essaie de les détacher les uns des autres, reconnaissant le son de leur instrument puis, comme rassurée, contemple l'architecture qui nous environne. J'allie les sons aux formes. Il est aussi malaisé d'expliquer le bien-être éprouvé que la faim ou le vertige. La nuit a éteint les vitraux de la rosace dont la membrure de pierre maintenant est à l'honneur. Les arpèges de la flûte traversière jouent au chat et à la souris à travers les fines arcatures, tandis que les violons suivent les nervures et les rinceaux en une ligne continue. Parfois, l'alto ascensionne les piliers jusqu'à toucher la voûte où l'orchestre au complet le rejoint dans une apothéose. La prière n'a pas forcément besoin de mots. Soudain, grand silence. Je redescends de mon « paradis » tandis que l'assistance, comme moi, sort de l'enchantement. Alexandre me regarde en souriant. C'est trop de bonheur à la fois.

L'orchestre et son chef, qui a quitté son clavecin, s'inclinent sous un tonnerre d'applaudissements. À travers eux, nous remercions au long de ce concert Bach, Telemann, Vivaldi pour leur talent. À l'entracte, nous sommes d'accord pour rester à nos places et commentons ce que nous venons d'entendre. Chez lui, il écoute souvent de la musique. Cela l'aide à peindre. Il m'explique que les sons correspondent à des couleurs. Tout en l'écoutant avec beaucoup d'intérêt, je crains de ne pas être à la hauteur de la conversation, aussi je me tais. Il me devine et m'explique comme à une petite fille. La deuxième partie du concert ne déçoit pas, mais je suis moins attentive. Me viennent à l'esprit des réflexions dont il m'a fait part et l'obsédante question : le reverrai-je ? Le chef accorde à un public enthousiaste une seconde audition du dernier mouvement de ce concerto. Je savoure ce sursis, puis nous déambulons dans la foule. Il est légèrement plus grand que moi. Comme il me précède, j'observe à loisir ses larges épaules qui supposent une force qui me plaît. Il ne triche pas avec son gabarit, car il porte simplement une chemise de lin écrue collée à la peau. Nous marquons un temps d'arrêt devant une niche pratiquée dans le mur et contenant un tombeau. Il précise simplement, sans être docte :

« Ces niches funéraires s'appellent des enfeus. »

La foule s'écoule lentement, filtrée par l'unique porte contiguë au portail fermé. Un bouchon s'explique par l'immobilisme de ceux qui achètent des disques, par l'escalier qui ralentit la sortie, et par la pluie inattendue dont chacun essaie de se protéger. Comme souvent dans les files d'attente, les plaisanteries fusent. Alexandre enfile une grosse veste de laine qui l'a encombré toute la soirée comme un boulet. À mon avis, elle est trop longue et s'apparente à une robe de chambre avec sa cordelière. Mon caban est de circonstance et je tiens le programme au-dessus de ma tête, juste le temps de constater que cette visière de fortune aide l'eau à s'écouler dans ma nuque.

« On va se réfugier dans un café. Vous êtes venue comment ?

— Mon vélo doit être par là, j'espère !

— Vous n'avez tout de même pas l'intention de repartir à Lesconil comme ça, avec cette flotte ? »

Il doit considérer que je suis folle, m'attrape par le bras et me dirige vers une voiture que je présume être la sienne. Il me propulse à l'intérieur avec énergie :

« Vous avez de la chance que la banquette arrière soit enlevée. On va essayer d'y mettre le vélo. »

Je me laisse faire. Le ton ressemble vaguement à une engueulade, mais je suis à l'abri de la pluie et près de ce gros ours qui décide pour moi. Je suis envahie d'un grand réconfort pendant qu'Alexandre se bat avec son coffre et le vélo qui s'ingénie à déborder. La lutte n'est pas silencieuse :

« Merde ! Il va rentrer ? »

Il est trop tard. Il faut qu'il y arrive. Je fais la sourde oreille. Après une série de jurons, il s'effondre à côté de moi, m'obligeant à me tasser contre ma portière. Sa veste en laine gorgée d'eau sent le chien mouillé. Il s'essuie la figure et les mains à l'aide de son mouchoir avec les gestes d'un monsieur pas content. Une goutte d'eau qui a échappé à son travail d'assèchement descend le long de son nez. Je me garde bien de le lui signaler.

« On va aller aux Douves si c'est encore ouvert, ou chez Anne-Marie. Vous mangeriez bien une crêpe ? »

Sa colère est tombée en même temps que la goutte.

« Pourquoi pas ? Mais soyez gentil, vous me laisserez payer. Vous avez déjà donné les billets.

— Vous plaisantez, on me les a offerts ! »

Les essuie-glaces n'arrivent pas à fournir mais, pour être venue tant de fois à Pont-l'Abbé, je reconnais le château déformé par la glace embuée et dégoulinante. Son image ondule comme s'il était au fond de l'eau. Les lumières du pont se reflètent sur le lac en tremblotant.

La rue commerçante est méconnaissable avec ses boutiques fermées. Si j'étais seule, je la trouverais mortellement triste, mais la vision des choses est différente suivant l'état d'esprit du moment ! Je me sens bien.

Dès les premiers pas dans la crêperie, on pense qu'on ne pourra pas tenir le coup. Il fait trop chaud et il y a de la fumée. On s'y habitue, et l'odeur des crêpes et du beurre chaud est si prenante qu'on a déjà l'impression de manger. Malgré l'heure tardive, presque toutes les tables sont occupées – la pluie est un excellent rabatteur. Je laisse à mon compagnon le soin de choisir la nôtre. Il ne doit pas être homme à se laisser guider et je le soupçonne, en plus, d'avoir un esprit de contradiction. Le décor de la pièce est d'un mauvais goût certain. Un saint breton en céramique dressé sur une tablette côtoie des photos de desserts glacés aux noms affriolants. J'en étais restée aux cornets et aux esquimaux, je vois que je ne suis plus dans le coup. Agnès m'en remontrerait. Des appliques Louis XV prétendent feutrer l'atmosphère que réveille la présence d'un tourteau naturalisé. Il n'est pas seul, une langouste pour huit personnes est immortalisée sur le même pan de mur. Sur le panneau qui me fait face, deux tableaux accrochés de travers racontent un naufrage et l'embarquement des marins pour

Terre-Neuve. J'aimerais qu'ils s'en aillent tout de suite. Alexandre, qui leur tourne le dos, échappe à cette vision éprouvante. En revanche, les crêpes sont délicieuses et le cidre bien frais pétille dans nos bols. Que demander de plus ? Mon vis-à-vis est charmant. Nous parlons du concert, puis il me raconte ses études aux beaux-arts de Quimper et ses déboires au début de sa carrière de peintre.

« Ne croyez pas, Michèle – vous permettez que je vous appelle Michèle ? –, que j'ai pu vivre de ma peinture tout de suite. J'ai accepté un poste de professeur d'enseignement technique dans un collège. Impossible de me faire titulariser, et au fond je n'y tenais pas. Mes élèves étaient de futurs cordonniers. Au programme, l'histoire de la chaussure à travers les âges. Si vous avez besoin un jour de poulaines ou de bottes de mousquetaire, j'en connais un rayon !

— J'aurais simplement besoin d'une nouvelle paire d'espadrilles. J'ai le don de les ratatiner. "Rien ne lui résiste", disait maman… Mais parlez-moi encore de vous. (Je ne vais tout de même pas lui parler de mes pieds quand il me raconte sa vie.)

— L'enseignement avait l'avantage de me laisser du temps pour peindre. Marié mais sans enfants, j'étais dispensé de pas mal de contraintes, et je continuais à fréquenter un cours de dessin. En période de vacances, nous montions à Paris, j'en rêvais toute l'année ! Tandis que les Parisiens s'échappaient de la capitale, je passais des heures au Louvre à faire des copies. »

Il s'arrête de parler et allume une cigarette, la première devant moi, sans me demander la permission de fumer. Ça m'apprendra. Ainsi il est marié. C'est comme si le ciel me tombait sur la tête. Qu'est-ce que j'allais imaginer ?

« Lorsque j'ai eu réuni suffisamment de dessins et de peinture à l'huile, j'ai envisagé d'exposer.

— Dans une galerie parisienne ?

— Comme vous y allez ! On ne commence pas par là. On est déjà consacré quand on en arrive là. »

En somme, j'ai dit une bourde. Il ne s'y attarde pas et continue sans se soucier de sa cigarette qui se consume toute seule entre ses doigts. Le filet de fumée qui s'élève entre nos deux visages m'évoque un poème. Je me sens très bien et l'observe, en oubliant de l'écouter. J'aurais un plaisir fou à jouer avec ces cheveux-là, surtout les boucles qui recouvrent ses oreilles dans un charmant désordre. La pluie sans doute. Mon cinéma se met à fonctionner : la coiffure de François ne permettait pas à un seul cheveu de s'évader, hormis lors de nos cavalcades au bois. Avec beaucoup de patience et pas mal de brillantine, ses cheveux partaient en arrière, formaient un bouffant sur le dessus de la tête pour rejoindre les mèches de côté. Leur jonction que la mode appelait « queue de canard » lui donnait beaucoup de mal, ayant la propension de ressembler plutôt à une balayette. Quant à la coiffure de Jean-Marc, je n'avais pas le droit d'en parler, car m'intéresser à ses cheveux nous amenait toujours à nous disputer.

Un courant d'air m'envoie sa fumée dans les yeux et brouille mon écran. Une exposition à la gare du Maine, oui, ce serait intéressant. Il me remet sur les rails :

« Si ça marche, je vous enverrai une invitation. »

La crêperie se vide et la serveuse, qui n'en peut plus, nous fait comprendre par ses allées et venues près de notre table et ses soupirs que nous sommes indésirables. Alexandre regarde sa montre. Il a des mains larges et épaisses à vous donner des gifles mémorables. Il doit écraser ses pinceaux ! Je remarque une alliance et des poils roux sur le dessus des poignets. J'ai toujours conçu une sainte horreur pour les hommes velus, et me voilà à regarder avec attendrissement ce duvet clairsemé qui annonce sans doute une fourrure sur les avant-bras.

« Il est tard, et demain matin je dois me rendre à Quimper avant d'ouvrir mon magasin pour reprendre des toiles que j'ai exposées à la mairie. Il faut que je vous raccompagne. J'ai été plutôt bavard et je ne sais rien de vous. Une autre fois… »

Il est déjà debout, écrasant son mégot avec insistance comme s'il marquait au fer le fond du cendrier. Il me fait passer devant lui. J'accepte l'ascendant qu'il a sur moi. Je sors en boutonnant mon caban et, sur le trottoir, m'aperçois que j'ai oublié ma pochette sur la table. Cette fausse sortie semble agacer mon partenaire. L'applique est déjà éteinte et la langoustine, qui paraît plus grande, est macabre et menaçante. L'air frais surprend après l'atmosphère enfumée. J'ai même froid dans la voiture. Il conduit vite, comme s'il voulait en finir et me larguer au plus tôt. Madeleine a raison lorsqu'elle dit : « Lâche-nous avec tes complexes ! » Elle qui n'en a pas l'ombre d'un, j'en ai pour deux. C'est la première fois que je parcours le trajet Pont-l'Abbé-Lesconil de nuit. Au manoir de Kerlut converti en maison familiale, on danse encore. J'entends la musique, si toutefois cela s'appelle de la musique. Comme de toute façon cela ne s'appelle pas non plus de la danse… J'en fais part à Alexandre qui est d'accord avec moi. Il me raconte ses bals d'étudiants, je lui parle des fêtes de pays dans le village d'Auvergne où je passais mes vacances durant mon adolescence.

« Il y avait la fête des moissons, la fête des Parisiens, et l'élection de différentes miss, tout était bon pour s'amuser. On louait un parquet qu'on installait sous la halle, et trois musiciens. Les jeunes gens parcouraient des kilomètres à vélo pour venir danser les danses à la mode, sans oublier la bourrée. C'étaient d'excellents valseurs !

— Vous dansiez aussi la bourrée ?

— Oh non ! C'est plus difficile qu'il n'y paraît, vous savez. Avec ma cousine et nos camarades vacanciers, nous quittions le bal vers minuit pour respecter la convention passée avec nos parents, mais aussi parce que c'était l'heure des bagarres. Au début de la soirée, l'ambiance respirait la joyeuse détente de bals populaires racontés par George Sand. Les couples de la génération précédente exécutaient des bourrées, histoire d'épater les jeunes et de leur prouver qu'on tient encore le coup. Les gosses excités buvaient de la limonade et sautillaient d'un bout de la piste à l'autre sous le regard amusé et indulgent des vieux assis sur les bancs autour du parquet. Au fil des heures, les garçons devenaient plus entreprenants, éméchés par la fréquentation de la buvette autant que de la piste de danse.

— Je me doute qu'ils ne buvaient pas de la limonade, eux ! intervient Alexandre que mon récit semble amuser.

— Vers minuit, les vieux et les enfants allaient se coucher. Leur départ donnait le signal : les garçons lâchaient les filles pour foncer dans des bagarres provoquées par les gars d'un autre village. De toute façon, elles faisaient partie du programme et, croyez-moi, nous n'attendions pas la sortie des couteaux pour quitter le bal ! »

Alexandre, qui a arrêté sa voiture depuis un moment devant ma maison sur mes indications, s'exclame :

« Ah bon, ça allait jusque-là !

— Tout le pays en parlait le lendemain. Les couteaux, c'était pour les grandes occasions, mais les poings, ils ne voulaient pas être en reste avec les pieds. Certains dessaoulaient toute la nuit dans un fossé, incapables de remonter sur un vélo. Ils travaillaient dur toute la semaine – le terrain est si sec dans cette région –, et les conditions d'existence n'avaient pas beaucoup changé depuis le Moyen Âge ! Il fallait bien se défouler. Quelques verres cassés et des pansements par-ci par-là, cela ne s'appelle pas de la délinquance…

— Cette soirée a dû vous paraître bien calme ?

— Je n'ai plus seize ans. Les goûts changent avec l'âge. Si je vous disais que je n'aime plus les réceptions et que le moindre déjeuner en société m'angoisse !

— Je ressens exactement la même chose. Pour mon travail, je suis obligé de tenir compte du monde. Si je m'efface, je n'ai qu'à peindre pour moi tout seul. Mais je ne suis jamais si heureux que seul, avec mon chevalet, à peindre un arbre ou un bateau. »

Le moteur tourne toujours, et son bruit doit intriguer mes voisins allemands. Pour une fois, je leur fais payer mes insomnies dues à leur transistor. Mon compagnon vient de me livrer sa première confidence. Bien que je sois tournée vers lui, la pénombre m'empêche de distinguer ses yeux noirs inquisiteurs qui me démontent. Sa dernière phrase débouche sur une conversation au ton plus intime, mais je ne veux pas abuser du temps de mon nouvel ami. Et si c'était seulement l'ami d'un soir ? Une panique me saisit : ne plus le revoir ! Heureusement, il y a le tableau qu'il a gardé en otage. Il me faut du courage pour prendre congé en lui tendant la main.

« Je vous remercie. Vraiment. »

L'émotion de sentir ma main emprisonnée dans la sienne, si forte, si chaude, hache mes paroles. Il la retient un instant. L'ai-je rêvé ? Une bouffée de chaleur m'envahit. Il dit le plus naturellement du monde :

« Puisque vous êtes sans voiture, je peux vous faire visiter quelque chose. Il y a de si jolis coins en Bretagne ! On pourra aller aux Tas de Pois si vous voulez. »

Et, sans attendre ma réponse, il enchaîne :

« Lundi, par exemple. C'est un jour mort pour le magasin, et la gamine s'en sort très bien. Zut, j'allais oublier votre vélo ! »

Il est déjà descendu de voiture. L'engin, qui avait mis tant de mauvaise volonté pour monter, se laisse manipuler sans contestation.

La lune diffuse assez de clarté pour que je rencontre les yeux noirs inquiétants. Ils donnent l'impression d'être toujours sévères. Je plongeais dans les yeux bleus de François comme dans un lagon polynésien. Quant à cette sale bête de Jean-Marc, il assortissait les siens à son pull-over comme on choisit des boutons, passant du gris au vert et du vert au bleu. Mais je n'ai jamais « pratiqué » les yeux noirs.

« Oui, allons aux Tas de Pois, c'est une excellente idée et je vous remercie.

— Je viendrai vous prendre lundi vers 9 heures et demie. Nous déjeunerons à Morgat. Au revoir ! »

Son autorité me méduse. Il a déjà fait demi-tour, et je n'aperçois plus que les feux arrière de la voiture qui disparaissent sous la voûte des arbres. Il a dû penser que je manquais d'enthousiasme. J'ai pourtant envie de me livrer à n'importe quelle excentricité : grimper dans un arbre, faire des pirouettes, chanter à tue-tête, tant je me sens heureuse de vivre et de me sentir jeune. Mon angoisse : ne plus être jeune. Vieillir ! Le mot est lâché. Il devrait être banni de la langue française. Avec ses deux syllabes mouillées, il faut s'y prendre à deux fois pour prononcer un petit mot de rien du tout. Le dictionnaire ne lui trouve même pas d'équivalent. Vieillir : devenir vieux.

J'extravague, bois un verre d'eau et m'endors en pensant à des pois, des milliers de pois rouges comme sur ma robe, qui flotteraient en dansant sur la mer, au caprice des vagues, bleues, vertes, grises…

IX

Du plus loin que mon regard porte, je n'aperçois pas la mer. À croire qu'elle ne reviendra jamais. Le Steir est un désert de sable. Je ne me souviens jamais de l'heure des marées, mais je ne fais aucun effort, préférant la surprise d'aborder un paysage nouveau. Les herbes, hier encore noyées dans un monde liquide, s'étirent comme un chat sortant du sommeil. Elles affichent leurs verts insolents sur le sable blanc désespérément sec, craquelé comme l'argile des premiers temps où s'inscrivent en fleurs de lis des pattes de mouettes disparues.

Pas un souffle de vent. Pas une odeur. Me voici sur un continent aseptisé où nul oiseau n'oserait s'aventurer. Je perçois enfin le bruit saccadé d'un moteur de bateau, amplifié par l'absence de relief. À la hauteur du château de Kerlut, j'aperçois au loin deux silhouettes qui s'interpellent. La pureté de l'atmosphère rend nets les contours et proches les sons. Par une fenêtre grande ouverte qui fut sa chambre, je reconnais M. Jean, bien qu'il ne porte pas sa casquette. À quoi bon ressembler à un marin lorsqu'on est un gardien de phare sans mer ? Il sort de son immobilité et me crie, les deux mains en porte-voix :

« Je viens ! »

Il arrive sans se presser, se baisse parfois pour ramasser une coquille, l'ouvre avec le canif qui ne le quitte pas, comme s'il espérait trouver une perle, puis la rejette très loin pour la punir d'être vide. Il a gardé ses espadrilles aux pieds et n'a pas eu besoin de rouler ses bas de pantalons. Il me tend la main et secoue mon bras jusqu'à l'épaule, apparemment heureux de me voir.

« Ça va, collègue ? »

Il sait qu'il me fait rire à m'appeler ainsi. Il ne me laisse pas le temps de répondre.

« Dire que nous sommes là un jour de grande marée et que les étrilles nous attendent à la pointe de l'Arvor ! Pour cette fois-ci, c'est loupé. Quand j'étais gosse, j'en ramassais des pleins seaux. Il faut être agile, c'est nerveux, ces bêtes-là !

— Vous en parlez comme s'il s'agissait de papillons. De toute façon, j'en aurais eu une peur bleue, elles ressemblent un peu à des araignées ! Je pourrais tout au moins vous apporter mon concours en faisant une mayonnaise.

— Parlez-moi de votre concert. Vous avez reçu de la flotte, hein ! Et votre ami, il était au rendez-vous ?

— Monsieur Jean, je ne sais par quoi commencer. Le concert était merveilleux, et quel cadre ! L'église est superbe ! C'est vrai, lorsque nous sommes sortis, il pleuvait, mais tout le monde le prenait bien, c'était si imprévisible. Vous auriez vu le sauve-qui-peut !

— Et votre ami ? Je parierais qu'il était là, vous ne seriez pas si enthousiaste. Sa défection vous aurait gâché votre soirée.

— D'autant plus qu'il avait les billets. »

Nous rions, mais il n'est pas dupe. Il n'a jamais coupé dans cette histoire d'ami qui surgit sous l'effet de la génération spontanée. Trop heureuse d'avoir un confident sous la main, je lui raconte la galerie de peinture, son talent – j'insiste sur son talent –, la crêperie, le retour en voiture, et notre projet de lundi.

« Bon, j'ai compris. On ne vous verra plus, le prince charmant est passé par là. »

Cette fois, il dit cela sérieusement avec une voix chagrine.

« Monsieur Jean, comment pouvez-vous penser que je vous laisserai tomber ? D'abord, le prince charmant est marié.

— Aïe !

— Comme vous dites. Je ne sais pas comment vous allez me juger, mais il me propose de me sortir lundi. Je ne vais pas faire une enquête auparavant sur sa vie de famille. D'ailleurs, on ne pose pas tellement de questions à un monsieur comme lui. Vous ne trouvez pas passionnant d'apprendre à connaître quelqu'un ? À le découvrir petit à petit à chaque rencontre ? Il ne sait rien de moi non plus.

— Vous serez vite fixée sur ses intentions.

— Vous voulez dire qu'à nos âges, on n'a plus de temps à perdre. Écoutez, mon ami. J'ai laissé filer mon amour de jeunesse, j'ai joué à cache-cache avec un mari enfant pendant dix ans, je ne vais pas perdre celui-là par pruderie. Si je sors brisée d'une aventure, j'en prends le risque. Rien de pire pour moi que cette solitude. Je ne sais pas vivre seule, il faut que je vive pour quelqu'un, comprenez-vous ? »

Nous nous sommes assis sur une barque retournée. Il pose sa main sur mon épaule. Ce geste amical a pour résultat de faire monter mes larmes. D'une voix paternelle, il dit :

« Je vous aime bien et je ne voudrais pas que vous soyez malheureuse. Je sens que vous tenez déjà beaucoup à cet homme, et c'est votre emballement qui me fait peur. Mais je ne vous juge pas, Michèle. On a assez de sa propre vie sans se mêler de celle des autres. De toute façon, en amour, on n'écoute pas les conseils.

— Vous allez un peu vite, je n'ai pas dit que je l'aimais ! »

Il lâche mon épaule pour me tirer à plusieurs reprises les cheveux assemblés par un ruban.

« Mais si, vous l'aimez, bourrique ! »

Étonné lui-même de sa familiarité, il se lève, m'aide à en faire autant et me dédie un sourire qui enlèverait toute rancune.

« Pas fâchée, hein ? Vous allez faire un beau circuit, lundi. Si la mer est favorable, vous prendrez le bateau à Morgat pour voir la grotte des Veaux marins.

— Qu'est-ce que c'est ?

— Je vous le dirai après, si vous n'avez pas eu le temps d'y aller. C'est un peu gâcher le plaisir des autres que de leur raconter avant. Si vous y mettez trop d'enthousiasme, en général ils sont déçus. Pas assez, vous leur démolissez leurs illusions. Je pense qu'il faut laisser à chacun le plaisir de découvrir. »

Je ne m'ennuie jamais avec M. Jean, mais il me quitte en entendant la cloche de midi.

« Aujourd'hui, c'est le jour du lard rôti, et ma bru m'invite ce jour-là. J'ai intérêt à ne pas être en retard, sinon c'est la soupe à la grimace au lieu du lard rôti ! *Kenavo* ! »

Il lance sa casquette en l'air au rythme de ses pas comme un tambour-major. Il s'est trompé d'époque. Au Moyen Âge, il aurait été baladin.

Depuis le départ d'Agnès, il représente le charme de mes vacances. Il remplace le grand-père que j'aurais tant souhaité avoir dans ma jeunesse. Mais j'y pense : il pourrait être mon père. Je repousse l'idée de la rentrée et de notre séparation. Il affectera un optimisme débordant. Je l'entends déjà : « Passez un bon hiver ! Invitez-moi à la noce si vos affaires marchent bien ! »

Je redoute de me retrouver seule dans ma cuisine et pénètre dans le restaurant du port dont j'apprends par cœur chaque jour le menu affiché dehors.

L'ambiance est gaie, et je m'aperçois que j'ai faim. De la salle du café contiguë à la salle à manger nous parvient une musique guillerette échappée d'un appareil à sous.

À la table voisine, un monsieur seul est attablé. Visiblement, il cherche à engager la conversation. Je lui en fournis l'occasion. À coups de casse-noix, je matraque ma pince de tourteau récalcitrante, dont le contenu gicle sur sa carte Michelin posée sur le coin de sa table. C'est lui qui s'excuse de l'avoir laissée traîner. Il pousse la complaisance jusqu'à me casser ma deuxième pince et se présente en me tendant une main mouillée. Il est représentant de planches à voile. Je le voyais plutôt vendre des casseroles. Je ne sais s'il est convaincant, mais il est bavard. Au filet de julienne, je sais tout sur ses enfants ; au gigot bouquetière, il raconte ses démêlés avec sa belle-mère ; et au sorbet cassis, il m'explique qu'il ne porte plus de maillot de corps, mais qu'en revanche il a adopté les caleçons fleuris à la mode.

Je n'ai pas besoin de parler, il est intarissable et en oublie de manger. Il m'offre un café, puis en regardant sa montre, s'aperçoit qu'il se met en retard pour un rendez-vous. Il me quitte jovialement en coiffant un chapeau de paille qui n'est pas du dernier cri comme ses caleçons.

Cet épisode m'a mise en joie et j'accroche des fanions tout au long de ma journée. Une carte postale m'attend depuis le matin à la maison. Madeleine est à Bruges. Agnès a tenté de dessiner un poisson rouge. Sans le savoir, elle a tracé un idéogramme. Par ce poisson, elle me dit qu'elle n'a pas oublié la plage, ses châteaux de sable et les vaguelettes qui venaient lui lécher les pieds.

Il est 7 heures du soir et la blancheur du mur de la maison offense encore les yeux. Assise sur le banc de pierre, j'observe le manège d'un oiseau qui chaparde parmi les cailloux les miettes balayées devant la porte de la cuisine. Il m'a aperçue malgré mon immobilité et se réfugie avec son larcin sur l'extrémité d'une branche de rosier qui frémit à peine de sa présence. À travers le figuier, j'aperçois le cortège des vaches qui rentrent pour la traite. Elles sont entravées. Aux bruits de sabots s'ajoutent ceux des chaînes et des bâts qui m'évoquent *La*

Marche des esclaves de *Nabucco*. Plus tard, un tintamarre de seaux m'annonce que je peux aller chercher le lait.

J'enjambe la rigole de purin qui prend sa source dans la crèche et serpente au milieu de la cour. La fermière écarte du bout de son sabot un jeune chat famélique qui lèche la base du bidon sur lequel elle ajuste un entonnoir et une étamine. Ces précautions d'hygiène m'amusent, après le lavage symbolique des mamelles. C'est un rite. Munie d'une cuvette d'eau rapidement sale, elle ondoie les pis dans un effleurement amical, une sorte d'encouragement à ce distributeur qui se tarit cette année, selon ses dires, avec la sécheresse. Elle prend son temps. Moi, la Parisienne en vacances, je piaffe intérieurement. Question d'habitude. Elle vient de disparaître au fond de l'étable, absorbée par l'obscurité, invective en breton ces mastodontes couchés et les harnache pour accrocher la trayeuse électrique. Au bruit de succion que fait la machine lorsqu'elle engloutit les pis, je suis les opérations. L'exiguïté des lieux ne permettant pas le dégagement d'un passage, elle se meut – si j'ose dire – sur cette litière souillée dans un remugle qui prend à la gorge.

De temps en temps, elle revient vers moi pour vider son lait dans le bidon. En silence. Au début, j'avais l'impression qu'elle était fâchée. Deux ou trois personnes attendent sans impatience. Elle me sert en dernier, non pour me donner une leçon d'humilité, mais pour me conserver, car la tâche terminée elle s'octroie une pause et bavarde avec moi. C'est un honneur et un plaisir. Je l'aiguille sur sa jeunesse qu'elle évoque sans se faire prier. Par bribes, je reconstitue sa laborieuse existence. Elle était brodeuse et m'a montré un jour son tablier de mariée qu'elle conserve comme une relique. Elle économise ses gestes comme ses paroles. Je regarde ses mains pendantes. Dans l'inaction, elles m'apparaissent comme le révélateur du combat qu'elles ont mené depuis plus de cinquante ans. Les sillons se sont apparentés à la terre dont elles ont arraché la subsistance. Les ongles noirs dénotent qu'on n'a pas le temps de penser à soi, et que le temps du satin blanc n'est plus qu'un vieux souvenir.

Désœuvrée, je dîne tôt, attrape un livre et m'assieds dans le jardin. Pas longtemps. Je verse de l'eau au pied du rosier. Les locataires qui viendront derrière moi en prendront-ils soin ? Me revient à l'esprit un livre d'enfance intitulé Picciola. C'était l'histoire d'un prisonnier pris d'amitié pour une petite plante poussant entre les pavés de sa cellule. Comme elle comptait pour lui, cette présence vivante !

La pensée de partager cette maison soudain me déplaît. On se fait vite son coin, comme un chien. J'ai peu de choses ici avec moi. Elles me suffisent. Je pense au bric-à-brac de mon appartement que je considérerai comme indispensable dans quelques jours, tandis que le rosier mourra de soif. Et Alexandre ? Il a raison, M. Jean, je dois être amoureuse. Nous voilà bien ! Comment appeler cette inquiétude permanente, ce visage en surimpression sur mes pensées, ou sous-jacent derrière des préoccupations immédiates, lorsqu'il ne s'impose pas. J'ai toujours eu l'amour triste. Alexandre me hante comme un leitmotiv douloureux. Cet été finissant va-t-il me séparer de ce nouvel ami ? Déjà, j'opère le compte à rebours et considère la journée de demain comme un beau cadeau fragile.

*

* *

Après une mauvaise nuit et un café hâtif, je m'attarde à ma toilette comme une jouvencelle, pour ne pas dire une fiancée – tu dates, ma fille, poufferait Madeleine !

Je ne suis pas si moche ! Oui, en y regardant de près, j'avais le bleu de l'œil plus bleu, et le blanc… plus blanc. Et mes dents, pourquoi prennent-elles ce ton ivoire des vieux chevaux ? Je ne fume pas, et mes brosses à dents épatent leurs poils sous mes brossages excessifs. Le rouge à lèvres arrange les choses et va bien à mon teint bronzé. La robe à pois fraîchement repassée fait très estivale. Pour une promenade en voiture, le pantalon eût été plus approprié, mais je ne veux pas m'ôter un iota de féminité en donnant à Alexandre l'impression de se balader avec un copain de régiment. Je suis très en avance sur notre heure de rendez-vous et m'assieds sur le bout des fesses sur une chaise au milieu de la cuisine, dans l'attitude de quelqu'un qui attend chez le docteur. Je l'entends. C'est lui. Je m'assagis soudain, consciente de mon émoi ridicule, en m'envoyant moralement un seau d'eau à la figure, et ouvre la porte calmement. Puis je me dirige vers la voiture avec les pas calculés d'une ballerine effectuant son salut final. Après un échange de platitudes, nous roulons en silence. J'observe ses mains posées sur le volant. Sans effort, elles pourraient le tordre en huit. L'alliance scintille comme une mise en garde. Du rétroviseur pend un ouistiti en peluche qui se balance tel un métronome. Cet enfantillage colle mal à la personnalité d'Alexandre.

« J'ai préparé un petit circuit qui ne vous épatera pas si vous venez depuis des années en Bretagne. Sans doute connaissez-vous Locronan ?

— Oui, j'y suis déjà venue, mais il y a si longtemps, je ne me souviens plus ! »

Affreux mensonge. Comment ne pas se souvenir de Locronan ? Il va me prendre pour une brute, mais je pense l'espace d'un instant qu'il serait déçu de ne pas me la faire découvrir, cette cité pittoresque. Il conduit vite mais avec sûreté, aussi je suis en confiance.

« Si vous voulez allumer la radio, ne vous gênez pas, à moins que vous ne préfériez une cassette. Cherchez dans la boîte à gants… »

La musique ne me manquait nullement, mais ma curiosité l'emporte. Les goûts musicaux sont un révélateur. J'enfonce ma main dans un capharnaüm. Quelques cassettes sont pêle-mêle avec un vieux chiffon sale, des gants de cuir racornis, un tronçon de peigne, des paquets de chewing-gum. Pas soigneux, Alexandre ! C'est un artiste, il a droit à mon indulgence.

« Sonate de J.-S. Bach pour flûte et clavecin. Vous permettez ?

— Bien sûr, puisque je vous dis de choisir ce qui vous plaît. »

Je mets en place la cassette, du bon côté, ce qui lui semble sans doute normal, mais pour moi c'est un exploit. Dès les premières mesures, je reconnais un des morceaux de « notre » concert. En aurait-il fait l'acquisition après, en souvenir ? Me voilà qui chevauche des nuages.

Il évite le centre de Quimper et fonce dans la campagne boisée en sifflotant un peu faux quelques mesures de Bach. À Plogonnec, il ralentit pour me faire remarquer un joli clocher Renaissance. À l'entrée de Locronan, nous abandonnons la voiture pour visiter la ville à pied. Bien sûr, je suis prête à accepter toutes ses suggestions. Il ne doit pas aimer être contrarié, et cela me semble si bon de me laisser guider dans ma vie de célibataire où je dois prendre toutes les décisions !

La marche sur les pavés disjoints parfois nous sépare, pour mieux nous rapprocher l'un de l'autre ensuite. Nous nous arrêtons devant la vitrine de chaque artisan : tissage, poterie, travail du bois. Aucun mauvais goût, pas de pacotille, c'est le mot d'ordre. On ne peut pas offenser ces maisons que le temps a su sauvegarder. Nous débouchons sur la place. Je n'ai pas menti, car je ne me souvenais plus qu'elle était si belle. Sans nous consulter, nous stoppons pour admirer son équilibre et son harmonie. Bas les pattes, les promoteurs, les goulus du parking, les inconditionnels de la pizzeria ou du fast-food. Le vieux puits à armature de fer monte la garde, et les maisons Renaissance mènent une ronde serrée autour de l'église usée d'être vénérée et photographiée.

Je signifie à mon compagnon que je vais acheter quelques cartes postales. Il se résigne à attendre en allumant une cigarette. Tant mieux, cela m'autorise à prendre mon temps, aussi j'achète un amusant gilet tissé main, en grosse laine, pour Agnès. J'oublie les cartes postales.

« Vous avez vite fait de changer d'avis, dit Alexandre en riant.

— Je n'avais pas besoin de cartes sans doute.

— Je parierais que c'était pour le plaisir d'entrer dans cette boutique ! Vous avez raison, c'est la caverne d'Ali Baba, mais maintenant il ne faut plus flâner si nous voulons déjeuner à Morgat ! »

Il m'ouvre la portière, m'aide à mettre la ceinture de sécurité avec gentillesse. Je me sens diablement heureuse. La glace commence à fondre entre nous. Il faut dire que ce n'était pas un mince glaçon, mais le Spitzberg en personne.

« Au fait, vous ne m'avez pas dit si vous aviez récupéré vos tableaux à la mairie de Quimper, et si l'exposition avait bien marché.

— J'ai vendu cinq huiles et trois dessins. Les dessins partent toujours moins bien. Ce n'est pas formidable, mais l'important, c'est d'être présent et qu'on parle de vous.

— Vous n'avez pas l'air de rechercher les honneurs ?

— Quand on parle de vous, on n'en dit pas forcément du bien. Cela m'est égal, j'aime bien la bagarre, et puis je me fous de ce que les gens pensent. De toute façon, je ne peux pas peindre autrement. La peinture, c'est comme l'amour : il faut avoir le coup de foudre. »

Je me sens rougir, c'est malin. La route qui sinue au pied du Menez-Hom, dernier renflement de la Montagne Noire, absorbe son attention. Je remarque un bois calciné. Les squelettes noircis des arbres sont lugubres. Nous émettons des hypothèses sur la cause du désastre. Plus loin, quelques moutons ramènent la vie. Alexandre me questionne sur mes activités professionnelles. S'il sait que je suis secrétaire, il ignore que je m'occupe de matériel pour handicapés. Mon boulot n'est pas désagréable, mais je ne tenais pas, lors de notre première rencontre, à ce qu'il m'associe à un univers de catastrophe. Tout le monde ne peut pas travailler dans un magasin de farces et attrapes.

Il m'écoute sans m'interrompre. Je lui parle de mon collègue et de ses mauvais jeux de mots. Mon bavardage paraît l'amuser. La route a défilé à mon insu, et le pare-brise encadre une forêt de mâts sur fond de ciel bleu. On dirait un tableau de Bernard Buffet. Nous sommes arrivés à Morgat. L'odeur de la marée s'est infiltrée dans la voiture avant que nous ayons vu la mer. Elle est basse, ce qui fait dire à Alexandre :

« Nous allons pouvoir visiter les grottes en bateau. Ne bougez pas, je vais faire un saut pour consulter les horaires. »

Je le regarde s'éloigner. Il se dirige à grands pas vers le poteau indicateur et se met à courir dans les derniers mètres. Il est jeune encore. Bon ! disons, quarante-huit… Ce pantalon de toile beige clair coupé comme un jean l'amincit. Son blouson de popeline écru agrémenté de pattes et d'anneaux métalliques qui ne servent à rien est amusant et lui donne un air coquin. Il revient vers moi, toujours courant, un chien sur ses talons. La bête qui croit qu'il joue aboie en le voyant s'arrêter. Une vieille dame, dont le maquillage excessif est visible malgré l'ombrelle, lance d'un ton pointu :

« Kiki, viens ici ! »

Le roquet devient agressif et attaque un tennis. Alexandre secoue sa jambe et le chien par la même occasion.

« Fous le camp ! »

Il arrache le chien, le propulse dans les bras de sa mémère qui grince : « Vous êtes un sauvage ! » et me dit, en posant sa main sur mon épaule :

« Nous avons le temps de déjeuner avant l'excursion. Venez ! »

Après comparaison, nous choisissons un restaurant qui invite à sa terrasse. Le menu ressemble aux autres, mais sur chaque table recouverte d'une nappe bleu lagon resplendit un bouquet de marguerites blanches d'un effet charmant. Je demande à mon compagnon de choisir pour moi. Solution facile, si l'on sait que j'examine le menu durant une demi-heure avant de me décider. Lui, n'atermoie pas longtemps. Il annonce au garçon, un peu surpris de sa détermination, qu'il désire deux douzaines d'huîtres et deux turbots. J'insiste pour offrir l'apéritif. Heureuse initiative qui nous fournit l'occasion de rire. Avant d'accéder à la goutte de Martini qui nous nargue au fond du verre, nous devons évacuer une rondelle de citron, des fruits confits, deux glaçons, une spatule en plastique, ce qui fait dire à Alexandre :

« Il nous faudrait une passoire ou une pipette pour boire ça ! »

Des tables voisines nous parvient un brouhaha dans lequel on distingue parfois des intonations gaies. Les serveurs évoluent dans la bonne humeur, et notre bouteille de muscadet semble régaler la terrasse entière. Le parasol ne cache plus le soleil de ce début d'après-midi, dont la luminosité indiscrète éblouit les assiettes. Ses franges, de temps en temps caressées par un vent léger, se profilent sur la nappe en ombres chinoises. Le visage d'Alexandre m'apparaît paisible dans ce clair-obscur.

Ses yeux noirs jamais au repos s'attardent parfois sur les miens, comme s'ils me découvraient, et m'invitent au silence. Notre réflexion va-t-elle dans le même sens ? Je n'ai soudain plus faim. Par distraction, je mange les parures de poisson que j'avais mises de côté. Une question m'angoisse et me brûle les lèvres : nous reverrons-nous après les vacances ? Et j'entends mon vis-à-vis demander :

« Vous prendrez du fromage ? »

La conversation reprend, banale, devant nos jattes de fraises. C'est foutu. Je n'aurai jamais le courage.

Les franges qui se balancent de plus belle m'agacent. Elles forment des taches sur la table qui semble sale. Il ne prend pas de café, commande le mien et m'informe qu'il a un coup de fil à donner, sans autre explication. C'est un peu cavalier. Je reste seule devant un expresso si réduit que je me demande qui l'a bu avant moi. Deux sucres ont tôt fait de l'absorber. Alexandre est parti téléphoner avec précipitation, comme s'il appelait la police pour venir me cueillir. Le garçon, à pas de loup, dépose la note – petit billet discrètement plié sur une soucoupe –, comme s'il avait honte de se faire payer. Alexandre m'aurait-il fait porter un message pour me signifier qu'il s'envole, à la manière de Feydeau ? L'idée me fait sourire, puis l'attente me semble longue, je ressens une inquiétude qui se change en panique. Et s'il disparaissait par une porte dérobée ? J'ai trop d'imagination, car il est soudain devant moi, la tête contre les fleurs du parasol. Il s'appuie des deux mains sur le rebord de la table. Les devants de son blouson flottent sur un polo en fil d'Écosse couleur tabac. Il est si près de moi que je le sens respirer. Je suis envahie par l'idée folle d'enserrer son corps de mes bras, d'enfouir ma tête sous ce blouson, dans cette ombre, pour ne plus jamais en sortir. Sa courte disparition et le vide qu'elle a causé en moi enlèvent mes dernières hésitations : j'aime cet homme. M. Jean l'a compris avant moi. Maintenant j'admets, je cesse de refouler au fond de moi-même cette lourdeur nommée « amour » qui pèse une tonne et qui remonte cependant comme un ballon à la surface de l'eau. Sans un mot sur son coup de téléphone, il me dit simplement, en rédigeant son chèque :

« On y va ? »

Sur le bateau, il a posé son bras sur le bastingage. Un rien, un remous, une vaguelette, et je suis contre lui. Il ne paraît pas s'en soucier et m'explique comment des veaux marins sont venus se réfugier dans ces grottes. Comme il parle fort pour couvrir le bruit du moteur, quelques touristes tournés vers nous profitent ouvertement de ses explications. Pour pénétrer dans la première grotte, la vedette réduit brusquement sa vitesse et le moteur se contente de ronronner. Doux contraste. Quittant l'immensité pour s'enfiler dans ce goulet, les passagers se resserrent vers le centre de l'embarcation, avec l'instinct du conducteur qui baisse la tête lorsque sa voiture entre dans un tunnel.

Alexandre retire son bras du bastingage – troublant dossier qui me faisait battre le cœur – et semble un instant en être embarrassé, puis il pose les mains sur ses genoux, tournant légèrement le dos à son voisin pour me faire face. Il parle maintenant à voix basse comme si nous nous trouvions dans une église. Il me montre du doigt les roches attaquées par la mer qui présentent une variété de couleurs dues à l'oxydation des pierres. Ici, une petite algue marine d'un rouge intense recouvre les rochers. Là, des fougères vertes poussent dans leurs anfractuosités et ajoutent à la somptuosité du décor. J'admire les cavités où le bateau s'engouffre, les excroissances qu'il contourne, et les stalactites où perlent des gouttes qui échouent sur nos têtes levées ! La vedette à peine amarrée, nous reprenons la voiture en route vers Camaret. Je n'ai plus la notion du temps et voudrais retenir cette journée.

Voici Camaret. Aucune surprise. Réminiscence d'un livre de classe ? J'ai l'impression de feuilleter un album de cartes postales. Alexandre m'offre à boire sur le port.

« Il y a quelques années, je venais souvent installer mon chevalet ici. Nous déjeunions dans ce petit café, ma femme et moi. Elle était encore supportable. »

J'attends la suite des confidences. Il se tait. Je ne veux pas laisser passer l'occasion et relance le sujet :

« Cela s'est gâté ?

— Comme vous dites ! Je l'ai connue au collège à Quimper. Elle enseignait la couture. La première année, elle a été parfaite. Quand je dis "parfaite", je devrais dire "dévouée". Lorsque j'ai quitté l'enseignement technique sur un coup de tête, elle ne m'a pas critiqué, supportant la disette et mon humeur sans un mot. Après avoir pataugé quelques semaines, j'ai trouvé du boulot chez un encadreur. Les cadres valaient souvent plus que les toiles. Tout ce qui me passait par les mains me semblait médiocre. Nous n'avions plus les moyens de nous rendre à Paris, et je me languissais des peintures du Louvre. Ce voyage tournait à l'idée fixe, comme le désir de faire un pèlerinage. »

Il fait une pause, les yeux perdus dans le vague, comme s'il revivait douloureusement cette période. Il continue en demi-ton :

« Je devais être infect. Un jour, j'ai plaqué l'encadreur avec ses bouts de bois, et je me suis mis à peindre comme un dingue. Je restais des heures dans la nature, et à mon retour je m'enfermais dans mon atelier tant que je recevais de la clarté... »

Il s'arrête de parler, paie les consommations et continue au volant de la voiture. Comme il ne me regarde plus – cela vaut mieux –, il semble oublier ma présence. Il parle pour lui.

« Ses jours de congé, elle m'accompagnait avec son pliant et son tricot. Je me demandais à qui elle destinait ses kilomètres de lainage. Elle est venue de plus en plus rarement, puis plus du tout. Je vais vous paraître moche, mais je respirais mieux tout seul. Elle ne s'intéressait pas tellement à ce que je faisais. Pour dire la vérité, elle n'était pas artiste du tout. Sa formation de professeur de couture lui avait enlevé, si jamais elle en avait eu, toute velléité artistique ! Elle travaillait avec une règle et un compas et n'admettait pas que je déforme la réalité. Elle me disait : "Pourquoi as-tu mis un géranium sur cette fenêtre ? Il n'y en a pas !" De l'incompréhension, elle est passée à l'hostilité. Lorsque j'ai enfin exposé, puis vendu, elle s'est montrée jalouse de mes succès ; quand les journalistes ont parlé de moi, elle est devenue carrément mon ennemie. Notre vie commune était une guerre perpétuelle. Elle s'ingéniait à me faire des vacheries. Le jour où elle m'a jeté à la figure qu'elle partait avec un type, elle a cru me punir. »

Je voudrais lui parler à mon tour de mon cher François et de mon fatigant Jean-Marc, mais son manque de curiosité à mon égard ne m'y incite pas. Le récit de ma vie viendra en son temps s'il le faut.

Les mouettes décrivent des cercles au-dessus de la pointe de Pen-Hir et plongent le long de la falaise qui domine l'océan d'un à-pic vertigineux. La mer bouillonne dans les crevasses qui percent son flanc de part en part. L'écume semble digérer des bouquets de plumes. Les célèbres Tas de Pois enracinés depuis des millénaires apparaissent, estompés dans un rideau de brume.

Je regarde de tous mes yeux ce spectacle grandiose, gravant l'instant dans ma mémoire. Le foulard qui emprisonnait mes cheveux en prévision d'un vent inévitable s'envole. Alexandre effectue deux trois enjambées, bras tendu pour plaquer sur le sol ce nouvel oiseau. Je crie. Il va glisser, tomber dans le vide ! Je ferme les yeux. Doucement, il écarte les cheveux qui s'effilochent sur mon front et noue lui-même de ses grosses mains maladroites le foulard qu'il a maté.

Le vent, les oiseaux, le vertige…

J'attrape une main au passage, la serre très fort contre ma joue, l'appuie sur ma bouche, la respire, y promène mon souffle, enfouis mon visage dans cette paume qui ne se dérobe pas.

J'y cache ma joie sans l'ombre d'une honte, les yeux fermés pour mieux savourer mon étreinte. De sa main libre, il m'emprisonne la nuque et m'oblige à le regarder. En une fraction de seconde je pense : *Tu peux m'étrangler, me précipiter dans la mer, si tu n'acceptes pas ma passion irraisonnée.* Ses yeux mobiles et noirs de poussin que je crains dans les rêves éveillés du petit matin expriment un désarroi. Il enserre maintenant ma tête entre ses doigts puissants. Un rien, et j'éclaterais comme une noix. Mes oreilles emprisonnées ne perçoivent plus le bruit de la mer. C'est mon propre sang qui bourdonne comme un ressac. Un baiser, on le vole, on le donne, on l'échange. Il me prend, m'engloutit, se fond en moi à me faire oublier que je ne suis pas lui, qu'il n'est pas moi. J'étouffe. Il a lâché mon visage qu'il tenait comme une coupe. Je refais surface et débloque mes poumons qui doivent claquer comme un parachute. Il m'entoure de ses bras, avec de larges mains qui se referment sur moi.

Consumés de l'intérieur, cependant immobiles au bord de la falaise, nous prenons enfin conscience de nos centres de gravité dangereusement en péril et du carrousel effréné des oiseaux qui semblent nous inviter à plonger avec eux dans le vide. À travers leurs cris aigus, nous percevons en contrebas le fracas des vagues qui se pulvérisent sur les rochers. Le vent s'ajoute au vacarme du ciel et de l'eau, mais les battements de nos cœurs se sont calmés. Nous émergeons de notre propre tempête, épuisés, muets, étonnés. Sa bouche apaisée recherche la mienne qui s'offre, encore affamée. Je sens mes jambes se dérober au contact de ses lèvres douces et chaudes qui m'effleurent. Nous avançons maintenant dans la bruyère. Je titube de bonheur. Le mot « ivresse » des chansons ne me fait plus rire. Il m'entoure les épaules de son bras : je perçois le tic-tac de sa montre. Parfois il m'embrasse la tempe, les cheveux, tout en marchant, et je sens la rugosité de sa barbe naissante de fin de journée.

Il commence à faire froid, et je frissonne. Attentif, il le remarque, et nous nous engouffrons dans la voiture. Portières fermées, le silence feutré surprend. Aucun de nous deux n'ose le rompre.

Nous n'avons pas encore prononcé un mot. Il n'y a rien à dire. Le soleil descend vite. J'aperçois une plage où deux enfants s'attardent, puis quelques mâtures derrière des maisons. Camaret ? Morgat ? Je ne sais plus. Ce matin, c'est si loin ! Cette église et son enclos contre lequel pâlissent des hortensias bleus me rappellent un vieux souvenir… Ils n'ont pas changé, alors que je ne suis plus la même.

Déjà, la zone industrielle de Quimper. On doit construire dans la région, car beaucoup d'usines sont consacrées au bâtiment ou à la fabrication de meubles. Mais je regarde d'un œil distrait. Alexandre tient le volant de la main gauche. La droite est posée sagement sur ma robe. Mon genou ? Ma cuisse ? Elle est si grande qu'elle recouvre le tout, immobile mais pesante dans un geste possessif et rassurant. Plusieurs poids lourds nous précèdent qui l'obligent à changer de vitesse. La main me quitte. Je les maudis.

« Quand partez-vous, Michèle ? »

Il me pose la question comme si rien ne s'était passé. Il envisage donc l'idée de mon départ avec calme, déjà résigné.

« Mes vacances se terminent dans dix jours, normalement. »

J'ajoute « normalement », car rien n'est normal, Alexandre. Je t'aime passionnément au point de tout laisser tomber. Mon boulot, l'appartement qui me rappelle certains mauvais souvenirs, ma rue parisienne avec mes « petits » commerçants et mes « petites » commissions du soir que j'avale seule, désespérément seule, devant mon mur de cuisine. J'aime mieux vendre de s moules sur le port, n'importe quoi plutôt que te quitter. Mais ce n'est pas le moment de dire tout ça. Et puis, je sens confusément que je vais trop vite. Tu me vouvoies encore ! Rien ne m'autorise à bâtir des projets avec toi. Ces baisers tout à l'heure ? Tu considères peut-être qu'ils faisaient partie de l'excursion !

À Pont-l'Abbé, il me dit :

« Je vais vous accompagner à Lesconil, bien sûr, mais j'aimerais passer avant à la boutique pour dire à la jeune fille de fermer et savoir ce qu'il y a eu de neuf dans la journée. »

Il ne perd pas le nord. Moi, je suis chavirée ; lui, pense à ses affaires. L'interdiction à cette heure d'emprunter le quartier en voiture nous oblige à marcher. De nombreux touristes flânent encore. Au sein de cette foule, notre intimité est rompue. À quelques pas du magasin, Alexandre me demande de l'attendre sans me donner d'explication. A-t-il des comptes à rendre à sa vendeuse ? Le chat dort toujours dans sa vitrine parmi les gravures anciennes et les reliures d'art. Sur la façade d'en face, le serin sautille dans sa cage. À cet instant précis, une main sort de la fenêtre entrouverte et récupère l'oiseau pour la nuit. Prisonnier, il est à la merci de ce bras qui dispose de lui. Je m'identifie au serin. J'attends au bord du trottoir, esclave de mon amour, dépendante du bon vouloir de cet homme qui ne me ménage pas.

Il sort de son magasin à la vitesse d'un bouchon de champagne. Les pans d'une longue écharpe qu'il a rajoutée autour de son cou frissonnent derrière lui. La porte qu'il a jetée à la volée claque. Il m'attrape le poignet et marche au pas de charge.

« Quelle imbécile ! Elle a laissé partir ma toile du Guilvinec en acceptant juste un acompte. Je ne vais peut-être jamais le revoir, le type ! Par contre, mes trois aquarelles sur le même thème que vous aimiez bien sont parties. Je vous les referai, si vous voulez. C'est quand même une bonne journée ! »

J'espère bien qu'il va me les refaire ! Son vouvoiement me fait mal, comme s'il avait oublié. J'arrive à me demander si je n'ai pas rêvé. Une bonne journée ! Parle-t-il du tiroir-caisse ou des heures merveilleuses ? Pourquoi semble-t-il soudain si pressé, comme s'il voulait me larguer au plus vite ?

Des Allemands nous abordent pour avoir l'adresse d'une crêperie. Ils sont harnachés pour des vacances en montagne. Les hommes ont la tête surmontée d'un bonnet de laine à pompon, et les femmes ont noué autour de leur taille des pull-overs à l'aide des manches qui gagneront cinquante centimètres de longueur au déballage. Ils parlent tous en même temps, et Alexandre a bien du mal à donner ses explications. Pour nous remercier, ils nous serrent la main, et un jeune garçon vêtu pour l'Annapurna nous prend tous deux en photo. Elle sera affreuse, il n'en fera rien et se demandera bientôt qui sont ces quidams. Mais je paierais cher pour l'avoir, la photo…

L'incident a adouci l'atmosphère. Dans la voiture, nous parlons de la force de certaines monnaies, de l'afflux des touristes et de ce fait, de notre crainte de voir nos belles côtes déformées par l'aménagement des loisirs.

« Jusqu'à présent, la Bretagne n'a pas été contaminée !

— Si je vous disais, Alexandre, que je tremble chaque année, lorsque j'arrive en vacances, de découvrir une initiative malheureuse dans le village ou sur la plage. C'est un soulagement énorme lorsque je constate que rien n'a changé. D'autant plus que ce qui déforme ou s'ajoute à la nature est irréversible. Vous ne pensez pas que la mer, les rochers, le sable, les oiseaux suffisent pour passer de bonnes vacances ? »

Revoilà la main sur mon genou.

« Tu parles pour toi (Enfin, il abandonne ce "vous" distant !). Avec ta sensibilité, tu es comblée ici, parce que tu sais voir, tu sais sentir. Tu es comme moi, tu n'as rien à foutre d'un casino. Pour retrouver du monde, du bruit. Où faudrait-il aller pour échapper à tout ce qui nous assaille en ville s'ils nous abîmaient la nature ? »

La voiture s'engage maintenant dans l'allée. Au bout, j'aperçois mon portillon de bambou, un peu déglingué, submergé par la haie qu'il serait dommage de tailler. Aucune idée de l'heure, mais le soleil, rouge comme un pois détaché de ma robe, s'enfonce à demi derrière le champ de pommes de terre. J'évoque ma mère à cette tombée du jour qui la remplissait d'inquiétude. Elle disait : « C'est entre chien et loup... » L'apparition de ce loup imaginaire expliquait à mes yeux d'enfant son angoisse. La chaleur d'Alexandre me rassure.

« Est-ce ma croyance en un Dieu créateur qui justifie ma révolte contre la moindre altération de la nature ? Ce n'était pas beau, tout à l'heure, cette falaise ? De quel droit oserait-on en modifier la structure ? Sacrilège, offense, violation. Ce n'est pas toujours de la révolte ; parfois, c'est du découragement. »

La voiture s'est arrêtée. Une poule échappée de la ferme se bat du bec avec une tige de blé.

« Pourquoi crois-tu que je peins ? C'est dans le même esprit que toi. Je sauvegarde à ma façon. J'immortalise la lumière, les couleurs, pour que les autres, ceux qui ne prennent pas le temps de voir parce qu'ils vivent à côté, sachent que cela a existé si un jour ils s'attardent. »

Ma tête posée sur son épaule, je l'écoute. Pourquoi me vient-il à l'esprit, ce mot découvert dans une leçon de catéchisme : la joie ineffable des saints, l'extase, la béatitude ? Excès de bonheur, la terre pourrait s'ouvrir et m'engloutir. Plénitude ressentie au moment de la communion : cesser d'exister en état de grâce, pour ne plus pécher. Je pense sans mesure. Contre l'épaule de cet homme que j'aime, ne pourrais-je pas me comparer simplement à un chat qui ronronne au coin du feu ? Ce chat efflanqué qui vient de nulle part. Qui fréquente ma location depuis des années comme s'il guettait mon arrivée tous ces longs mois d'hiver, pour le plaisir de s'étirer sur mon lit sans recevoir une avalanche de coups de trique. Ce chat interchangeable – car est-ce le même ? – qui ne me tient pas rigueur, d'une année l'autre, de ma désertion. Qui admet, résigné, que je suspende mes caresses en mettant la clef sous le paillasson.

N'est-ce pas ce qui m'attend avec Alexandre ?

Il ne paraît plus pressé. Du pouce, il me caresse la joue, distraitement, en pensant sans doute à autre chose. Et s'il me proposait comme ça, d'un seul coup, d'entrer chez moi ? Je le souhaite et le redoute en même temps. Madeleine dirait : « Ce que tu es cloche, à ton âge ! » Mais il essaie de déchiffrer l'heure sur sa montre dans la pénombre qui nous envahit.

« Il faut que je rentre. On pourrait se voir demain ? Dîner ensemble quelque part ? »

Il a récupéré sa main, son bras, et je me sens déjà terriblement seule. En une fraction de seconde, je crains de le décevoir et de le perdre. Je lance ces mots qui m'engagent :

« Et si on mangeait simplement chez moi ? Tu dois en avoir assez du restaurant. Cela m'amusera de te préparer à dîner ! »

Hypocrite comme moi, il s'attarde sur cette question nourriture :

« Ne me fais pas de poisson. Dans les restaurants de la région, ils ne savent faire que cela. J'en ai une indigestion. »

Il me laisse ouvrir la portière, me regarde descendre. Je tapote ma robe froissée. Faux départ. Je rentre dans la voiture, un genou sur le siège, et l'embrasse sur la joue comme un grand frère. Il tourne la tête et bécote ma bouche sans passion. On dirait un vieux mari blasé mais courtois. L'amant de la falaise est fatigué. Il agite sa main par la portière. Drôle de bonhomme tout de même.

Le chat m'attend, assis sur le paillasson.

La cuisine sombre, froide, est hostile. Je n'ai pas faim. Dans un vase, deux têtes d'hortensia s'inclinent faute d'eau. Je les régale machinalement. De bleu intense, elles sont devenues mauves et me font penser à ces cartes postales-baromètres de mon enfance.

Après un rapide démaquillage à l'aveuglette – Alexandre a eu raison de mon rouge à lèvres, et le gris compact des paupières doit traîner quelque part sur sa chemise –, je consens à me regarder dans la glace. Je suis flapie comme les hortensias. Comme eux, je vais peut-être me requinquer sous la douche.

Je contemple la chambre comme si je la voyais pour la première fois. Impersonnelle, c'est une chambre de location de vacances : une armoire à glace où se reflètent à longueur de saison des étrangères en chemise, un lit dont le matelas n'a pas le temps de refroidir pour recevoir les locataires suivants, une table de nuit qui accueille un dentier, un pot de chambre ou un tube de crème à moustiques.

J'y pose mes lunettes et un livre que j'essaie de lire chaque soir avec bonne volonté sous l'éclairage faiblard que dispense un globe trop épais. Au mur est accroché un tableautin représentant les jardins de Versailles. Si la reproduction a du mal à recréer pour moi les splendeurs du grand siècle, le clou me sert à accrocher ma robe de chambre. Le plafond recouvert de frisettes passées au vernis marin me donne l'impression d'être dans une cabine de bateau. Dans sa simplicité, je l'aime, cette chambre.

Quel plaisir j'éprouve chaque matin à ouvrir la fenêtre, puis à me recoucher pour contempler le toit de la ferme d'en face qui se découpe sur le ciel, avec sa cheminée recouverte de mousse couleur or !

Je me glisse entre les draps comme dans une chaussette. Les membres abandonnés, j'écrase ma fatigue. Ai-je fait le tour du monde ? Le nez enfoui dans le cœur de l'oreiller, je tente de repasser le film de la journée. À l'inverse du gracieux papillon qui commence son existence, ailes recroquevillées dans une chrysalide cotonneuse, j'étais ce matin élégante coccinelle empesée, peinturlurée juste ce qu'il faut, pour me retrouver ce soir épave dépeignée sous l'amas de couvertures. La robe qui n'habille plus mon corps est une vulgaire cotonnade défraîchie qui traîne je ne sais où. C'était ce matin. Alexandre était encore un étranger. Je pèse cent kilos. J'ai du mal à penser. Avec la voracité d'un albatros, il s'est jeté sur moi au bord de la falaise, pris de vertige entre ciel et eau. Revivrons-nous ces instants ? Le sommeil m'engourdit déjà. À la soudaineté de cette étreinte passionnée, j'oppose la douceur de son bras enserrant mes épaules sur le bateau. Émotion du contact de ses cheveux balayant ma joue. Émotion du parfum émanant de sa chemise : un souffle chaud, troublant, de sueur, de tabac et d'after-shave. Impressions qui s'appellent déjà souvenirs. Un mot triste.

Demain. Dormir. Tu seras là demain, Alexandre, mon amour.

X

J'AI PRÉFÉRÉ les rochers au sable, ce matin. La passivité de la mer sur la plage ne conviendrait pas au tumulte de mon esprit. J'ai besoin de mouvement. L'incessante activité du ressac me fascine. Des gerbes d'écume s'élèvent pour retomber en pluie à la manière d'un feu d'artifice. Certaines vagues butent comme un coup d'épaule dans une porte, pour avorter en mousse fuyante sur les rochers. D'autres trouvent une issue entre deux blocs et se perdent dans les profondeurs avec un bruit de baignoire qui se vide. Je me penche au-dessus de la fente dont les parois sont recouvertes de berniques devenues pierres elles-mêmes. À cet instant, je reçois une giclée d'eau de mer plein la figure. Mes espadrilles sont trempées. Ce n'est pas un drame. Mon histoire d'amour non plus. Il faut bien m'avouer ce qui me chagrine : Alexandre ne s'engage pas, il ne promet rien, il ne fait aucun projet. Peut-être me reléguera-t-il dans les oubliettes ainsi qu'une chaise longue après les vacances. Lorsque, par une attention gentille de sa part ou un baiser dont il prend l'initiative, je pense avoir gagné une manche, je m'aperçois qu'il se reprend comme s'il regrettait, et nous faisons marche arrière. Il ne se livre pas et reste mystérieux sur ses sentiments et ses intentions. Il fait cavalier seul : avec lui, la formule reste 1 plus 1.

Mon idylle avec François était si simple. Nous ne nous lassions pas de nous dire notre amour. La séparation nous était intolérable. Au bonheur d'être ensemble se mêlait toujours une inquiétude que nous partagions.

Tu raisonnes comme une sotte, ma fille ! Il avait vingt ans, Alexandre en a plus de cinquante ! Cependant, pour moi aussi les années ont passé, et mes réactions de femme sont les mêmes que celles de l'adolescente amoureuse que j'étais ! Assise dans le creux d'un rocher, au sec, les doigts de pied en éventail pendant que les espadrilles sèchent au soleil, je réfléchis.

Il m'apparaît soudain comme une évidence que ma passion pour Alexandre continue celle de François. Les deux hommes sont pourtant si différents ! Jean-Marc, lui, a si peu existé. Il n'était qu'un gentil gosse capricieux jouant de son charme. De nouveau, les trois visages se superposent. Serait-il possible de constituer un portrait-robot de l'homme idéal tel que je le vois en conservant de chacun les qualités qui m'attirent ? J'entends Madeleine me dire : « Avec ta manie de couper les cheveux en quatre… Laisse-toi aimer par Alexandre, tu verras bien. Vis ce qui s'offre à toi. Sache apprécier l'instant. Qu'est-ce que tu nous enquiquines avec tes considérations ? » Tout le monde la juge un peu folle, ma sœurette, mais ne serait-elle pas la plus sage de nous deux ?

Ce soir, je reçois un mâle à dîner, et j'ai l'audace de me dorer au soleil. Après bien des hésitations, j'établis un menu amusant et m'agglutine à la queue d'un magasin. Des paquets plein les bras, je sonne chez mon ami Jean Cloarec qui va me prendre pour une lâcheuse. Après cinq bonnes minutes d'attente, j'en conclus que mon copain est en cavale, mais le long nez de sa bru apparaît par la porte entrebâillée.

« Ah ! c'est vous ! Il est en train de ranger la cave, je vais l'appeler. »

Plutôt courtes, les formules de politesse. Elle ne peut pas me souffrir. Avant même que j'aie eu le temps de lui demander de ne pas le déranger, elle recule son appendice. Crasseux, déguenillé, mais souriant de tout son visage poussiéreux, M. Jean manifeste sa joie de me revoir.

« Enfin ! J'ai cru qu'on était fâchés, nous deux. Entrez !

— Écoutez, ce n'est pas le moment, mais je viens prendre rendez-vous. Je peux venir en début d'après-midi ? »

Avec des grimaces et des gesticulations, il me fait comprendre qu'il aime autant me voir ailleurs et dit en baissant le ton :

« Vers 14 heures devant l'église. »

Du fin fond de la maison, j'entends la mégère crier :

« C'est pas bientôt fini, cette porte ouverte ! Courant d'air ! »

Comme un gosse sermonné, il se mord la lèvre, mais son coup d'œil malicieux montre qu'il s'en fiche éperdument.

À la hauteur du cimetière, la queue du melon se casse, à l'orée du champ, les pêches jutent dans ma main à travers un papier détrempé et, en poussant le portillon, j'essaime quelques moules qui se croient libérées mais qui ont pas mal de chemin à faire pour retrouver la mer. Les tâches ménagères m'empêchent de penser. Je m'agite comme une mouche et travaille un peu d'une façon désordonnée. Pendant que mes moules s'ouvrent, je monte fermer les fenêtres là-haut. Prétexte pour contempler le lit qui m'attire comme un aimant, ou un amant, on verra bien.

Pour l'instant, je crâne. D'une pichenette, je redresse un pli au volant du dessus-de-lit et aplatis du pied la carpette trop mince qui s'ingénie à faire des montagnes russes. La chambre voisine réservée à Madeleine lors de ses passages est plus coquette, mais le petit lit d'Agnès me semblerait indiscret. J'imaginerais son ours me faisant des reproches. « Tu vas un peu vite, Michèle ! » Les moules sentent jusqu'ici, c'est malin…

J'arrive à l'église bien trop tôt, pénètre dans l'enclos, accote mon vélo au muret qui sert de banc aux vieilles Bigoudènes les jours où M. le curé organise une fête, et m'assieds quelques instants à l'intérieur du sanctuaire. « Ô Jésus, ô Marie, puisque dans votre grande bonté vous m'avez fait connaître cet homme, je vous en conjure : donnez-le-moi ! Déjà, je l'aime tant. Ne permettez pas qu'il me soit enlevé et que je replonge dans ma solitude. Je vous en supplie, je vous en supplie. » Incapable de formuler d'autres mots, je laisse couler mes larmes.

Elles suppléent à ma prière et me font du bien. Je ne savais pas que j'aimais Alexandre à ce point. Sur l'autel, la présence d'un bouquet de fleurs coupées dans un jardin me rassure par sa simplicité et la somptuosité de ses couleurs. Je quitte l'église à regret, le cœur réchauffé par ma confession. Sur le parvis, la luminosité du ciel m'éblouit, mais je distingue M. Jean assis sur le muret près d'un massif d'hortensias. Il tient sa casquette à la main, ce qui prêterait à confusion s'il était posté ainsi à la sortie de la messe. Il ne m'a pas aperçue et ébouriffe sa tignasse. Sa bru n'est pas là pour le rappeler à l'ordre.

« Monsieur Jean ! Je suis en retard ou vous êtes en avance ?

— Aucune idée. La soupe avalée, j'ai déguerpi. Tenez, si cela vous amuse... Vous le garderez en souvenir de moi. »

Il me tend un paquet grossièrement emballé d'un papier kraft froissé noué d'une ficelle aussi grosse qu'un cordage de bateau. C'est une boîte en bois contenant un jeu de cubes. Il est complet, mais les images sont un peu arrachées. La scène représente des petits enfants jouant avec un chien.

« Je l'ai trouvé à la cave. Il appartenait à mon fils. J'aurais bien aimé le garder pour mon petit-fils, mais ma belle-fille a dit : "Vous n'allez pas lui donner vos cochonneries !" Elle a menacé de le brûler, j'ai pensé que cela vous ferait peut-être plaisir... »

Sa sensibilité m'émeut et je l'embrasse avec reconnaissance. Ce climat affectif se prête à merveille à mes confidences. Je ne lui cache rien de mon idylle.

« J'aimerais que vous le connaissiez. Vous pourriez me donner vos impressions. Je vous préviens, il n'est pas d'humeur égale, j'espère qu'il se montrera sous son jour le meilleur. Ce soir, je lui en parlerai, et nous ménagerons un apéritif ensemble. »

Malicieusement, il répond :

« Vous croyez que vous aurez le temps de parler de moi ? »

Je me sens bêtement rougir et, pour faire diversion, lui propose d'aller sur la plage. Malgré le temps superbe, un vent assez fort nous promet des exhibitions de planches à voile. La bicyclette qui s'enfonce dans le sable des dunes ralentit notre marche, ce qui nous permet de faire des commentaires sur l'environnement : la fontaine – salle de bains et lavoir publics –, la carcasse de bateau échoué, le campeur montant la garde avec son singe… Mais nous regardons aussi où nous mettons les pieds, car le sable est ponctué de bouquets de chardons, de touffes d'aloès et de graminées chevelues. Curieusement, le silence règne sur ce désert en miniature mais, à l'extrémité de la dune, lorsqu'on surplombe la plage, brusquement les clameurs s'élèvent du petit monde qui s'agite en bas. Parfois des voix se détachent, proches et distinctes. Je pose la bicyclette les pattes en l'air sur un surplomb afin de la surveiller de la plage. Réflexe regrettable de notre conditionnement méfiant de citadin, bien que nous soyons sur une planète où les voleurs n'existent pas. Sans nous concerter, nous prenons plaisir à considérer la plage. Chacun pense à s'amuser. Peu de corps alanguis s'exposant au soleil comme sur les plages cotées pour épater les copains à Paris. Ce soleil d'août qui a réglé son thermostat au plus fort n'abat pas, mais semble mettre en joie et dynamise.

Dans l'air, des ballons fusent. Quelques oiseaux de toile planent ou sautillent au bout d'un fil. Des baigneurs courent pour se jeter à l'eau comme s'ils avaient un lion à leurs trousses. Des sportifs d'occasion s'imposent un footing en bordure de l'océan. Le résonnement de leurs pieds nus qui claquent sur le sable mouillé parvient jusqu'à nous. Là, cinq ou six jeunes gens se cramponnent autour d'un matelas pneumatique afin de s'y hisser. Lorsqu'un débrouillard y parvient, les autres ont vite fait de le renverser à l'eau avec des cris de sauvages. *Le Radeau de la Méduse* en plus petit. Et d'éclatantes voiles de couleur sillonnent la mer en se croisant, en se frôlant. Des véliplanchistes chevronnés, un peu inconscients, arrivent vers la plage à fond de train et effraient les nageurs timides qui barbotent dans cinquante centimètres d'eau.

Quittant notre observatoire, nous louvoyons parmi des groupes qui ne font nullement attention à nous.

« Vous avez amené vos bouquins, monsieur Jean ? Vous manquez des ventes. Il y a un monde fou aujourd'hui.

— Je ne peux pas être à la fois colporteur et chevalier servant, ma belle ! »

Il dit cela en serrant les mains de petits enfants qui le reconnaissent et viennent à sa rencontre dans l'espoir de l'entendre raconter une de ses légendes à vous dresser les cheveux sur la tête. Ainsi qu'une vedette, il disperse ses admirateurs en agitant la main, sans brusquerie, en souriant avec bonhomie, et il ajoute :

« Si nous nous mettions là, près de ce tas de goémon oublié ? Les touristes n'aiment pas son odeur, nous serons tranquilles.

— Parce que je ne suis pas une touriste, moi ?

— Mais non. Vous faites partie du pays depuis des années que vous venez, alors cela ne vous gêne pas.

— Vous avez raison. Il faut tout de même reconnaître que vos algues dégagent un parfum assez prononcé de charogne, mais j'aime mieux que les relents d'huile solaire. Ma sœur dirait que j'ai des goûts bizarres, et barbares. »

Il s'assied sur sa musette vide, plus pour éviter qu'elle ne s'envole que pour épargner son fond de culotte délavé qui ne craint plus rien. En un clin d'œil, j'enlève ma robe et la maintiens pliée grâce à mon sac contenant le jeu de cubes.

« Monsieur Jean, je ne voudrais pas être indiscrète, mais je ne veux pas non plus vous paraître indifférente. Vous me dites que vous ne pouvez pas donner le jeu à votre petit-fils. Faut-il en conclure que vous n'avez pas votre mot à dire le concernant ? Vous n'en profitez pas du tout ?

— Sa mère est tellement garce ! Quand je le fais rire, elle dit que je l'énerve, et lorsqu'il pleure, elle dit que je lui fais peur. J'ai renoncé à l'approcher, il paraît que je suis sale et que ce n'est pas hygiénique. Madame le professeur-je-sais-tout. Elle me fait rigoler : elle n'est pas soigneuse elle-même, et ce n'est pas le ménage qui la fatigue.

— Votre fils n'intervient pas ?

— Le pauvre garçon, à chaque fois qu'il ouvre la bouche il se fait engueuler. Ce n'est pas une femme qu'on a dans la maison, c'est un gendarme. Jamais un sourire, toujours la polémique, elle n'est pas heureuse, cette femme-là. Il faut dire qu'elle en a bavé avec son premier mari. Il ne se laissait pas faire, lui, et il lui rabattait son caquet. C'est pourquoi elle l'a quitté pour sauter sur mon gars, victime toute désignée. Elle lui fait payer l'égoïsme de l'autre, parce qu'il paraît qu'il était exigeant et très solitaire. Allez donc savoir dans un couple quel est le responsable de la dégradation de l'entente ! A-t-elle toujours été méchante ? Il paraît trop intelligent pour s'être trompé à ce point. »

Je le regarde, étonnée.

« Parce que vous l'avez vu, ce premier mari ?

— Je le connaissais. Après le divorce, il est venu deux ou trois fois la voir ici pour régler des papiers. On a bu le coup ensemble, et on a fait du bateau.

— Et votre fils dans tout ça ?

— Ne pensez pas à une scène de vaudeville. Ils étaient tous les deux très fair-play, l'ancien se frottant les mains moralement du bon tour qu'il jouait à l'autre !

— Et le nouveau, victorieux d'avoir enlevé le morceau.

— Il s'en est mordu les doigts par la suite. Le jour où il m'a annoncé qu'il voulait épouser une femme mariée, je l'ai mis en garde, il aurait des problèmes. C'est aussi délicat que l'adoption. »

Je le regarde, car je ne vois pas le rapport. Il comprend mon interrogation.

« Mais si. Dans les deux cas, on a affaire à un petit animal blessé. Les cicatrices du cœur sont les plus longues à guérir.

— Alors pour moi, c'est foutu, monsieur Jean. Vous ne me laissez guère d'illusions. Vous oubliez que je suis un petit animal blessé ? Et j'aimerais tant repartir à zéro.

— Je dis cela sans penser à vous, justement, car vous, vous êtes si pleine de vie et si enthousiaste. Vous n'engendrez pas le malheur.

— Vous êtes en dessous de la vérité : une histoire d'amour manquée, cela ne laisse pas de cicatrices, cela détruit un petit morceau de soi-même, et à cet endroit l'herbe ne repousse plus. Cette herbe, elle s'appelle illusion.

— Si j'étais à votre place, ma chère amie – vous voyez, j'emploie les grandes formules –, savez-vous ce que je ferais ?

— Dites. J'ai besoin de conseils.

— Eh bien ! j'irais me baigner. Une belle journée pareille, ce serait du gaspillage de ne pas en profiter. Vous êtes en maillot, allez ! À la flotte ! »

Je lui lance, pour rire :

« Vous êtes tous des tyrans, les hommes. J'y vais. Vous pourrez dire que je me suis jetée à l'eau pour vous ! »

Je descends vers la mer en courant comme s'il n'y en avait pas pour tout le monde. Les pieds au contact de la première vaguelette, je stoppe net. Ma peau chauffée par le soleil réagit à la fraîcheur de l'eau. À côté de moi, un bébé d'environ deux ans barbote dans une bouée en poussant des cris de joie. Inutile de faire des simagrées, d'autant plus que M. Jean là-haut me fait un signe d'encouragement. Malgré la distance, je vois qu'il ne me quitte pas des yeux, avec la même attention qu'une cane qui met son petit à l'eau pour la première fois. Plouf ! Je suis dans l'eau, sous l'eau, décris des ellipses, provoque des remous, des tourbillons à grand renfort de battements de jambes, puis je fais flotter à la surface mon corps creux, l'immobilise sous le soleil que je regarde en pleine figure. Je ferme les yeux. Les oreilles immergées, je n'entends plus le bruit confus de la plage. Voilà, oublier ce qu'il y a derrière…

Je nage vers l'horizon sans nuages. « Alexandre », je dis son nom à chaque brasse. Un bonheur m'envahit. Une sérénité qui ne peut être l'ivresse des profondeurs : j'ai un mètre d'eau sous moi.

M. Jean a sorti la serviette de mon sac et me frictionne le dos.

« Je vous envie de vous baigner.

— Pourquoi ne le faites-vous pas ?

— Vous avez vu un ancien marin prendre des bains de mer ? Vous êtes une sirène. »

Je pense : *Ce ne serait pas de chance pour Alexandre,* et me contente de dire :

« L'eau salée, ça décape les idées. Vous n'allez plus au port ?… J'ai aperçu des chalutiers qui rentraient.

— D'accord, on y va. Comme il fait très beau, les touristes resteront sur la plage et nous ne nous écraserons pas les pieds. »

J'enfile ce qui me tient lieu de robe, c'est-à-dire deux bretelles avec un peu de tissu en dessous. Mon vélo n'a pas bougé. Les chiens ont dû pisser dessus.

Le lieutenant du port nous salue. C'est bien de se promener avec une personnalité !

M. Jean lui demande :

« On peut entrer à la criée ?

— Vous, bien sûr. »

Et le lieutenant fait signe au cerbère de nous laisser passer. Dans les casiers alignés à même le sol, les langoustines gigotent, les poulpes emmêlés glissent les uns sur les autres en remuant encore leurs tentacules. Les lottes, décapitées sur les marchés parisiens, grimacent ici en montrant les dents, semblables à des dragons chinois.

Le crieur, dont la capacité d'évaluer les cours n'est jamais mise en doute en raison de la haute moralité et de l'intégrité qui lui ont valu sa charge, annonce comme une litanie les enchères au micro, suivi de la meute des acheteurs. Même scénario chaque soir, dont le spectacle ne me lasse pas. M. Jean me tape sur l'épaule et me fait signe de sortir avec lui.

« La pêche a été bonne, aujourd'hui. Le cours a drôlement baissé. Et puis les fêtes du 15 août passées, les prix descendent avec la longueur des jours.

— Vous comprenez ce qu'il dit ?

— Oui. C'est une question d'habitude. Comme je vous le disais, j'ai fait partie d'un équipage durant cinq ans avant d'être instituteur. Déjà, enfant, je retrouvais mon père à la criée et je rapportais le poisson à la maison. Parfois, je rentrais avec lui. Il faisait bien un petit arrêt au café du port – je n'en disais rien à ma mère. Il posait le panier rond à côté des autres sur le rebord de la devanture, à l'extérieur du café.

L'habitude n'a pas changé, d'ailleurs. Les journées sont dures en mer, ils le méritent bien, leur "kutru", et sur le bateau on n'a pas le temps de causer. Vous voulez des langoustines ?

— Pourquoi pas ? J'ai un invité ce soir. »

La *Marie-Françoise* manœuvre habilement et vient se ranger entre deux chalutiers. Le bateau à peine accosté, un marin saute prestement sur le quai, l'amarre et saisit les casiers qu'un gaillard lui tend à bout de bras.

« Michèle, donnez-moi votre sac. Videz-le avant. »

Je fourre des bricoles dans ma serviette et lui tends le sac.

« Yves ! Quand tu pourras ! »

Les touristes commencent à affluer, et je suis encombrante avec ma bécane.

« Je vous attends près du marchand de bonbons. Je gêne. »

Mon vieux copain me rejoint quelques instants plus tard, le sac de plage sur l'épaule comme un marin en permission.

« Merci beaucoup. Je vous dois combien ?

— Rien du tout, c'est mon affaire. »

Je lui offre un sac de pralines et nous nous quittons bons amis.

« Bonne soirée et bonne chance, Michèle !

— Pour la cuisson des langoustines ?... »

*
* *

Alexandre tourne le dos à la fenêtre et se présente à moi à contre-jour. Il est trop tôt pour allumer la lampe. Nous baignons dans une demi-obscurité qui me semblerait lugubre et insupportable si cette silhouette ne me faisait pas face. Par sa présence, il remplit toute la cuisine qui me paraît plus petite. Même les choses sont différentes, et j'agis parmi elles en étrangère. Il m'intimide, et je sers mon repas en dépit du bon sens. Mon menu est vulgaire : du melon, des moules et des langoustines ! Je ne me suis pas cassée, on se croirait au café du port. Pourquoi pas un cornet de frites ! Nous décortiquons et pataugeons durant tout le repas. Alexandre, dont j'ai mis les nerfs à l'épreuve, me fait croire que c'est très amusant. En regardant la table qui ressemble à une boîte à ordures, je pense au souper intime avec nappe de dentelle et chandelier qu'il escomptait peut-être et m'empresse de faire place nette. Il me parle de la Bretagne. Je ramène la conversation sur sa peinture. Par le cheminement de son art, je parviendrai à entrevoir l'âme. Il se dérobe, comme s'il hésitait à se livrer, et me dit :

« Tu connais Carnac ?

— Oui, c'est très impressionnant, ces alignements à perte de vue. J'ai lu plein de trucs là-dessus, y compris des ouvrages de parapsychologie. Leur origine est très controversée. J'y retournerais bien, si tu voulais ? »

Je parle comme si je ne devais jamais partir. Le jour est tombé à notre insu. Ses cheveux s'effilochent en clair-obscur devant le carreau qui sert de toile de fond. Un coude sur la table, il a appuyé son menton dans la paume de sa main et il tient une cigarette allumée entre deux doigts. De l'autre main, il joue avec une boulette de mie de pain sans y penser. J'envie sa décontraction. Impossible de coordonner mes idées, je voudrais lui dire tant de choses… La cigarette consumée, ne va-t-il pas déclarer qu'il s'en va ? Son flegme, son indifférence m'exaspèrent. Le devinant, il s'arrête de pétrir. Sa puissante main repose maintenant inerte sur la table. Je la recouvre de la mienne. À son contact, une émotion m'envahit, qui prend naissance loin à l'intérieur de moi comme le fait la colère, mais ce ne sont pas des milliers d'aiguilles qui me traversent, seulement un flot, un vague à l'âme à la limite de l'évanouissement. C'est beaucoup, proportionné à l'amour dont je déborde.

« Tu pars quand ? »

Il m'a déjà posé la question au retour de la falaise. Il a dit cela cette fois très bas, en saisissant mon poignet qu'il serre à m'en faire mal. Il éteint sa cigarette qui allait mourir. Simultanément, je contourne cette table imbécile qui nous sépare.

Debout près de lui, je me sens capable de toutes les audaces. Bien obligée, puisqu'il ne prend jamais l'initiative. Je n'ai pas assez de bras pour enserrer ses épaules, pas assez de mains pour caresser ses cheveux. La digue est ouverte de mes paroles et de mes gestes.

« Je ne veux pas partir. Parce que je tiens à toi, je t'aime à en crever, tu m'entends. Je me fous de l'éducation et des usages. On ne va pas jouer au chat et à la souris longtemps. Dis-moi si tu tiens un peu à moi ? »

Je l'ai contraint à pivoter sur sa chaise. En guise de réponse, il noue ses deux bras autour de ma taille et appuie très fort sa tête entre mes seins. Son souffle chaud traverse le tissu et semble se diffuser dans tout mon corps. La tempête de la falaise nous saisit de nouveau. Il s'est levé, me domine et m'écrase. J'ai perdu de mon assurance mais, pas encore vaincue, je murmure à son oreille :

« Tu peux envisager de me voir partir, comme ça ? Sans me retenir ?

— Qu'est-ce qui te dit que je ne te retiendrai pas ? Pourquoi me forces-tu à parler puisque tu as compris ?

— Mais je n'ai plus que huit jours ! J'aime mieux savoir. Non, je n'ai pas compris, tu es tellement réservé… »

Il se met à rire, me lâche pour fermer la porte à clef, m'entraîne à sa suite par la main en montant l'escalier.

« Ah ! tu vas voir si je suis réservé ! »

Je n'oppose aucune résistance. À travers un joyeux délire, j'ai une lueur de conscience et pense : *Nous allons froisser le dessus-de-lit, et aussi : il aurait fallu fermer les volets !*

Je ne suis plus seule à contempler de mon lit par la fenêtre ouverte la cheminée moussue d'en face. Ma tête repose au creux de son bras ouvert et j'ai dans mon collimateur la toison de son torse velu sur lequel je promène ma main comme sur le dos d'un cocker. D'une façon indécente, j'évoque Jean-Marc à qui je déclarais devant son corps glabre d'éphèbe : « Quelle chance ! J'ai horreur des hommes poilus. » Sa pensée m'encombre et je fais remarquer à Alexandre que les jardins de Versailles du tableautin sont les seuls à être ordonnés. Mon soutien-gorge traîne par terre. Il est très bien. N'avais-je pas plié ma robe de mariée le soir de mes noces ? L'habitude. Ne l'aurait-il pas précipitée par la fenêtre comme l'aurait fait maman avec la chemise de nuit, lui, le colleur de timbres qui classait ses idées comme son courrier ? Nous étions conditionnés, attelés tous deux à la même charrette aux essieux bien huilés, progressant ainsi, le temps d'une vie, sur un chemin sans ornières. Nous aurions pu faire le tour du monde si je n'avais pas perdu mes œillères. Qu'est-ce qu'il dit, M. le maire ? Pour le meilleur et pour le pire ? C'est idiot, il faudrait revoir la formule. Le pire, on le surmonte, jusqu'à la haine qui s'oublie dans les coups durs ! Ce qui divise, ne serait-ce pas ce *no man's land*, l'ennui qui s'installe parce qu'il ne se passe rien ?

Blottie contre cet homme qui sent un peu le fauve, je vis intérieurement une révolution. Il a eu raison de mes barricades. Elles étaient si fragiles ! Après la capitulation, j'accepte de rester là, prisonnière de ce bouillant Achille. À quoi rêve-t-il ? Ses yeux sont fermés, et seul le manège de sa main qui trace des arabesques sur ma cuisse m'indique qu'il ne dort pas. L'immobilité de nos corps, leur chaleur commune, nos jambes entremêlées m'empêchent de discerner à qui sont ces pieds qui forment des montagnes russes sous la couverture.

À brûle-pourpoint, comme s'il continuait la conversation d'hier soir et que rien ne s'était passé, il me dit :

« Tu ne m'as pas répondu pour Carnac, on y va demain ?

— Oui, bien sûr, je ne fais rien en dehors de toi. J'accepte égoïstement. Tu négliges un peu ton travail, mais la semaine prochaine… »

Il m'interdit de terminer ma phrase en bâillonnant ma bouche de ses lèvres brûlantes. Le lit devient la prairie de mon enfance. Je récupère mes jambes et mon souffle. Un tour, deux tours. Nous roulons jusqu'au bord du lit, mais il s'arrache soudain à moi et saute par terre.

« Qu'est-ce qui te prend ?

— Ma petite "mine", tu ne crois tout de même pas que je vais passer ma journée ici. J'ai du boulot, moi ! On les voit, les gens en vacances !

— Tu pars sans prévenir.

— Il paraît que tu aimes les hommes d'action, c'est toi qui me l'as dit. On se boit un petit café ? »

Il enfile hâtivement son pantalon qui a le fâcheux aspect d'un accordéon et descend l'escalier avec un bruit de pachyderme. Déçue, je le suis dans la cuisine dont il a ouvert la porte. Le jardin exhale une odeur d'herbe mouillée par la rosée. Elle dissipe celle des moules qui plaît au chat. Il s'est faufilé dans la pièce et louvoie entre mes chaussons en arquant le dos avec des miaulements plaintifs.

Vexé de mon indifférence, il s'est assis dans le rai de lumière que le soleil délimite en triangle sur le carrelage.

Pendant que l'eau bout, nous faisons l'inventaire des objets de toilette nécessaires à la remise en état d'Alexandre. Il râle.

« Sans rasoir, je vais avoir l'air de sortir de prison !

— C'est pour la petite jeune fille que tu te fais du souci ? Tu n'auras qu'à monter d'abord dans ton logement ! Au fait, je ne le connais pas. J'aimerais bien… »

Il me coupe, franchement désagréable :

« Non, c'est moche. Grouille pour le café. Il faut que je sois parti dans un quart d'heure. »

La glace du lavabo me renvoie l'image d'une bonne femme au visage gonflé, les cheveux semblables à une botte de paille, sanglée dans une robe de chambre trop juste. Je ressemble plus à un épouvantail qu'à une courtisane. Je bats en retraite et pars faire des tartines.

« Tu veux de la confiture ?

— Pas le temps. »

Il a reposé son bol vide, se lève brusquement en reculant sa chaise – ce qui a pour effet de déloger le chat – et me réclame sa veste.

« Je te prendrai demain après le déjeuner. Je travaillerai le matin, il faut que je rattrape le temps perdu. »

Je le maintiens contre moi par le revers de son col.

« Perdu ? Mon chéri (c'est la première fois que je l'appelle ainsi), tu ne penses pas ce que tu dis, retire ce mot. »

Impatiemment, il se dégage.

« J'ai dit cela parce que c'est une expression. Laisse-moi partir. »

Mes bras retombent le long de mon corps. Je dois avoir l'air d'une épave et je souffre soudain très fort. Il me prend la tête entre ses fortes mains en m'emprisonnant les oreilles. Je perçois :

« À demain, ma “mine”. »

Un baiser furtif sur les lèvres m'empêche de répondre. En quelques enjambées hâtives, il a atteint le portillon. Il se retourne pour le refermer, mais n'aperçoit pas mon geste d'adieu sur le seuil de la porte. Le bruit du moteur décroît. Pourtant, j'ai l'impression de l'entendre toujours. Mes yeux voilés de larmes s'attachent à ce bout de tunnel que forment les arbres, par où il a disparu. Plus aucun de mes sens ne fonctionne. La fraîcheur du matin, sans doute, me fait frissonner. Ma raison est figée. Tant mieux. Ne plus penser.

Le rosier a accouché d'un nouveau bouton, le pied de ciboulette a monté en graines, un oiseau sautille sur le banc de pierre… Je ne regarde pas les choses, je les aperçois malgré moi. Rien ne compte que cette évidence : il ne m'aime pas !

Je me rue sur la vaisselle comme sur une gourmandise et mets le transistor à fond. En lavant son bol, je pense : *Le salaud, il m'a quittée avec la même désinvolture qu'une fille publique. Il ne s'est même pas retourné. Tout juste s'il n'a pas essuyé ses pieds en sortant.*

Le chat, se méprenant sur les bruits de vaisselle inhabituels à cette heure, se pointe dans l'entrebâillement de la porte, queue en l'air.

« Toi, mon vieux, fous le camp ! Ce n'est pas le moment. »

Je ferme la porte et me décide à faire ma toilette. La rage se communique au gant de toilette : je m'étrille la peau, j'efface toute trace de « lui ». Là-haut, c'était inévitable, il fallait bien y monter. Maintenant ou ce soir… Ce n'est plus une femme dépitée qui considère le lit défait, mais une amoureuse ulcérée. Ma tendre brute ! J'embrasse l'empreinte de sa tête sur l'oreiller. Allongée à sa place, je tente de retrouver sa chaleur et son odeur comme un chien.

Combien de temps suis-je restée à pleurer ?

Les Allemands jouent au foot dans la cour. Parfois, le ballon décrit une parabole sur le carré de ciel bleu qu'encadre la fenêtre. J'ai faim.

XI

J'AI LES JAMBES MOLLES et roule contre le vent. De plus, je parierais que la bécane met de la mauvaise volonté. Dès le début de mon séjour, l'affiche du Crédit agricole invitant à l'exposition de peinture du Guilvinec avait retenu mon attention. Un grand ciel rose avec un soleil qui s'enfonce dans l'eau comme une pièce dans une tirelire, et en bas, au ras de l'affiche, un trottoir de sable gris. J'avais murmuré : « Quel culot ! » Mais chaque jour, ce soleil me faisait un clin d'œil. L'exposition se tient dans la salle des mariages à la mairie. J'ai déposé ma nénette à deux roues dans le hall à côté du planton qui paraît étonné de recevoir une visiteuse. Me voici au centre d'un kaléidoscope géant. Sur les quatre murs, des soleils se répètent, se courent après, rebondissent sur des horizons inhumains, blafards comme des lunes, suspendus dans des univers gelés, aveuglants parmi des cieux chargés d'orage, rougeoyants sur des mers en fusion. Pas un souffle de vie. C'est la genèse, comme si le peintre, spectateur privilégié, avait été convié le troisième jour. J'ai envie de dessiner un petit bateau, pour faire diversion, histoire de me rassurer, car la hantise du peintre met mal à l'aise. Dans la pièce voisine, les soleils continuent leur ronde, mais cette fois ils deviennent agressifs. Ils tourbillonnent comme des bolides en éclaboussant des gerbes de feu, grossissent jusqu'à occuper toute la toile. La hantise fait place à la folie. L'exposition se termine sur un carré rouge, centre de la fournaise dans laquelle le peintre a dû brûler son pinceau comme Icare ses ailes.

Au bord du trottoir, je reste un moment interdite. Sur l'asphalte blanc, une lumière crue découpe en ombres chinoises les profils des maisons, les marquises, les gouttières. Architecture inversée et agrandie par un soleil invisible.

Pour exprimer l'intensité de la lumière, a-t-on besoin de visualiser la lampe ou le soleil ? Ces peintures ne sont-elles pas des études ? S'il était là, Alexandre m'expliquerait. J'aimerais déambuler dans les rues avec lui. Ma rancœur de ce matin a disparu. L'amour ne rend-il pas terriblement magnanime ? Je veux oublier la façon cavalière dont il m'a quittée. Il a dû réaliser tout à coup qu'il allait manquer un rendez-vous et m'en a rendue responsable. Après l'avoir voué à tous les diables, voilà que je retourne la situation en me taxant d'incompréhension. L'impossibilité de se raser, la pagaille dans la cuisine, une bonne femme en peignoir, de quoi justifier la fuite. Qui prétend que tous les artistes sont bohèmes ? Encore une idée fausse qui s'écroule. Combien de grandes marées d'équinoxe avant que je connaisse Alexandre ?

Je bâille devant une vitrine de souvenirs. Ils sont colorés, gentils, amusants et d'un mauvais goût affligeant. C'est le moment de penser à ceux que je veux punir.

Un sabot verni qu'un paysan breton désavouerait sert de support à un baromètre. Plus complexe, un gouvernail permet aussi d'accrocher des torchons ou son parapluie. Ajustés avec talent, des coquillages terminent leur destinée sous forme de poupées tandis que des moines hilares exhibent un sexe en tire-bouchon. De ravissantes broderies font pardonner ce bric-à-brac. J'avise un tablier pour Agnès et choisis durant dix minutes de jolies cartes postales sur un tourniquet actionné en sens contraire par des mains sans visage.

J'avale un gâteau et rentre à Lesconil sans hâte. J'ai l'habitude de ne plus être attendue. Je roule, des soleils plein la tête, un amour à rattraper.

À la lisière d'un champ, je m'attarde à regarder des cultivateurs arracher des pommes de terre. Leur méthode est archaïque. Une très vieille femme à la peau parcheminée a pour tâche de remplir les sacs de jute qu'elle soulève afin de les tasser. Lorsqu'ils sont trop lourds, elle les dépose au bout du sillon et effectue une navette en ramassant les pommes de terre dans son tablier. Elle ne semble pas concernée par l'âge de la retraite et n'aimerait pas qu'on la plaigne. Un chien assis à l'extrémité du champ, l'oreille aux aguets, l'œil inquiet, surveille le groupe. Sa truffe frémit, car il m'a aperçue. Il fonce vers moi comme un dément. Les travailleurs lèvent la tête et continuent leur besogne. Je n'ai rien à leur dire, pas plus qu'au chien, je m'éloigne en trois coups de pédales vigoureux.

Il est trop tard pour aller à la plage ou au port. Mon petit père Cloarec va me chercher. Les heures seront longues jusqu'à demain, car sans Alexandre, elles comptent double et n'ont aucune saveur. J'éprouve une furieuse envie de le voir, de l'entendre, de le serrer à l'étouffer, et je m'en veux de l'avoir ainsi dans la peau ! Depuis notre rencontre, je me traîne comme une âme en peine.

Sous la porte m'attend une carte de Madeleine. Elle suit un séminaire en Grèce avec des collègues :

« L'eau est plus chaude qu'en Bretagne, les garçons sont avenants et dansent très bien… *(J'espère qu'entre deux chaloupées, elle aura pris le temps d'aller voir le Parthénon…)* Tu devrais faire un voyage organisé. C'est mauvais pour toi de rester seule dans ta bicoque. »

J'ai envie de l'étrangler, de faire un feu de joie avec ses chapeaux de paille, de jouer à la marelle avec ses sacs ridicules. Ma bicoque, c'est un paradis, et si tu savais à quel point je ne suis pas seule ! D'ailleurs, il va venir parce que je vais le lui demander. J'éteins le gaz sous les trois patates qui devaient me servir de dîner, enfourche la bicyclette étonnée de faire des heures supplémentaires, et pédale à un train d'enfer pour arriver à la poste avant sa fermeture.

À peine la pièce de monnaie est-elle tombée dans la fente que je me prends à regretter mon impulsion et espère que la sonnerie ne dérangera personne. Pourtant je ne peux me résoudre à raccrocher. Curieusement, j'accompagne ce timbre strident là où il résonne. Les yeux fermés, je me suis transportée là-bas, au fond du magasin, devant le bureau encombré de papiers. J'ai même envie de décrocher, lorsque j'entends une voix impatiente et essoufflée répéter sur deux notes comme un comédien qui cherche une intonation : « Allô ! Allô ! »

D'une voix de souris, je murmure :

« C'est moi, Alexandre. Ce serait possible que tu viennes ce soir ?

— Ah ! c'est toi ? Il y a quelque chose qui ne va pas ? »

Et sans attendre de réponse, il enchaîne :

« Tu me prends de court… Attends, je réfléchis… Oui, pourquoi pas ? Vers 8 heures, d'accord ?

— Oui, merci. Au revoir. »

Conversation aussi tendre que si j'avais appelé le plombier.

À travers la porte vitrée de la cabine, j'aperçois un groupe de jeunes qui discutent en riant fort. Ils sont en short et je regarde, hébétée, toutes ces cuisses musclées. Ils sont pleins de vie. Je me sens pitoyable.

Ils peuvent rigoler avec leurs vingt ans et leurs amours faciles ! Après l'assaut de courage qu'il m'a fallu pour téléphoner, je me dégonfle comme une baudruche. La poste ferme ses portes. Sur la place du marché, des roulottes de forains s'installent. Déjà, les femmes lavent du linge à la fontaine et étalent leur literie sur les bancs pendant que les hommes déchargent les manèges des remorques ou montent les baraques. La vue de cette activité me déride et me stimule. J'achète de la farine de sarrasin chez l'épicier. Des petits gitans envahissent la boutique comme une nuée de moineaux et choisissent des bonbons en comptant leurs sous.

Le vent me pousse dans le dos. Je dépasse la colonie qui chante à tue-tête un refrain connu. Je fredonne avec eux, mais la distance me fait perdre leur rythme qui s'étire comme leur longue marche.

La fermière qui n'a pas commencé la traite s'étonne de ma présence dans la cour.

« Vous êtes en avance, si c'est pour le lait… Vous me direz si vous voulez des pommes de terre !

— Merci, mais je pars dans quelques jours. Et puis, pour moi toute seule, j'en aurais toujours de trop.

— Vous pourriez en emporter à Paris ?

— Par le train ! Ma pauvre dame, je vous appellerai quand je serai prête à partir. Vous verrez l'exode… Je suis incorrigible. Tous les ans, c'est la même chose. Dites, il ne vous reste pas du lait d'hier, car j'attends quelqu'un pour dîner ? »

Elle me prend le pot des mains et disparaît chez elle. Trois chatons roux aux yeux bleus se frottent contre mes jambes et mordillent un peu mes espadrilles aux semelles de corde usées. Ils ont grossi en un mois. Il s'en passe, des choses, l'espace d'un été. Pourtant, ici, le calendrier est un peu bousculé : les pommes de terre sont arrachées, mais les moissons ne sont pas terminées. Il a plu en juillet. Et puis, il faut attendre le bon vouloir des hommes loués avec leur machine, et de celui qui vient avec la lieuse et qui vous coûte les yeux de la tête !

« Vous en aurez assez comme ça ? »

Je quitte la ferme, les trois chats sur mes talons, et je pense à la chanson de .

Les crêpes se tiennent au chaud, et moi, tranquille sur le banc du jardin. Le pêcher est en train de crever. À défaut de feuilles, ses frêles branches ont donné naissance à quatre ou cinq embryons verts, duveteux comme des amandes, ratatinés ainsi que de vieux fruits oubliés. La dernière averse a déshabillé le bananier dont les feuilles jaunies retombent en jupe autour de la hampe chevelue. Le chat aime à s'y cacher. La fraîcheur du début de soirée me rappelle que déjà les jours raccourcissent.

Le mimosa qui m'abrite ne fait plus sautiller l'ombre de son léger feuillage sur le banc, parfois sur mes mains lorsque j'écrivais. Ombre taquine au point de troubler les lignes, et mon attention. Là, je ne fais rien, les mains posées sur les genoux, semblable aux veuves de marins qui attendent sur le port chaque soir, par habitude, celui qui ne viendra plus. À quoi pensent-elles ? Moi, j'imagine des scénarios. Lorsque j'entendrai la voiture, il sera trop tard pour aller ouvrir la barrière. Il la laissera devant la maison comme un mari qui revient déjeuner. En homme pressé qu'il est, il claquera la portière à la volée et atteindra le portillon en même temps que moi. Il aura sans doute la grosse veste de laine qu'il portait au concert. Il fait frais, et il n'y a pas lieu de faire des cérémonies.

À l'évoquer, une douce chaleur m'envahit. Je tente de reconstituer les traits de son visage. Les informations me parviennent séparées les unes des autres. Du bout des doigts, j'effleure encore la joue rugueuse et joue avec les cheveux soyeux qui ondulent sur les oreilles. Sa lèvre supérieure, fine, délicate, bien dessinée, lui donne un air sévère qu'adoucit l'autre, charnue, sensuelle, presque enfantine.

Sans le reflet glacial des lunettes, les deux lacs noirs dont les rives sont ombragées de longs cils paraissent abordables. J'ose y plonger les miens quelques instants. Je ne m'y attarde pas comme dans les yeux clairs où l'on peut flâner, mais furtivement, à la manière dont on regarde le soleil.

Je vais chercher un lainage pour mes épaules et remets de l'eau dans le bain-marie évaporé. Il est plus de 8 heures et un point d'inquiétude commence à percer. Oh ! juste un rien, qui met mal à l'aise. L'idée qu'il ne viendrait pas est ridicule, mais quand même : qu'est-ce qu'il fait ? Je grelotte sur le banc. Le chat, plus raisonnable, est rentré dans la cuisine par la porte grande ouverte. Avec la tombée du jour grandit l'angoisse. La pénombre a gommé les détails. Seuls subsistent les contours des choses. Le muret du jardin aux pierres inégales, semblables à des chicots, paraît une ruine. Une bouche noire, la remise dont on ne voit plus le fond. Les mâtures d'un vaisseau fantôme, les montants de la toiture qui grimpent de guingois, inquiétants.

Je ne peux plus distinguer l'heure sur ma montre depuis longtemps. Après avoir échafaudé toutes les hypothèses, j'ai renoncé à lui trouver des excuses et sais qu'il ne viendra pas. La voiture renversée dans un fossé ou la tante mourante, je n'y crois plus après m'être menti à moi-même depuis deux heures. L'inquiétude fait place à la colère. Il se fout de moi. Il aurait pu me faire prévenir par n'importe quel moyen. La vérité, c'est qu'il a complètement oublié ! Je ne pèse pas lourd. Pauvre imbécile que je suis ! Il n'y a pas de danger que moi, j'oublie. Je rampe, je marche à la baguette. En un mot, je mendie un amour qu'il a la grande bonté de m'octroyer lorsqu'il lui plaît. Ma platitude m'écœure. Je me dégoûte en l'appelant salaud. Je serre les dents comme si je lui mordais dans le gras du bras. Oui, lui faire mal pour redevenir la fille énergique dont on disait : « Michèle, elle sait ce qu'elle veut, elle a du caractère… » Où ont-ils été chercher cela ? Mais j'en ai marre de jouer la comédie. À force d'être orgueilleux, on finit par rester seul. Je ne veux rien, rien d'autre que l'homme que j'aime ! Vous vous trompez, Jean-Marc, Madeleine et tous les autres ! On ne m'a pas coulée sur une charpente métallique. Je ne suis pas une femme-gendarme mais une femme-enfant. Alexandre ! Tout donner pour entendre ton pas sur les cailloux, pour poser une seule fois encore ma tête sur ta poitrine de velours.

Les larmes ne coulent pas. C'est un chagrin sec. Les pires. Il fait complètement nuit. Seule avec mon désespoir, je me complais, accroupie devant le banc sur lequel j'ai caché ma tête entre mes bras repliés. Ramassée sur moi-même, « j'infuse » ma peine.

Il a fallu une pluie fine pour que cesse mon hibernation. Je suis presque habillée sur le lit. Craignant la lumière comme une bête traquée, je n'ai pas trouvé ma chemise de nuit dans l'obscurité. Aucune importance. D'ailleurs je ne suis pas sur le lit, mais imprimée dedans, accablée, pesant cent kilos, sur le ventre, le visage enfoui dans l'oreiller à étouffer. À étouffer aussi mes cris, mes gémissements. Sans bouger, car la peine paralyse, mais le corps fait sa petite vie, à notre insu : le mien veut dormir.

Mes idées s'émiettent, je capitule.

*

* *

Des bruits de seaux dans la cour. La mémère est déjà au travail. Pour qui prend-elle cette peine ? Au déclin de sa vie, veut-elle profiter de l'aube des jours qui lui restent à parcourir ? Elle ne raisonne pas, elle se lève par habitude, comme s'il fallait encore allumer le feu pour chauffer la soupe de son homme.

D'un coup, les brumes de mon cerveau se dissipent. « Son homme. » Réveillée, le cauchemar commence. En une fraction de seconde, les séquences de la soirée d'hier se projettent sur le mur de ma mémoire. Je ressens à nouveau la crispation de l'estomac, des entrailles, de la gorge. Alexandre ! Je vais en crever. Quelle force réagit en moi ? Quel saint qui s'occupe des amours me sort-il du lit, claque les volets pour moi et me souffle : « Avant tout, tu dois savoir. Bouge, cours, téléphone… » En rejetant les draps, je m'aperçois que j'ai dormi nue.

Trop tard pour jouer à cache-tampon avec la chemise de nuit, trop tôt pour m'habiller, car j'aspire à une bonne douche. Ma nudité qui ne me choquait pas dans la chambre me semble déplacée dans la cuisine. Avec la pudeur d'Ève au jardin, j'entoure mes reins d'une serviette, à défaut de feuille de vigne pour cacher mes dix centimètres carrés de fourrure dont on fait tant d'histoires. Soudain un bruit de coup de frein, un claquement de portière, le gravier écrasé par des pas énormes et pressés. C'est lui ! Pas le temps de crier sauve-qui-peut. Il frappe la porte d'une grêle de coups, avec le poing, comme la police. Un regard affolé autour de moi pour me découvrir un vêtement. Seul mon tablier de cuisine rigole à un clou. J'ouvre dans le costume de la vérité et me réfugie derrière la porte qu'il pousse au risque de m'aplatir.

« Qu'est-ce que tu fais là ? Heureusement que ce n'est pas le facteur, dis donc ! »

Il rit en disant cela et ferme la porte d'un coup de pied en m'attirant contre lui. Il me semble immense. Les deux bras tendus, je résiste en mettant entre nous la distance de mes reproches.

« Je t'ai attendu, hier soir. J'espère qu'il t'est arrivé quelque chose de grave pour m'avoir mise dans un état pareil ! J'étais folle d'inquiétude. Tu as oublié, ou quoi ? »

Il me considère, interloqué, semblable au clown qui vient de recevoir un verre d'eau en pleine figure. Il se ressaisit vite et m'attrape les poignets avec rage. Une expression que je ne lui connais pas métamorphose son visage. Ses traits se durcissent et sa bouche – que j'adore –, déformée par un rictus de rage, vomit avec vulgarité :

« Merde ! Je ne viens pas ici pour me faire engueuler ! Je travaille, moi, je ne suis pas en vacances. Non, je n'ai pas oublié, mais puisque tu veux le savoir, j'avais rendez-vous avec deux types du conseil municipal. Ça s'est prolongé. Il était trop tard, j'ai pensé que tu comprendrais, voyant l'heure passer, que j'étais retenu. Avec ça, tu n'as pas le téléphone. »

J'ai envie de le gifler et cherche à me dégager, mais il me serre les poignets plus fort et me fait mal. Sa colère, sa mauvaise foi m'enlèvent toute repartie.

Loin de s'excuser et de justifier sa défection que je ne demande qu'à pardonner et oublier, il inverse les rôles. C'est lui, la victime. En cet instant, je le déteste. J'oublie que je suis nue, car la serviette est tombée, et ridicule : je pleure d'impuissance.

« Ah non, ne chiale pas. Je croyais qu'on allait à Carnac, tu n'es même pas prête. Moi aussi, je pourrais me foutre en boule ! »

C'est par trop d'injustice. Ma langue se délie.

« Décidément, tu mélanges tout. Tu devais me prendre seulement après le déjeuner parce que tu voulais garder ta matinée à travailler ! »

Il me rend enfin ma liberté et va s'affaler sur une chaise, les deux coudes sur la table. Il marque un temps, pousse un soupir en affaissant son dos et dit, la voix radoucie :

« Oui, tu as raison, je mélange tout. Je suis fatigué, Michèle. Et puis, je dors mal. Tu me fais faire du souci, si tu veux le savoir.

— Alors pourquoi es-tu si injuste, si tu penses un peu à moi ?

— Je ne suis pas injuste, je suis impulsif, c'est tout. Il faut me prendre comme je suis, avec mon sale caractère... Viens. »

D'un geste qui n'admet pas de réplique, il m'attrape à l'aveuglette derrière lui et m'assied sur un de ses genoux. Je résiste encore, le dos raide, les mains inertes croisées sur mes cuisses comme une vestale offensée. Trop facile, le tour de passe-passe. Si seulement tu sollicitais un pardon que je voudrais tant t'accorder, imbécile. Tu as été par trop infect. Il frotte son front sur mon épaule dans une sorte de câlin. L'odeur de ses cheveux fait vaciller mon état statuaire. Pressentant ma vulnérabilité, il tente :

« Allez, on fait la paix. Tu ne t'es pas doutée que j'avais un empêchement ?

— Jusqu'à 9 heures du soir, je t'attendais encore. Après, j'étais vraiment inquiète. Il aurait pu t'arriver quelque chose, mets-toi un peu à ma place.

— Pauvre chérie ! Qu'est-ce que tu m'avais fait de bon à manger ? »

Il détourne habilement la conversation, tâchant de badiner. Je suis encore indécise. Il essaie d'enlever les derniers bastions.

« Tu boudes ? On ne va pas parler de ça pendant des heures ? On oublie tout. (Ça l'arrange.) Tu dois avoir froid, va t'habiller. Je ne peux pas t'emmener dans cette tenue. Parmi les mégalithes, passe encore, mais au restaurant… »

Il trouve le moyen de me faire sourire. Je monte sans rien dire. Bien sûr, je suis vaincue par son audace, et dans le fond de moi-même, heureuse de l'avoir retrouvé. Il le dit lui-même : je dois le prendre comme il est. Ce sont toujours les gens qui ont mauvais caractère qui ont le culot de dire cela.

Je farfouille dans l'armoire mal rangée, à la recherche de mes plus jolies lingeries. Les marches craquent. Il est contre moi et fait mine de chercher en éparpillant les mouchoirs sur nos pieds. Déjà, son souffle chaud dans ma nuque fait frissonner mes cheveux. J'entre dans son jeu en faisant valser un ou deux pulls à travers la chambre. En m'enserrant la taille, il donne la réplique en dispersant collants et maillots de bain. Dans ce gentil foutoir, à court de munitions, nous tombons dans les bras l'un de l'autre en riant. Nous ne rions pas longtemps. À mon vestiaire que nous piétinons s'ajoutent son blouson qui sent le sauvage et sa chemise qui moule un estomac rondelet. Il murmure :

« Je t'avais dit que nous n'irions à Carnac qu'après le déjeuner. Les pierres sont plantées depuis des millions d'années, elles nous attendront bien quelques heures.

— Tu es un sale type. Un sale type. Mon amour ! »

XII

LES QUELQUES ANNÉES de célibat d'Alexandre en ont fait par la force des choses un homme de maison. Tandis que je range la chambre, il s'affaire en bas en sifflotant dans un plaisant tintement de vaisselle qui annonce un petit déjeuner tardif ou un repas de midi grandement avancé. Il crie : « À la bouffe ! » et m'attend au pied de l'escalier en maintenant le rideau de perles qui a la fâcheuse habitude de balayer la figure et ne sert qu'à amuser le chat.

« Madame est servie. »

Je ne reconnais pas ma propre cuisine et pousse un « oh ! » de surprise.

« Ça ne te plaît pas ? J'ai tiré la table devant la porte. C'est plus gai, on voit le jardin. »

Timidement, j'avance :

« Oui, mais on ne peut plus fermer la porte.

— Quelle importance ! On repousse la table. »

Ne voulant pas décevoir l'innovation dont il semble très fier, mais qui m'oblige à jouer les déménageurs plusieurs fois par jour, j'approuve.

« Tu as raison, c'est charmant, et la cuisine paraît plus grande. »

Entre nos deux assiettes, il a disposé avec l'œil du peintre le vase aux têtes d'hortensia à côté d'une corbeille à pain en vannerie que je découvre. Les crêpes de la veille découpées en lanières et des cubes de jambon constituent une salade surprenante mais nourrissante.

« Mon vieil ami doit s'inquiéter de ne plus me voir. Je lui avais promis de te présenter à lui. Si tu n'y vois pas d'inconvénients, je passerai chez lui en partant pour lui demander de prendre l'apéritif avec nous ce soir.

— Si tu y tiens vraiment… Mais alors, pas trop tard, j'aimerais rentrer avant que la petite ne ferme le magasin. Je néglige tout en ce moment. »

Il dit cela en soupirant. En une fraction de seconde, sa gaieté s'est envolée, son visage revêt un masque soucieux et je me sens responsable de ce manteau qui accable ses épaules. Je saisis sa main entre les miennes dans un geste de prière :

« Plus que six jours, Alexandre. Tu pourras travailler à ta guise et rétablir ton emploi du temps. Mais laisse-moi l'illusion que les heures merveilleuses que nous passons ensemble seront pour toi un trésor dans un coin de ta mémoire, trésor que tu auras plaisir à ressusciter de temps en temps comme on feuillette un album de famille. Avec émotion et tristesse pour les jours révolus et les nouveaux cheveux blancs. »

À son tour, il emprisonne mes mains avec énergie pour secouer ma faiblesse et plante ses deux braises dans mes yeux, au bord des larmes.

« Michèle ! Tu me fâches. Tu parles comme si nous devions nous quitter pour toujours. Tu fais ton scénario sans tenir compte de ton partenaire. Je n'ai aucune intention de te perdre malgré mon indifférence apparente et mon mauvais caractère. Nous nous connaissons depuis deux semaines seulement, tu devrais comprendre qu'il est prématuré de déranger le curé ! »

Malgré la gravité du ton, il trouve le moyen de plaisanter. Je le laisse continuer, de toute façon incapable de proférer un son. Alors il continue :

« C'est bien à Paris que tu repars ? Tu ne t'enfonces pas dans le fin fond de la forêt vierge ?

— Alexandre, mon chéri, tu ne peux pas savoir à quel point je me sens soulagée. Si tu n'as pas l'intention de me perdre, c'est que tu veux me garder ? »

Il ne répond pas et fait oui de la tête, lentement, je dirais avec solennité, car il sait qu'il s'engage. J'ajoute, le cœur plein de gratitude, prête à toutes les concessions :

« Écoute, si tu as peur que nous rentrions tard, je peux renoncer à cette promenade ?

— Tu m'amuses ! Tu passes d'un fait capital à un incident… Renoncer ? Jamais de la vie ! Prends un lainage, ton sac, et viens. Soit dit en passant, Carnac, c'est plus qu'une promenade, nous avons deux heures de route, mais je suis ravi d'y retourner avec toi. »

En disant cela, il se lève, se place derrière moi et m'embrasse les cheveux en appuyant fort ses mains sur mes épaules. J'empile hâtivement la vaisselle sale sur l'évier, appelle à l'aide pour réintégrer la table à sa place primitive et invite le chat à déguerpir du coussin qu'il a fait sien. Avant de refermer la porte de « notre » maison, je jette un regard circulaire avec nostalgie et reconnaissance sur ces lieux qui ont vécu notre réconciliation. Ma survie.

Je m'installe dans la voiture en jetant sac et cardigan sur la banquette arrière dans un geste familier. On prend vite des habitudes. Nous croisons les gosses de la colonie, dorés comme des petits pains. À leur degré de bronzage, on peut conclure qu'ils vont bientôt retrouver leur HLM Nous doublons une Bigoudène dont le vélo semble caparaçonné sous l'épaisse robe noire froncée. Elle baisse la tête surmontée de la coiffe pour donner moins de prise au vent. Elle lutte à longueur de vie.

« Ne tourne pas au cimetière, Alexandre. Tu te souviens que je dois passer aux Fontaines ?

— Tu ne seras pas longue ? Sinon, à ton type, il faut proposer une soupe à l'oignon plutôt que l'apéritif, parce que nous ne sommes pas près de rentrer ! »

Je le fais stopper devant la maison dont les volets bleus battent la chamade. Déjà, j'ai ouvert la portière et m'apprête à descendre lorsqu'Alexandre m'attrape par l'ourlet de ma robe.

« C'est là, ton ami ?

— Oui, pourquoi ? Tu connais ?

— Oui, je t'expliquerai. Va. »

Précisément, des gens sortent de la maison, hérissés d'épuisettes. Sans doute ses locataires. Ils ne disent pas bonjour, mais laissent la porte ouverte. La maison porte bien son nom, c'est vraiment le moulin.

J'appelle :

« Monsieur Cloarec ! »

Une odeur de corne brûlée parvient de la cuisine.

« Entrez, Michèle, je vous reconnais, vilaine !

— Excusez-moi, monsieur Jean, je ne vous oublie pas, mais je viens de vivre deux journées bien remplies. Je voudrais vous présenter mon ami ce soir. Pourriez-vous être à la terrasse du café du port vers 7 heures et demie ?

— Bien sûr, ma belle. Être avec vous, c'est une priorité… Attention, celle-là va cramer. Pour l'instant, c'est ma coquille Saint-Jacques la priorité. Je les ouvre toujours de cette façon. L'inconvénient : ça pue.

— Je vous laisse torturer ces pauvres bêtes, il faut que je me sauve.

— Le prince charmant ?

— Oui, puisque vous l'appelez comme ça. À ce soir.

— Salut, fillette ! »

La voiture n'est plus devant la porte. Alexandre s'est avancé une cinquantaine de mètres plus haut et me fait signe par la portière de le rejoindre.

« Tu me fais des émotions ! Un instant, j'ai cru que tu étais parti. C'est entendu pour ce soir. »

Pendant qu'il met le contact, je questionne :

« Tu connais Cloarec ? Ou quelqu'un de la maison ? Ils sont si nombreux là-dedans.

— Je les connais tous plus ou moins, je t'en parlerai plus tard si tu veux bien. Cap sur Carnac, en route toute ! »

Je n'insiste pas. Nous restons un bon moment sans nous parler. Il conduit d'une façon très agréable, régulièrement, sans se croire obligé de me faire remarquer, comme le faisait Jean-Marc : l'imbécile qui double en troisième position, l'idiot qui a oublié de mettre son clignotant, le crétin qui aurait dû se rabattre. Ce qui avait pour résultat de me faire rentrer la tête dans les épaules puisque nous frisions l'accident à chaque minute.

À Quimperlé, nous faisons une courte halte pour visiter la curieuse église Sainte-Croix. Alexandre paraît tout connaître. Il est à l'aise sur tous les sujets. Dans la voiture, nous écoutons un concert de polyphonies sacrées de Mozart, interrompu par les remarques fort intéressantes de mon guide.

« Tu vois, Hennebont est une ville reconstruite qui a beaucoup souffert en 1944-1945, lorsque les Allemands tenaient la poche de Lorient. »

Lorsque la route reste droite un moment, il pose sa main sur mon genou comme sur le dos d'un bon chien.

À l'approche d'Auray, il me prévient :

« J'aurais bien fait le détour pour te montrer la basilique et la chartreuse, mais il faudrait la journée pour faire du tourisme à notre rythme !

— Ce que j'aime avec toi, c'est l'imprévu du voyage. Tu ne franchis pas les kilomètres au pas de charge.

— Puisque tu aimes ça, nous allons faire encore la route buissonnière avant d'arriver à Carnac. »

En effet, à Plouharnel, il s'enfonce dans la campagne et immobilise la voiture.

« Je te présente les monastères de Kergonan : l'abbaye Sainte-Anne et l'abbaye Saint-Michel. Si tu aimes les chants grégoriens, nous y reviendrons.

— Nous nous connaissons avec vingt ans de retard. Quel temps perdu !

— Tu te sens vieille ? Moi, j'ai l'impression que j'ai bouffé du lion aujourd'hui. Nous avons la vie devant nous, Michèle. »

Son optimisme est contagieux. Pour le taquiner, je lui dis :

« Oui, mais nous avons Carnac derrière nous, alors demi-tour.

— Tu vas dire que je suis contrariant, mais nous n'allons pas à Carnac. À moins que tu ne veuilles visiter le musée ? En général, on longe la route des alignements, tu auras une vue d'ensemble. Il y a environ trois mille menhirs de recensés ! Et nous ne voyons que ce qu'il en reste, c'est très troublant. Aucun touriste à l'horizon, nous allons nous arrêter là. »

Les mastodontes de pierre semblent nous escorter dans ce paysage antédiluvien. Les ors des ajoncs et les mauves en camaïeu des bruyères humanisent la vision et ramènent les choses à nos dimensions. La présence de ce gigantesque jeu d'échecs n'a rien de menaçant, seulement une leçon de modestie : le problème nous dépasse. Ceux que nous appelons les primitifs rigoleraient bien de certaines de nos hypothèses, car on a perdu la règle du jeu.

Alexandre partage mes impressions. Nous marchons côte à côte, nous enlaçant la taille instinctivement et pour la première fois, comme des collégiens. Dans le fond, ce n'est pas compliqué, le bonheur. Je voudrais immortaliser ces instants et évoque banalement les vers de Lamartine, car personne n'a trouvé mieux :

Ô temps suspends ton vol…

Je quitte pourtant la chaleur d'Alexandre pour cueillir un bouquet avec l'impulsion des enfants en promenade. Comme des enfants également, nous escaladons des blocs ou entrons presque à quatre pattes dans de sombres couloirs menant à des chambres souterraines. Il rompt le charme le premier :

« Il faut se décider à rentrer. »

Nous empruntons une dernière fois l'allée de chaque côté de laquelle les pierres levées font la haie sur notre passage, en se disant peut-être les unes aux autres : « Ils sont éphémères, comme leur amour. » Instinctivement, je pense que nous ne les reverrons plus ensemble, ces témoins de granit. Je garde pour moi mes réflexions. Plus prosaïquement, Alexandre poursuit :

« Tu désirerais boire quelque chose sur le chemin du retour ?

— Non merci. Tu es gentil, mais je ne voudrais pas que M. Cloarec se retrouve tout seul au café du port.

— Tout seul ? À 7 heures du soir ? Tu n'as pas dû y aller souvent. Mais au fait, pourquoi ne peux-tu pas te passer de ce vieux fou ? »

Je n'aime pas qu'on parle mal de mes amis et je sursaute :

« Je te concède que c'est un original, mais c'est la raison pour laquelle il est attachant.

— Comme tu prends sa défcnse ! Je pourrais presque être jaloux. Avoue qu'ils sont tous dérangés dans cette maison, en particulier la bru.

— Je n'ai aucunement affaire à elle. Je l'ai entrevue deux ou trois fois, elle m'a à peu près flanquée à la porte. M. Jean, qui ne se plaint jamais, m'a tout de même laissé entendre qu'il était son souffre-douleur. »

Alexandre, qui exécute un virage, appuie sur l'accélérateur et dit d'une façon abrupte, sans me regarder :

« J'ai été le sien pendant cinq ans !... »

Pas certaine d'avoir bien compris, je me risque à demander :

« Tu veux dire que tu la connais très bien ?

— J'ai été son mari pendant cinq ans, Michèle. SON MARI. Autant que tu le saches tout de suite, ça évitera des gaffes.

— Mais c'est épouvantable !

— C'était épouvantable. »

Le coup sur la tête assené, je suis au stade des trente-six chandelles, incapable de penser, encore moins de proférer un son. Il ne dit rien pour respecter ma stupeur et me laisser récupérer, à moins qu'il ne se ramasse sur lui-même comme un félin avant de bondir.

C'est ce qu'il fait.

« Tu n'es tout de même pas surprise d'apprendre que j'ai été marié. Je ne m'en suis pas caché, puisque je t'ai raconté. Je n'ai pas attendu après toi, à la fin ! »

Il est en train de piquer une colère alors que je n'ai rien dit. Avec autant de méchanceté que lors de sa petite scène matinale. Deux fois dans une journée, cela devient une habitude.

« Mais Alexandre, je ne te reproche rien. Je suis surprise. Mets-toi à ma place.

— Ah non, merci ! J'ai assez avec la mienne. Comment voulais-tu que je devine que ton vieux bonhomme dont tu me rebats les oreilles était Cloarec ? Je ne l'ai compris que tout à l'heure lorsque tu m'as fait arrêter la voiture devant chez lui. Et puis, en quoi cela change quelque chose ? Je suis étranger à cette famille. Le beau marin m'a piqué ma femme : il m'a rendu un sacré service, je ne savais plus comment m'en débarrasser ! Maintenant il me regarde de travers parce qu'il a fait une mauvaise affaire, comme si je l'avais roulé. C'est un peu fort. Je suis désolé pour Cloarec. Cela dit, je veux bien trinquer avec lui ce soir. »

Ce n'est pas tant le contenu des phrases qui me blesse, mais le ton agressif et méprisant avec lequel il s'adresse à moi.

L'attention qu'il porte à la conduite de la voiture m'épargne le regard méchant qu'il a dardé sur moi ce matin même et que je voudrais oublier.

Naïvement, ou avec une certaine dose de mauvaise foi, il demande :

« Tu es fâchée ?

— Tu piques des colères comme d'autres font des crises de paludisme. Je t'en veux de gâcher cette journée. »

Il oblique vers le bas-côté de la route. La voiture tressaille sur l'herbe et stoppe près d'un enclos où cavalent deux poulains.

« Comment peux-tu aimer un type comme moi ? »

Il ne gronde plus. L'intonation a même quelque chose de suppliant. La main gauche appuyée sur le tableau de bord qui me fait face, il est tourné vers moi à toucher mon visage.

« Ma mine (j'aime qu'il m'appelle ainsi), regarde-moi. »

À contrecœur, je lève les yeux. Il n'a déjà plus l'air inquiet. Il triomphe, sûr de mon amour qu'il a tort de croire infatigable.

Un court instant, je vois Jean-Marc s'évertuant à gagner mon pardon par des platitudes indignes d'Alexandre. L'excès d'amour fait fi de l'amour-propre. Celui qui s'abaisse, c'est sans doute celui qui aime le plus. Je comprends qu'il suffirait d'un rien pour qu'Alexandre ouvre la portière et me dise :

« Si tu n'es pas contente, rentre à pied ! »

Il tient à moi de continuer l'aventure. Alors, mon doux tyran, non seulement je t'accorde mon regard, mais je t'offre ma bouche que tu peux investir car je n'opposerai aucune résistance. Tu m'empêcheras – ainsi bâillonnée – de dire ce que je ne pense déjà plus…

Le hennissement d'un poulain met fin à notre prise de bec… Alexandre nourrit le lecteur de cassettes et me donne à entendre un mouvement plein de gaieté du premier *Concerto brandebourgeois*. À tout jamais, cette musique m'évoquera l'homme aimé et le ruban de route déroulé à travers la campagne bretonne. Les images sont bien synchronisées, car après l'allegro qui me rappelle trop les escarmouches passées par le répons des instruments qui semblent se tenir tête, voici le tendre adagio qui illustre notre réconciliation. Maintenant, les violons taquinent les cors qui les réprimandent de leur grosse voix, tout comme le paysage où les haies fleuries alternent avec les sombres futaies.

Nous gardons le silence tous deux. Nos pensées se rejoignent-elles ? Moins compliqué que moi parce qu'il est un homme, il est sans doute heureux comme un animal rassasié sans chercher à savoir de quoi demain sera fait. Chaque tour de roue me rapproche de l'instant où notre promenade prendra fin. Alors, je suis triste à l'idée que chaque minute présente est déjà du passé. J'aimerais graver dans ma mémoire chaque maison dépassée, chaque bosquet, chaque brin d'herbe entrevu.

Passé le Pont-Plat, nous sommes au cœur de Lesconil. Lesconil la blanche ! Avec ses toits d'ardoise noire et ses cheminées en pignon. Quelques maisons isolées boudent dans la campagne, mais les autres sont serrées pour faire front au vent des grosses mers. Avares de leurs jardins, elles jouent au jeu du labyrinthe avec leurs sentes étroites qui serpentent pour aboutir à des culs-de-sac.

Après avoir avalé les kilomètres, nous sommes en avance sur notre horaire. Histoire de nous dégourdir les jambes, d'un accord tacite, nous nous dirigeons vers le port. Un chalutier retardataire s'engage dans l'étranglement de la rade. Celle-ci a récupéré son petit dernier. À l'extrémité de la jetée, des pêcheurs à la ligne fixent leurs bouchons qui dansent sur l'écume blanche au passage du bateau. La jetée et le môle sont les deux bras du pays qui enserrent les cinquante chalutiers dans son giron pour une courte nuit sous l'œil vigilant du phare qui mugit de plaisir.

J'ai passé mon bras sous celui d'Alexandre et le serre dans un mouvement possessif dont il ne se défend pas. Je constate qu'il n'en prend jamais l'initiative. Il n'éprouve pas comme moi le besoin d'un contact physique et pourrait marcher des heures les bras ballants comme si je n'existais pas ! Les goélands font un joyeux vacarme au-dessus de l'eau noire qui clapote entre les bateaux. Ils forment l'équipe de nettoyage du port. Certains oiseaux de garde restent à bord, comme s'ils étaient en quarantaine, légers sur les filins malgré leur envergure. Ils accompagneront les hommes en mer cette nuit. La foule des estivants est moins dense à mesure que le mois d'août se termine. Signe précurseur de leur exode, des literies que l'on aère apparaissent déjà aux fenêtres ou sur les fils tendus dans les jardins, et le boulanger réduit sa fournée de kouign-amann et de far breton.

Nous n'avons aucun mal à trouver une table à la terrasse. Notre ami Jean Cloarec, escorté de deux gamins, ne se fait pas attendre.

« Allez, les enfants ! *Kenavo…* »

Il congédie les enfants en levant sa casquette en guise d'adieu et la remet en place sans souci des mèches qui s'éparpillent en frange désordonnée sur son front brûlé. Tourné vers nous, il marque un temps d'arrêt, cloué de surprise.

« Mais je ne m'y trompe pas, c'est l'artiste ! »

Les deux hommes ne paraissent nullement gênés de se trouver face à face, alors que j'ai soudainement une bouffée de chaleur au visage. J'interviens :

« Monsieur Jean, vous connaissez Alexandre… »

Alors que je craignais de voir deux antagonistes en venir aux mains, j'assiste à de joyeuses retrouvailles où l'on m'oublie totalement.

« Vous étalez toujours de la couleur, mon gars ?

— On n'a pas fini de les peindre, les rochers de la côte, monsieur Jean. Et vous, toujours dans vos histoires de sorcières et de pilleurs d'épave ?

— Plus la société se modernise, plus elle aura besoin de fantastique. On a cela en commun, nous deux, on vend du rêve. »

Et il ajoute, malicieux, en rétrécissant ses yeux bleus, cette phrase qui me donne envie de me cacher sous la table :

« Nous avons aussi en commun la mégère que vous savez ! Et elle ne se bonifie pas en vieillissant. Savez-vous qu'ils ont un petiot ?

— Non, je l'ignorais. »

À l'évocation de la mégère en question, le visage d'Alexandre revêt l'expression dure que je commence à bien connaître.

Sur une poudrière, l'autre continue :

« J'adore les gosses et ils me le rendent bien. Mais aux yeux de mon petit-fils, j'ai tous les défauts, d'après sa mère. »

Visiblement, la conversation prend un tour qui ne plaît pas à Alexandre. S'il maîtrise sa réponse, l'impatience se devine à ses mains. Après avoir martyrisé la rondelle de citron qui baignait dans le fond de son verre, il s'acharne sur un dessous de bock en carton qu'il écorne et dédouble avec l'ongle de son pouce. Sans transition, il demande :

« Vous alliez à la pêche avec votre barque ?

— J'y vais toujours. Là au moins, elle me fout la paix. Elle a horreur de l'eau. Un coup de pinceau par-ci, un coup de goudron par-là, je pense que la barque ira jusqu'au bout avec moi. »

Puis, se tournant vers moi :

« Vous ne saviez pas ce que vous risquiez, Michèle, le jour où je vous ai embarqués, vous et votre vélo, pour traverser le Steir !

— Je suis si lourde que ça ?

— Ah ! ce que les femmes sont susceptibles dès qu'il s'agit de leur poids ! »

Alexandre intervient :

« Ce n'est rien. Vous verriez les passeurs en Tunisie pour l'île de Djerba ! Sur des rafiots de rien du tout, ils ont le culot d'embarquer une ou deux voitures qui débordent de chaque côté, avec leurs occupants, sans souci de la ligne de flottaison. Vous vous dites : *ils n'iront pas loin*. Croyez-moi : tout le monde arrive. »

Il regarde sa montre et bondit de sa chaise.

« Mes chers amis, je vais vous laisser car je suis diablement en retard. Michèle, demain je ne bouge pas, alors tu enfourcheras ta bicyclette et tu viendras admirer mes œuvres en fin d'après-midi. »

Sans attendre ma réponse, il dépose un léger baiser sur ma joue et un billet sur la table, puis serre la main de M. Jean.

« Content de vous avoir revu en pleine forme. »

Quelques minutes plus tard, après avoir récupéré sa voiture sur le parking du port, il passe devant nous au moment où nous nous levons et fait un signe amical de la main.

« Drôle de bonhomme. C'est une soupe au lait, dit M. Jean.

— Oui, je m'en suis aperçue.

— Vous êtes à pied, je peux vous accompagner un bout de chemin si vous le permettez ?

— Vous êtes gentil, j'ai besoin de parler un peu avec vous.

— De lui, bien sûr. Je repense à nos conversations précédentes. Maintenant que je connais l'homme de vos pensées, je comprends vos tourments. Alexandre n'est pas un garçon de tout repos. Souvent, avoir une forte personnalité va de pair avec avoir un caractère de cochon. Excusez l'expression. »

À la hauteur de l'ancien phare, nous quittons la route pour la côte afin de nous éloigner des voitures qui nous obligent sans cesse à marcher l'un derrière l'autre, ce qui ne facilite pas le dialogue. Les pas des promeneurs qui nous ont précédés ont défini un sentier sur les dunes moutonneuses où frissonnent des chatons et où s'ancrent des chardons bleus. Suivant les caprices du sol, nous surplombons la côte déchiquetée contre laquelle déferlent des vagues qui se défont, vaincues.

Un rocher démesuré qui s'est avancé dans la mer joue les postes frontaliers en délimitant une plage, sage. Sage ? Il ne faut pas s'y fier. Celle-ci pourrait dévorer les petits enfants tout crus à l'endroit trompeur où les fonds se dérobent pour s'enfoncer vers des trous sombres dans lesquels ondulent de longs serpents végétaux.

Mon vieil ami s'arrête pour souffler et s'attarde sur le spectacle dont il n'est pas blasé depuis soixante-dix ans. Fier d'appartenir à cette terre bretonne, il pose sa main sur mon épaule et m'invite à admirer.

« C'est beau, hein, Michèle ? Nous avons de la chance d'avoir ça ! »

La marée qui n'a pas fini de monter se voit accompagnée de son inséparable vent. Je frissonne comme les herbes du palud et les graminées des dunes. Le soleil semble avoir déserté un ciel nuageux, et les confettis multicolores qui s'agitaient sur la plage depuis le matin se sont envolés. Sur le sable gris, quelques silhouettes sombres se meuvent encore en silence.

Conscients de la difficulté de reprendre un entretien ébauché sur un ton confidentiel, nous attendons chacun de l'autre le courage de dire les premiers mots. Je me lance :

« Vous le connaissez depuis plus longtemps que moi, parlez-moi de lui.

— Vous m'embarrassez bien, ma petite. C'est un monsieur cultivé, agréable en société lorsqu'il lui plaît, et qui sait se mettre au niveau de son interlocuteur. Je pense qu'au cours de vos promenades, il a été un guide charmant. Maintenant, si vous voulez en faire un mari, c'est autre chose.

— Inutile de vous mettre les points sur les i, vous avez compris que dès la première minute, je me suis attachée à lui.

— Il faudrait honnêtement vous poser à vous-même la question, à savoir s'il n'est pas venu au bon moment, pour combler la solitude que vous m'avez avoué ne pas supporter ?

— Vous pensez que n'importe qui aurait eu sa chance ? Ce n'est pas flatteur pour lui. Non, monsieur Jean, Alexandre représente l'homme que je souhaitais, il a du caractère.

— D'après ma bru, il a même un caractère invivable. Ce que je vais vous dire n'est pas opinion personnelle. Je rapporte, c'est tout, mais il paraît qu'il est très égoïste. Seule sa peinture l'intéresse.

Il mène sa vie comme il l'entend, les autres doivent suivre. Il ne se gêne pour personne du moment que ça l'arrange. D'ailleurs, c'est la circonstance atténuante que j'attribue à la méchanceté de ma belle-fille : il ne l'a pas gâtée. »

Devant ce jugement épouvantable, je garde le silence. Alexandre s'est-il jamais intéressé à ma vie, à mes goûts, à mes projets ? Cela me fait mal d'être obligée de l'admettre. Il ne m'aime pas pour moi, il aime l'admiration que je lui porte. Il s'aime à travers moi.

Le chemin des dunes s'amenuise et s'éteint devant un amas de rochers. La côte capricieuse redevient sauvage et nous oblige à redescendre vers la route.

Comme devinant la trame de mes pensées, M. Jean continue :

« Vous voulez que je vous parle franchement ? Vous avez de bons moments avec lui, mettez-les en balance avec ses fichus quarts d'heure. À son âge, vous ne le modifierez pas, il faut donc faire avec, c'est un choix.

— Lui ne se pose pas de questions. Il a bien l'intention de me voir à Paris, et il a sauté en l'air lorsque j'ai parlé de notre séparation.

— Alors tout est bien, ma belle. Permettez encore ceci : vous seriez-vous intéressée à lui s'il n'était pas peintre ?

— Comment le savoir, monsieur Jean ? Êtes-vous capable de dire ce qui vous a séduit lorsque vous avez rencontré Mme Cloarec ? La douceur du regard, la conversation, la finesse de ses mains ? Enlever le talent d'Alexandre, c'est le mutiler. J'ai aimé ses tableaux avant de faire sa connaissance, mais il y a une constatation qui m'attriste. Plus je découvre Alexandre, moins il ressemble à son œuvre… Vous aimez la musique, monsieur Jean ?

— Beaucoup. Quel rapport ?

— Ne regrettez pas de ne pas connaître Chopin ou Mozart. Restez avec vos illusions. Les personnages que vous avez créés sont sans doute si différents de la réalité !

— Alexandre vous déçoit, si je comprends bien ?

— Je n'arrive pas à calquer le portrait de l'homme sur celui de l'artiste. Il m'échappe, il livre aux autres par sa façon de peindre quelque chose qu'il ne partage pas avec moi. Sans doute éprouve-t-on avec tous les créateurs ce sentiment de frustration ?

— Je ne m'y connais pas beaucoup en peinture, mais il m'a montré quelques tableaux qui expriment une forte personnalité, une rage de vivre qui lui ressemblent.

— Je vous l'accorde, mais son côté sentimental est bien caché. À croire qu'il ne s'attendrit que le pinceau à la main. Depuis que nous nous connaissons, il lui est arrivé de se laisser aller à de douces confidences. Une petite fissure dans sa carapace qu'il s'empresse de reboucher comme s'il craignait d'ébouler tout l'édifice. Protège-t-il sa liberté ? Monsieur ne veut appartenir à personne. Comment voulez-vous que j'envisage d'en faire un mari ou un amant ? »

M. Jean s'arrête au niveau du cimetière, visiblement essoufflé.

« Je vais vous laisser là. Je vais dire un bonjour à ma femme, sinon elle croirait que je suis fâché. À demain ! Vous me trouverez peut-être au Steir ! »

J'aime son « peut-être ». M. Jean apparaît et disparaît sur la lande, à bord d'une barque ou les pieds dans l'eau comme un lutin farceur. On a l'impression qu'il est partout à la fois. Je regarde s'éloigner sa silhouette frêle et vieille entre les tombes.

Quelle heure est-il ? J'ai déposé ma montre en même temps que mes valises et mes soucis parisiens, car d'une année sur l'autre, l'habitude revient de deviner l'heure à l'activité du port, à la désertion de la plage, au retour des enfants de la colonie. Acclimatés, les sens redécouvrent leur fonction animale et se mettent au diapason de la nature.

J'ai quitté la route et m'enfonce dans la campagne pour rejoindre ma maison. Plus un souffle de vent. À l'immobilité de l'air, à l'apaisement du feuillage qui ne tremble plus, à la paralysie des haies que seul parfois un oiseau dérange, je sais qu'il est 8 heures du soir. Sous la voûte ombragée, j'imagine un berger accompagné de quelques moutons, ou bien un carrosse emmenant le Grand Meaulne vers un manoir imaginaire. D'une main familière je soulève le portillon de bambou qui accepte de s'entrouvrir à celui qui connaît le code. En un mois, la touffe de ciboulette a doublé de volume. Je l'avais égalisée au ciseau. J'imagine les prochains locataires parfumant leur salade grâce à mes soins. Les rosiers rouges sont au mieux de leur forme malgré la navette incessante le long des tiges des pucerons et des fourmis dont ils s'accommodent.

Après mon départ, le propriétaire viendra tondre la pelouse. Je lui préfère cette allure de prairie où s'aventurent des pâquerettes et des fleurs de trèfle mauves où s'égare une abeille.

Mon maillot de bain deux-pièces accroché depuis trois jours a longé le fil sous la poussée du vent et s'est empêtré dans les branches du mimosa. Je redoute d'ouvrir la porte de la cuisine que je sais triste et froide. Alors je m'assieds sur le banc avec mon sac comme si j'attendais l'autobus et me jure de ne plus partir seule en vacances. Raisonnement idiot, si je dois connaître la solitude les onze autres mois de l'année.

La pensée d'Alexandre revient aussi régulièrement que le ressac. Le chat arrive en courant.

À deux mètres de moi, il se hausse sur ses chaussons blancs et arque son dos hérissé. Il paraît encore plus efflanqué. Il oscille, avançant ses pattes l'une devant l'autre comme un funambule. Je l'attrape sous le ventre. Docile, il laisse pendre ses pattes d'où sont sorties les griffes au décollage, et se love entre mes cuisses sur ma robe en éponge qui forme un hamac. Ses ronronnements vibrent jusque dans mon ventre. Sa chaleur me rassure : je ne suis plus seule.

Après un dîner léger, je me décide à rédiger mes dernières cartes postales. Je me fais un jeu d'associer les photos avec les destinataires, évoquant leurs goûts ou des anecdotes qui forment le ciment de l'amitié.

J'éconduis le chat avec ménagement et monte dans la chambre. Par la fenêtre, j'aperçois la grosse voiture solide des Allemands et leurs confortables draps de bain qui claquent au vent comme des drapeaux, car il y a toujours un courant d'air dans cette cour. L'arrosoir de la mémère s'est envolé et gît au pied d'un soc de charrue qui a été placé là, pour décorer. Je peux lire dans mon lit, persiennes ouvertes à l'éclairage d'un jour qui ne se décide pas à mourir. Je relis des poèmes de Rimbaud. La musique des mots n'a nul besoin de mon transistor dont l'aiguille baladeuse ne capte rien d'autre qu'une émission en langue arabe, une musique sérielle et des groupes, toujours des groupes, accompagnés de coups de boutoir réguliers que Madeleine appelle disco et que je baptise presse hydraulique.

Obligée d'allumer, j'ai maintenant trois moustiques qui me tiennent compagnie. Je m'applique à bouter hors de mes pensées Alexandre et les problèmes sentimentaux qui s'y attachent. Demain, nous verrons, demain.

J'abandonne Rimbaud pour une relecture du *Vieil homme et la mer* d'Hemingway. Le visage ridé de Cloarec flotte en surimpression. Je navigue entre deux eaux et m'endors.

XIII

Je suis réveillée par un battement sourd qui vient de la cour. Un œil risqué à travers une fente du volet m'apprend que l'aide-ménagère bat rageusement avec une tapette d'osier le tapis de la grand-mère qui assiste réjouie à l'opération. Elle n'a pas eu l'habitude de posséder des domestiques. C'est pour cela qu'elle rit. Je ferme la fenêtre au nez du nuage de poussière. Je regrette le temps gaspillé à dormir. Il fait très beau. Mes lectures d'hier soir ayant mis mes batteries à plat, je n'ai pas eu l'énergie de poser les livres sur la table de nuit. Ils gisent sur l'édredon à mes côtés, ces compagnons de lit muets.

Une heure plus tard, je pédale joyeusement, car il fait beau. Dans le champ, le cheval, toujours debout comme le veau d'or, domine une biquette attachée à un pieu. Je les laisse en conversation et hume l'air du matin qui sent l'herbe mouillée.

Des campeurs ont abandonné le terrain. En souvenir de leur passage, ils ont laissé sur la prairie verte un damier qui n'en finira pas de jaunir ! Une caravane est sur le départ. Une jeune femme jette pêle-mêle des ustensiles dans une cuvette. Le bonhomme, déjà énervé, invite les gosses à monter en voiture à coups de pied dans le derrière. Il est torse nu pour s'octroyer encore une journée de vacances. Demain, il sera peut-être cravaté dans un bureau, pour une année. Il a pris du soleil comme ça, à la sauvette. C'est moche…

Du pont qui enjambe le Steir, je regarde pour une dernière fois la vaste étendue d'eau et de ciel fondus ensemble. En contrebas, quelques silhouettes s'affairent dans la vase. Tous les outils sont bons pour débusquer les vers qui ont la taille d'un serpent. Plus loin, des pilleurs de coques laissent derrière eux des cratères et des monticules sales sur un sable immaculé que la mer vient à peine de quitter.

L'homme au singe a disparu, livrant sa chasse gardée au tout-venant. Par respect pour son obstination, je contourne le bout de terrain où les chardons enfin libres recommencent à pousser. La nature a vite fait de reprendre le dessus. Sur la digue, je crois m'envoler. À l'approche de la mer, le vent se fait tangible, apportant avec lui des senteurs musquées de saumure et de marécage, effilochant mes cheveux filasse sur mes lèvres desséchées.

Soulagée de ma bécane abandonnée sur la dune, j'admire la mer sans penser, dans un délicieux état d'apesanteur voisin de l'ivresse. Sur la plage déserte, une mouette qui se croit seule marche en se déhanchant. Je ne suis pas saint François d'Assise, car l'oiseau s'envole à ma vue, et avec lui ma joie s'évanouit. Jean qui rit, Jean qui pleure, comme on dit aux tout-petits ! Troquer la beauté de ce paysage contre les couloirs du métro, apprendre à ne plus respirer ou juste ce qu'il faut pour subsister, rééduquer les pieds à marcher sur des talons hauts… et la voix diabolique d'ajouter : ne plus sentir la chaleur d'Alexandre dans un lit trop grand.

Mes pieds font floc floc sur le sable où se meurt une vague. Des dizaines de petits crabes nacrés se laissent entraîner par l'eau qui suinte en formant des bulles, puis s'écoule en rigoles sinueuses vers la mer. Un poisson, affolé de s'être égaré, profite d'un courant comme s'il sautait dans un autobus en marche. Le bruit d'un moteur de bateau me parvient selon les caprices du vent, mais rien n'interrompt l'horizon qui décrit une hyperbole géante. Des deux mains, je retrousse mes cotillons déjà mouillés. Je fais une fin avec cette robe bleue démodée dans laquelle j'éclate. Je ne la rapporterai pas à Paris. La fermière en fera des chiffons pour essuyer les pis des vaches avant la traite. Hors de l'eau, je m'affale sur le ventre, le nez dans le sable qui sent le pain chaud.

En embrassant la terre retrouvée de cette plage infinie et déserte, je m'imagine seule rescapée d'une guerre atomique, chargée de repeupler l'espèce. Avec qui ? Précisément, apparaissent deux garçons sur la dune. Deux garçons boutonneux – je le parierais – et trop maigres. Ils rient bêtement. Il vaut mieux que la race s'éteigne.

Je suis tirée de mon engourdissement par le ronflement d'un avion. À sa queue ondule une banderole publicitaire pour une grande surface. Il survole la plage à plusieurs reprises, mais doit se rendre à l'évidence : je suis seule, car les garçons à quelques pas de moi s'amusent à faire le poirier. Après tout, on peut lire la tête en bas. Le soleil tape dur. Il a séché ma robe, et le vélo chauffé à blanc décourage mes mains. En me brûlant les fesses, je me dirige vers les Fontaines, chez mon ami Jean. Il est dans sa cour à laver des bouteilles. En me voyant, il brandit son goupillon.

« Ah ! la voilà ! Admirez l'homme en plein effort ! Vous me surprenez en tricot de corps, mais je préfère cette tenue car j'éclabousse partout. Et puis, je n'aime pas travailler avec des manches longues.

— Là, il n'y a pas de risque. Confidence pour confidence, je me suis pratiquement baignée avec ma robe, alors vous savez, la coquetterie !

— Comment va le bel Alexandre ? »

M. Jean s'est assis sur une marche et m'invite à en faire autant.

« Je l'ai quitté en même temps que vous. Aux dernières nouvelles, il allait bien et je dois lui rendre visite en fin d'après-midi. Je suis aussi émue qu'à un premier rendez-vous. On ne sait jamais comment on va le trouver, cet homme… Il sera peut-être surpris de me voir, il a si peu de mémoire. À vous, je peux bien l'avouer : je compte les heures comme une collégienne. Lui, me prend quand je viens, mais semble se passer de moi très facilement. Occupé par mille besognes, il se rappelle tout à coup que j'existe. Je me demande si je n'aurais pas dû traîner mes guêtres en Auvergne dans le village de mon enfance, plutôt que de jouer les ondines sur une plage bretonne.

— Vous êtes toujours en soucis. C'est bien la peine d'être en vacances. Allez, oubliez-le un moment et mangez avec moi. La tigresse est absente pour la journée. Elle a été voir son acupuncteur à cent kilomètres de là. Je l'ai toujours dit : c'est une piquée ! »

Il rit de son bon mot en enfilant sa vareuse et me jette un coup d'œil interrogatif.

« Oui, je reste. Et promis : on ne parle plus de lui. Je vous ferai gentiment remarquer que c'est vous qui en avez parlé le premier.

— Je sais ce que c'est que l'amour ! Tout a changé dans ce monde de fous, mais on aime de la même façon qu'il y a cinquante ans. J'ai soupiré moi aussi en son temps. Entrez, ma belle, et mettez le vélo dans le couloir.

— Vous regrettez que ce temps soit révolu ?

— Une vieille ganache comme moi devrait répondre non. Mais ce ne serait pas galant pour vous, Michèle. J'aurais sûrement été amoureux de vous et c'est vous qui m'auriez fait souffrir parce que j'étais un sentimental. »

Il ajoute :

« On se fait des frites, j'ai faim ! "Elle" va râler ce soir parce que ça sentira l'huile. Tant pis. »

Follement gai, il se met à chanter *Figaro*. Faux, mais je reconnais *Figaro*, tandis qu'il sort une bassine à friture qui n'a pas dû servir depuis longtemps.

À l'aise comme chez moi, j'investis la cuisine, les placards, les tiroirs, et épluche des pommes de terre pour un régiment.

« Pendant que l'huile chauffe, je vais vous montrer quelque chose qui va vous plaire. »

Il m'entraîne dans une pièce qui tient de la lingerie, compte tenu des amas de linge dans tous les coins, de la nursery à cause d'un panier de jouets plein jusqu'à la gueule, et du bureau, vu les piles de livres et de paperasses qui recouvrent la table. En fait, nous sommes dans une salle à manger qui sert à tout sauf à prendre des repas. M. Jean se met à genoux devant une commode et sort d'un tiroir des dentelles et des linons précieux qu'il me montre.

« Vous voyez, fillette, ma brave femme s'est crevé les yeux là-dessus. On travaillait bien, en ce temps-là, et on gagnait pas lourd. Elle a appris à l'âge de six ans... Tenez, ça, ce sont des modèles qu'elle avait dessinés elle-même. Et ça, des guimpes, et des cache-corset. Vous ne vous encombrez plus de falbalas maintenant ! »

Au fur et à mesure de ses découvertes, il me tend les lingeries que j'empile avec respect sur un coin de la table. Il se relève avec une grimace de douleur et m'offre de ses deux mains tendues une coiffe bigoudène ajourée comme la rosace de Notre-Dame.

« Je vous l'offre, Michèle. C'est pour vous. Pour votre gentillesse. »

Il est visiblement ému. Moi aussi. Une odeur d'huile brûlée coupe court à nos attendrissements.

« Je vous embrasse, monsieur Jean, et je vais baisser le gaz. »

Je le laisse seul à ranger ses reliques et pars en deux enjambées dans la cuisine enfumée.

« C'est foutu, elle est noire ! »

Il m'a rejointe. Devant son air déconfit, je lui ordonne de m'écouter.

« Si je refusais votre jolie coiffe, vous seriez déçu, et ce ne serait pas bien de ma part. Alors vous allez me suivre sans discuter, je vous paie le restaurant.

— Hourra ! »

Il m'attrape par la taille et nous faisons trois tours de valse.

« J'accepte, mais à une condition : vous attendez que je me change. Je ne veux pas vous faire honte.

— Ne vous faites pas trop beau, je suis plutôt tarte, moi ! »

Nous abandonnons le chantier, les frites, les bouteilles et le vélo, et partons en nous donnant le bras comme des promis. Je pense : *Vous n'êtes pas compliqué, mon vieil ami, et avec vos cheveux blancs vous avez cent ans de moins que moi.*

*
* *

M. Jean me quitte, gonflé à bloc de frites et d'enthousiasme, prêt à affronter sa gorgone. La chaleur tourne à l'orage. C'est toujours comme ça depuis quelques étés. Déjà des gouttes espacées, larges comme des soucoupes, s'épatent sur l'asphalte.

Je ne m'attarde pas dans la maison inhospitalière qui semble tenir rancune de ma désertion. Je troque la robe bleue contre un pantalon de lainage qui sent déjà l'hiver et un pull blanc sorti fraîchement de la coopérative maritime. Même la pluie ne m'arrêterait pas : mon amant m'attire comme un aimant. Le vent contre moi rabat la pluie qui confond mon nez avec une gargouille. Les côtes montent plus qu'hier. Un génie malfaisant a falsifié les bornes kilométriques. Il me fait mériter la rencontre et expier la faute à venir.

À l'orée de « sa » rue, la pluie a cessé. Par un réflexe ancien, du temps de François, l'air que je respire me paraît différent. De même, les pavés mouillés dont il connaît chaque interstice. Autour de sa maison, une main invisible a tracé un cercle magique. Au pied des deux marches, mon estomac se noue et une boule se balade dans ma gorge. J'ai le trac. Appréhension d'aborder l'autre, qui s'en fout peut-être. Les échassiers ont raison avec leur parade d'amour, leurs circonvolutions à y laisser des plumes !

Il est debout au centre de la boutique, en conversation avec un barbu. Leurs propos sont sérieux, à considérer leur immobilité et leurs regards à tous deux braqués sur le tapis. Trop tard pour reculer. Il m'ouvre la porte en continuant à émettre des grondements que l'autre approuve du chef. Il me serre la main, sans chaleur.

« Attends-moi dans le bureau, s'il te plaît. »

Comme dans la maison d'un mort, je traverse la pièce en étouffant mes pas et m'assieds dans le renfoncement où il oublie ma présence. Une poignée de journaux, du courrier à traiter cachent en partie un sous-main éculé d'où déborde une carte de visite. D'un cendrier plein vient une odeur de tabac froid macabre. Je joue avec une loupe. Ma main devient celle du yeti. Quelques pinceaux, poils en l'air, enchevêtrent leur manche au fond d'un gobelet vitreux. Des factures disparates font la révérence par-dessus un classeur trop bas. Dans un plumier noir qui date d'avant la guerre de 14, je répertorie une boîte d'attaches pour sous-verre, un paquet de chewing-gum, des bouts de crayon et un taille-crayon en forme d'autobus.

« Au revoir, monsieur Léonard, je compte sur vous. Soyez un bon avocat ! »

Les deux hommes sont sur le pas de la porte et n'en finissent pas de se dire au revoir. L'air m'arrive tout droit dans les jambes. Derrière moi, un rideau de perles tremblote. Je quitte ce qu'Alexandre appelle somptueusement « son bureau » et passe en revue les tableaux qui font une ronde sur les murs.

Le bouquet de fleurs mis à part, rien ne m'est familier. À mon étonnement, se mêle du regret. Est-il vendu, ce port dans la brume ? Et le ponton rouillé ? Disparu à tout jamais ? Je me sens étrangère parmi ces toiles dont je ne connais pas l'histoire. Je me fais l'effet d'une indiscrétion dans la vie d'Alexandre, une intrusion qui l'embarrasse.

Il a refermé la porte, s'avance près de moi et enserre ma nuque entre le pouce et les quatre doigts à la manière dont on attrape les jeunes chats par la peau du cou. À la différence que je possède des cheveux longs et qu'il me fait un mal… de chien !

« Qu'est-ce que tu viens faire dans mon antre, brigand ? Je croyais que tu venais à l'heure du dîner ? »

Le ton bourru mais affectueux me rassure. Nous nous embrassons cordialement.

« Si je te gêne, je peux repartir, mais tu m'installes des essuie-glaces sur le front ou tu me prêtes des lunettes de plongée… »

Les rides soucieuses qui altéraient son visage disparaissent. Je ne saurai jamais ce qui se mijote avec Léonard. Il me donne le bras et, sur un ton théâtral, déclare :

« Ma chère amie, faites-moi l'honneur de poser vos beaux yeux sur mes œuvres. Préférez-vous commencer par les huiles ou par les aquarelles ?

— Sans vous blesser, j'aimerais commencer par enlever mon ciré.

— Pardonnez-moi. Les domestiques ne connaissent plus leur devoir. »

Il redevient sérieux et, une main sur mon épaule, il demande :

« Tu as vu, j'ai renouvelé mon exposition. »

Il tire une aquarelle d'un carton à dessin.

« Tu aimes celle-là ? C'est Morgat. J'y suis retourné ce matin. Une façon de penser à toi ! »

Les petits bateaux s'animent soudain sur le golfe, balançant leur mâture comme des métronomes. La musique, elle, est dans ma tête. M'aimerait-il assez pour penser à moi ?

« Elle est d'une gaieté folle, lumineuse…

— J'ai des raisons de voir la vie en couleurs, non ?

— Tu ne dis pas toujours ça.

— Attention, ma mine. Si tu me cherches, tu vas me trouver. »

Les yeux noirs mobiles sont si prompts à lancer des éclairs que j'oblique dans une autre direction.

« Tu n'as tout de même pas peint tous ces tableaux en l'espace d'un mois ?

— Bien sûr que non. Tout ce que tu vois sur ce panneau représente la Provence, et ça date de plusieurs années. Je ne voulais pas m'en séparer, et puis maintenant… j'ai tourné la page. »

Je me fais l'effet d'une bête de ne pas avoir reconnu les paysages méditerranéens. Alexandre a horreur des gens qui parlent pour ne rien dire, j'ai gagné. Il continue :

« Par contre, toutes les autres sont récentes. Pour un artiste, deux états favorisent la création : un grand bonheur qui le dope, ou un marasme si épais qu'il se jette à corps perdu dans le boulot pour ne plus penser. C'est ça ou l'alcool. Remarque, l'un n'empêche pas l'autre. Je boirais bien un petit whisky, moi, et toi ?

— D'accord. Je ne sais pas encore ce qui l'emporte comme parfum dans ce breuvage, de la punaise écrasée ou du celluloïd, mais c'est une bonne idée.

— Je vais fermer : j'en ai marre. On va prendre ça là-haut. »

Après un tour de clef – on ne se complique pas en province –, il me précède dans un escalier qui ressemble à une échelle de meunier. J'aime cette odeur de tapisserie poussiéreuse que l'on ne trouve que dans les vieilles maisons. Un instant, je monte chez ma cousine rue des Grands-Champs à Paris, au troisième étage. J'ai quatre ans. La cage d'escalier est tendue d'une toile verdâtre à force d'avoir été grise, et je me plais à deviner les fleurs inconnues qui se répètent jusqu'au ciel. Miracle des odeurs qui, comme la musique et mieux que les mots, ressuscitent une fraction de vie.

L'atelier d'Alexandre est aussi sa pièce à vivre. Il n'y a pas de frontière. C'est un joyeux capharnaüm coloré où les objets hétéroclites ont sans doute chacun leur histoire. L'anecdote du passeur de Djerba me revient en mémoire devant le décor mauresque d'un cache-pot dans lequel s'étiole un papyrus. Des lampes posées à terre sur des tapis qui se chevauchent invitent à vivre au ras du sol. De l'Afrique, on passe au Japon. Des outils agraires accrochés au mur, des cruches en terre cuite exécutées par des mains malhabiles, posées sur un coffre breton hérité d'une aïeule, rappellent un terroir bien français. Au pied des murs recouverts de toile de jute s'appuient des tableaux dont les cadres fatigués attestent l'ancienneté. Je n'y reconnais pas la patte d'Alexandre. Encore moins dans la peinture d'art abstrait qui repose sur le chevalet. Incongrue également, la présence d'une table et de deux fauteuils aux pieds chromés genre Art nouveau. Des photos et des livres se partagent des étagères en rotin.

« Tu ne vas pas rester debout ? »

Il m'indique le divan. Avant de m'asseoir, j'enlève une peau de chèvre qui sent carrément mauvais.

« Je vais chercher à boire. Tu veux voir ma cuisine ?

— Tout à l'heure. »

Il tourne un bouton de porte en porcelaine blanche, arrondi comme un œuf, et disparaît. Je suis contente de me retrouver seule afin de prendre mon second souffle après l'effet de surprise. Tout de toi m'est étranger, Alexandre, outre ta voix grave que je reconnaîtrais parmi tant d'autres et la chaleur de tes puissantes mains où j'aime enfouir mon museau.

Dans ce cadre en faux lézard coincé entre un Larousse et le premier volume d'une encyclopédie de l'art, une jeune femme sourit. Je lui cherche une ressemblance qui me rassurerait. La vue d'un gros bracelet en argent ciselé alourdi de cabochons en corail me laisse rêveuse…

Il revient, tenant un plateau : deux verres au fond desquels dérapent des glaçons, une bouteille de whisky et des cacahuètes.

« Cela te plaît, chez moi ? »

Sa question n'est pas une simple formule de courtoisie. Il attend de moi un verdict. J'imprime un mouvement de rotation à mon verre haut comme un tuyau de poêle, chahutant l'iceberg à la dérive. En dansant, il provoque des miroitements ambrés entre les parois de cristal. L'ivresse est-elle due à l'alcool ou au sortilège ?

« J'aime tout ce qui t'appartient. Oui, c'est charmant ici, ton logement me plaît. Un intérieur très personnel avec mille choses sur lesquelles reposer les yeux. Mille choses à caresser avec les mains. Des souvenirs… où je ne suis pas. Une vie qui m'a précédée et qui ne me regarde pas.

— Ah ! nous y voilà. Je voyais bien que ce n'était pas la joie. »

Comme il est prompt à se mettre en colère ! La contrariété passe sur son visage, tel un nuage devant le soleil. Ses yeux deviennent durs. Devant mon air inquiet, il se radoucit, repose son verre, m'enlève le mien et s'assied en affaissant le bord du divan dont les franges traînent maintenant sur mes talons.

Il m'emprisonne les mains et je sens la pression involontaire de son genou contre le mien. Il me dit gentiment, comme on parle à un enfant :

« Je ne peux pas gommer vingt ans de ma vie, tu comprends ? Il faut que tu acceptes ce qui a eu lieu avant. Veux-tu savoir ou, au contraire, préfères-tu que nous ne parlions jamais de rien ?

— Tu n'as pas un caractère facile, et moi, je suis bien compliquée, n'est-ce pas ? J'aime mieux savoir tout de toi. Il ne faut pas de sujets tabous entre nous. Comment être heureux dans un climat de méfiance ?

— Tu deviens raisonnable, ma mine. À ta santé ! Nous nous ferons des souvenirs bien à nous, tu verras. »

Le glaçon a eu le temps de fondre, mettant fin à la magie et à l'entretien. Il fait chaud sous les toits. Je sors une mousseline blanche de ma poche, la torsade et noue mes cheveux pour dégager ma nuque moite. Alexandre y dépose un baiser, mordille une oreille en passant.

« Si tu as chaud, tu peux retirer ta robe ! »

Il n'aurait pas dû parler. Son invite ressemble à celle d'un vieux beau.

« Je vais visiter ta cuisine et j'ouvrirai la fenêtre. »

Je le laisse, déconfit, sur son divan.

Une cuisine de célibataire. Elle n'est pas du dernier cri, mais ne diffère en rien d'une cuisine familiale. L'ordre règne. La présence d'une essoreuse à salade m'amuse. J'ouvre la fenêtre haute et étroite qui donne sur une cour. Sur une ficelle tendue entre les deux persiennes pendent quatre chaussettes. Elles sont sèches. Je les plie avec soin et attendrissement.

« Je t'amène ta lessive !

— Qu'est-ce que tu veux que j'en foute ! »

Les quatre « mousquetaires » voltigent à travers la pièce. Avec consternation, je susurre :

« Tu es fâché ? »

Alexandre, la tête dans les mains, observe un mutisme têtu.

« J'ai toujours aussi chaud, tu sais.

— Moi, je n'ai plus envie. »

Il s'allonge sur le dos, les bras repliés sous la tête, et sifflote en regardant le plafond. Je m'allonge à ses côtés et contemple la rosace de staff qui entoure d'une façon anachronique une suspension en cuivre. Nous nous conduisons comme des idiots, mais je suis bien, là. La vue du bracelet m'inspire la vision d'une jolie favorite montrant son nombril à travers des gazes diaphanes dans une danse lascive.

« J'ai été appelé en Algérie dès qu'il y a eu du grabuge. J'étais parachutiste, on est partis les premiers. »

D'Alexandre se dégage un nouveau personnage, téméraire, bagarreur, mal rasé. Je vois les marches forcées avec la chaleur et le sable qui s'infiltre partout. Les embuscades derrière les fourrés d'épineux, l'angoisse au ventre à la pensée d'être attaqué. Et les retours au camp, l'appel des manquants. Il me raconte aussi les soûleries dans les cantines, pour oublier.

Voilà un morceau inattendu de mon puzzle. J'apprendrai à te connaître au fil de tes confidences, je ne suis pas pressée. Loin des vernissages et des petits fours, mon tendre baroudeur troque le pinceau pour le bazooka. J'explique les colères, les humeurs, les traits de crayon que tu imprimes à tes toiles comme si tu montais à l'assaut. Je t'en aime davantage pour tes souffrances, pour ton silence.

J'enlève ma robe : c'est le repos du guerrier.

*

* *

L'obscurité a envahi sournoisement la pièce. Le chevalet, étique, fait penser à Don Quichotte. Un reflet cuivré rappelle l'emplacement d'une bassinoire accrochée au mur, dont on ne distingue plus le manche. Les pots de grès qui font le gros dos sur une étagère deviennent des tortues. Parfois, une hirondelle traverse le rectangle de ciel plus clair, suivie aussitôt de deux ou trois compagnes. Je voudrais être changée en statue de sel pour faire partie à jamais du décor et partager silencieusement ta vie comme ce bouddha de jade. Mais le silence, je ne le supporte pas longtemps :

« Alexandre, je pars dans trois jours et j'en suis malade. Ce n'est pas la solution, de ne pas en parler.

— Je n'ai pas oublié, mais il faut être raisonnable. Je viendrai à Paris cet automne et, si tu m'invites, je descendrai chez toi. »

Les hommes n'aiment pas les femmes tristes. Je ne veux pas pleurnicher, mais il me navre.

« Tu te contentes de peu. On ne peut pas te reprocher d'être exigeant ou envahissant. Comment peux-tu envisager de me rendre visite une fois par saison comme un cousin de province ? Tu ne trouves pas crétin que nous vivions seuls chacun de notre côté ? »

Nous nous parlons sans nous regarder. Ma tête repose sur son bras. Dans mon champ visuel, je distingue sa puissante cage thoracique qui se soulève au rythme de sa respiration. Le divan étroit est une barque qui tangue sur l'océan des ombres de la chambre.

« On ne s'expatrie plus à mon âge, Michèle. À Paris, je serais un illustre inconnu, et je n'ai pas envie de lutter. Tu vas penser que je manque d'envergure. Tant pis. »

Il se redresse sur un coude et joue de l'autre main avec mes cheveux qu'il rassemble en queue-de-cheval. Je comprends qu'il va continuer et me garde bien de l'interrompre.

« Et toi qui prétends m'aimer, reste ! »

La barque a dû heurter un écueil. Je reçois un paquet de mer en pleine figure. Son visage près à me toucher, il plante ses deux yeux noirs dans les miens pour rendre impossible la dérobade.

« Si je n'avais pas mon travail. À moins que tu me trouves quelque chose ici…

— Tu vois. Ce n'est pas si facile. À vingt ans, on peut tout quitter, on est entier. Mais à nos âges, on tergiverse. Notre manque de courage, tiens, ça me dégoûte ! »

Joignant le geste à la parole, il s'est laissé aller en retombant sur l'oreiller froissé. Je frotte ma joue contre son menton mal rasé. Du bout des doigts, j'effleure l'ourlet de l'oreille, lisse les sourcils et embrasse les paupières. Je refais le parcours, imprime en moi le parfum que je ne veux pas oublier, et promène sur son corps des caresses dont je souhaiterais que l'empreinte fût indélébile.

« Laisse-moi un temps de réflexion, mon chéri. Tu me raccompagnes maintenant ou demain matin ?

— Si tu n'as pas peur de dormir à l'étroit, tu restes. Mais je mangerais bien un morceau, pas toi ?

— J'ai une faim de loup ! De loup de mer, bien sûr.

— On s'habille et on va manger un couscous à deux pas d'ici. D'accord ? »

Alexandre a retrouvé l'enthousiasme qui lui va si bien. Ce n'est pas un homme, c'est un kaléidoscope.

Pont-l'Abbé le soir, ce n'est pas la place Clichy. Nous trouvons aisément une table dans cet estaminet carrelé du sol au plafond. Une femme à triple menton quitte sa caisse pour prendre nos commandes avec un sourire exagéré. Nous oublions sa présence et celle de deux dîneurs silencieux pour converser à bâtons rompus sur un mode léger. Nous nous trouvons beaucoup de points communs, mais lorsque nos avis divergent, nos désaccords ne nous font pas tomber dans le piège de l'intolérance. Lorsqu'il arrive à Alexandre d'être agressif, je laisse tomber. En rentrant « chez nous », nous abordons les grands thèmes : la vie, la mort, Dieu. Parce que la nuit nous enveloppe et que la faible lumière de la lampe, tamisée par l'abat-jour de toile, dessine des ombres de mystère sur les murs.

Je ne peux pas dormir sans chemise de nuit. Une habitude. Il me prête un tee-shirt moche, déformé, qui me descend jusqu'aux genoux. Nous rions et éteignons la lampe.

Un bec de gaz planté sous la fenêtre, tristement électrifié, dessine des rais de lumière sur le plafond. Je m'endors dans ce film noir et blanc.

*

*   *

Il roule vite. Un conseiller municipal l'attend à 10 heures à Penmarc'h pour l'organisation d'un concours de photos.

J'ai rangé mon sac et un foulard dans la boîte à gants comme si le voyage devait durer longtemps. Entre deux changements de vitesse, il pose sa main droite sur mon genou. C'est devenu une habitude. Nous n'avons rien à dire. Nos pensées se rejoignent-elles ? J'ai l'impression d'avoir un kilo de purée sur l'estomac. Il quitte la route et enfile l'allée dans un grincement de pneus et de freins qui fait sursauter un chien errant. Il stoppe au portillon de bambou, m'embrasse tendrement et s'arrache à moi. Il « s'arrache », car je sens la déchirure. Ses départs me font toujours mal. Pour éviter les effusions qu'il redoute, il brusque les adieux et me laisse désemparée. On dirait toujours qu'il est fâché. La portière refermée et moi, pitoyable au bord du chemin, il descend la glace et me dit en démarrant :

« Ne sois pas triste. Je viens ce soir, le plus tôt possible. »

Il rentre sa tête à l'intérieur de la voiture. Je ne vois plus les mèches ondulées couleur argent, les yeux noirs qui font l'effort d'être noisette lorsqu'ils sont heureux. Sa voix résonne encore à mes oreilles : « Je viens ce soir », mais surtout : « le plus tôt possible. » Pour me faire plaisir je donne à sa phrase le sens qui m'arrange : « J'ai hâte de te revoir », et non : « Rassure-toi, je viens bientôt. » Je ne me moque plus de moi, je me fais pitié. La terre est si vaste, et il a fallu que ce type dont la base occupe cinquante centimètres carrés intervienne dans ma vie et que cette interférence bouleverse mon existence de fond en comble ! Car rien n'importe plus… que lui.

Le chat dort au soleil sur la pelouse, dans une pose alanguie. Au crissement du gravier sous mes pas, il se redresse d'un bond, se hausse sur ses quatre chaussons avec des frissonnements dans l'échine et des trémolos jusqu'au bout de la queue. En se frottant contre mes mollets, il esquisse des miaulements plaintifs qui avortent lamentablement.

« Il faudrait faire des vocalises, mon vieux ! »

Sous la porte de la cuisine, un avis de la Poste. Un télégramme m'y attend. Je referme la porte en hâte, enfourche la bicyclette et laisse le chat épaté à ses enrouements. Le cerveau fonctionne aussi vite que les jambes. Qui est en danger ? Maman ! Sans doute maman, qui n'était pas très bien la dernière fois. La petite Agnès ? Jean-Marc, qui conduit trop vite ? Ou simplement mon patron qui cherche un papier dans son bureau ?

À la poste, j'éventre le papier bleu, messager de malheur. « Arrivons demain soir. Te ramènerons Paris. Retiens chambre. Baisers. Madeleine. » Demain soir, mais c'est ce soir ! Je suis atterrée. Plutôt l'arrivée des Martiens, le péril jaune de mon enfance, mais pas Madeleine ! Le diable qui sommeille en chacun de nous pointe ses cornes et susurre : « Tu n'aurais pas préféré un accident de Jean-Marc ? Oh ! pas grand-chose, juste une petite côte cassée, ou un cambriolage pas méchant dans ton appartement ? » – à condition qu'ils n'aient touché ni au Tanagra ni au tableau hollandais.

La grande marée d'équinoxe, elle est pourtant passée. Parce que Madeleine, c'est la grande marée qui va balayer mes derniers instants avec Alexandre. Car l'ordinateur a immédiatement fonctionné. Notre dernière soirée, notre dernière nuit. Je vais hériter d'Agnès ! De plus, il faut lui trouver une chambre pour elle et Alain, son gros benoît de mari. Elle n'aurait tout de même pas le culot de revenir avec Jean-Marc et de coucher avec lui ! Enfant, elle me chipait mes rubans et mes barrettes, pourquoi pas mon ex-mari ? Telle une épave, j'aboutis à la porte de M. Jean. Sa maison m'apparaît comme un poste de secours. Les pompiers ne se dérangeraient pas. Pourtant, l'incendie couve dans mon cœur et ma tension risque de faire disjoncter toute la ville. M. Jean, toujours affable, m'introduit dans le couloir. La tête hérissée de bigoudis de sa bru émerge de la cuisine :

« N'allez pas me réveiller le petit ! »

Évincés, nous repartons dans le jardin pour nous asseoir sur un banc qui disparaît dans la végétation. Mon compagnon me tend la perche :

« Voilà mon petit oiseau des îles tout affolé.

— Il y a de quoi ! Ma sœur vient me chercher ! Elle débarque ce soir. Mais dites-moi, monsieur Jean, ce qu'elle vient faire par ici.

— Elle le fait dans une bonne intention, vous êtes injuste avec elle.

— J'ai toute l'année pour la voir, et l'entendre surtout. Mais pas ce soir, ma dernière soirée avec Alexandre…

— Ah ! en effet. Il y aura sûrement quelqu'un de trop. Je ne vois pas ce que vous pourriez faire. À part une grande fête de famille, car je suppose que votre sœur ne vient pas seule ?

— Son mari et la petite. Elle est adorable, Agnès, mais je n'ai pas l'humeur de jouer les tatas.

— Si votre ami vous aime, il comprendra. Téléphonez-lui.

— Mais je ne veux pas le sacrifier. Ils iront dîner ailleurs. Je pourrais dire par exemple que je passe la soirée chez vous.

— Et vous mangerez sur la plage avec Alexandre ?

— Cela vous amuse. Vous ne m'aidez pas, monsieur Jean.

— Dans ce genre d'affaire, on ne suit pas les conseils, mais puisque c'est moi qui dois trancher… Vous gardez tout le monde à dîner, vous imposez votre monsieur à la famille. À votre âge, vous n'avez pas de comptes à rendre, j'imagine. Vous les expédiez tous les trois de bonne heure et vous restez en tête à tête avec le bel Alexandre.

— Bon, ça limite les dégâts. »

Une fenêtre s'ouvre. La bru a enlevé ses bigoudis et son visage encadré de cheveux frisés paraît moins dur. Elle doit souffrir, cette femme-là, pour être si désagréable. Avoir une conversation avec elle serait édifiant, mais je veux voir en Alexandre un homme neuf. Avec moi, il ne sera pas le même, comme je ne serai pas cette femme qui vivait avec Jean-Marc. Nous sommes multiples.

« Papa ! Je vous préviens, vous n'avez plus de vin pour le déjeuner. Si vous voulez aller à Casino, il faut vous dépêcher, il est plus de midi.

— Merci, j'y vais ! »

Et s'adressant à moi :

« Ou bien il y a miracle et ma belle-fille s'est aperçue que j'existais, ou il s'agit d'une manœuvre pour vous signifier votre congé, ma belle.

— Croyez-vous qu'elle soit au courant de ma liaison avec son ancien mari ?

— Non, elle n'aurait pas pu s'empêcher de m'en parler et de vous salir. »

Il me laisse quelques secondes, le temps de coiffer sa casquette et de prendre un panier.

« Vous vous aimez, hein, c'est du sûr ?

— Oui. Comme vous dites, c'est du sûr. Il m'a proposé de rester. C'est impossible, mais je suis très heureuse qu'il l'ait envisagé. Cet amour nous rajeunit tous les deux. Paradoxalement, chaque rencontre contribue à nous mûrir. Plus on avance, plus on s'aperçoit que ce n'est pas facile, les relations avec les autres...

— C'est pourquoi on s'isole dans la vieillesse, Michèle.

— Vous ne croyez plus à l'amitié, monsieur Jean ? Vous qui n'êtes jamais amer ! Je ne veux pas que nos relations s'achèvent avec l'été. Vous viendrez à Paris cet hiver, n'est-ce pas ?

— Mais oui, mais oui. »

Il n'y croit pas. Nous nous fixons un ultime rendez-vous sur la plage des Sables blancs pour le début d'après-midi.

« *Kenavo* ! »

Je ne suis pas près d'oublier son sourire édenté, plein de générosité, qui me fait chaud au cœur. L'épicier me donne un carton que j'amarre sur le porte-bagages, avec assez de nourriture pour cinq ou six personnes. Impossible d'échapper à cette contrainte. Je peste d'être obligée d'obtempérer comme une gamine. Branle-bas de combat dans la maison entre la confection des bagages et celle du dîner. Le chat s'esquive, se sentant indésirable. La contrariété ne m'empêchant pas d'avoir faim, je le rejoins dans le jardin avec un plateau de cochonnailles que nous partageons.

XIV

On ne vit pas la dernière journée de vacances comme on vit un autre jour. On est déjà un peu parti, malgré la décontraction que l'on affecte. À l'extrémité de la digue, je m'immobilise pour contempler la plage. Elle s'étire sur des kilomètres, mais les estivants, mus par le même instinct que les fourmis et les abeilles, occupent un périmètre très limité. Comme les écoliers retrouvent chaque jour leur banc et leur pupitre, ils adoptent un carré de sable que les autres respectent, tacitement. Par jeu, je fais travailler ma mémoire pour récapituler les manquants qui transpirent sans doute dans un bureau. Le rassemblement s'arrête au niveau de la courbe à peine sensible de la côte. Plus loin, quelques solitaires sont assis comme des pestiférés, et des sportifs viennent y jeter leurs vêtements, le temps d'un bain. Puis, le ruban blond s'allonge, net de toute souillure. Seules des guirlandes d'algues lui donnent l'apparence d'une page d'écriture. La plage s'amenuise – fine parenthèse entre le ciel et l'eau – et s'estompe dans la brume. Je contemple les voiles multicolores qui sillonnent un océan d'un bleu de peinture d'enfant.

J'aperçois M. Jean en conversation avec le marchand de beignets ambulant. Ils portent tous deux la musette au côté : leur fonds de commerce. Une chose les différencie : M. Jean oublie de vendre ses livres. Il en parle, mais il les donne le plus souvent. De la dune, je saute à pieds joints sur le sable. Ce bond d'à peine un mètre, qui me semble vertigineux par manque de pratique, a pour effet de m'enfoncer jusqu'aux genoux dans un trou meuble dont j'ai du mal à m'extraire ; tout cela dans la complète indifférence des gens qui me tournent le dos, et de ceux qui ne s'étonnent de rien. Ne voit-on pas ici les pires excentricités ? La mer, c'est la liberté. Marcherait-on sur les mains à la montagne ? M. Jean, qui m'a vue disparaître, semble soulagé de me voir émerger du trou et joue les sémaphores avec sa casquette.

« Bonjour, collègue ! »

Il quitte le marchand de beignets et me donne le bras, à ma grande fierté, car c'est une personnalité, M. Jean.

« Il y a moins de monde, hein ! Ça sent le départ.

— Sincèrement, vous respirez quand nous sommes partis ? La nature reprend son vrai visage, les marins peuvent décharger au port et les acheteurs faire leurs transactions à la criée sans jouer des coudes.

— Il y a un peu de vrai, mais tout de même, c'est bien triste après votre départ. Toutes ces maisons aux volets fermés…

— Alexandre va me donner l'occasion de venir hors saison. Je ne ferai plus partie des touristes. Je vais changer de camp. »

M. Jean ne répond rien et se contente de gratter sa tête, ébouriffant sa tignasse. Je ne sais comment interpréter son silence. Doute-t-il de la solidité de mes relations amoureuses ou pense-t-il qu'il me faudra vivre ici dix ans avant d'être adoptée par le village ?

« Vous ne prenez pas un dernier bain, Michèle ?

— Ma serviette et mon maillot ne seront pas secs.

— La belle affaire ! Cela ne vous empêchera pas de fermer la valise. »

Il a raison. Je me contorsionne déjà dans la cabine en éponge d'où ma tête dépasse comme d'un sauna.

« Vous en faites, des histoires. Les peintres et les sculpteurs faisaient moins d'embarras lorsqu'ils représentaient des baigneuses !

— En tout cas, elles avaient souvent une serviette ! »

Il rit. Avec l'instinct des tortues de mer à leur naissance, je cours vers le rivage et plonge dans le rouleau d'une vague qui se referme sur moi comme une conque.

*

* *

Nous nous faisons nos adieux devant le cimetière jusqu'où il a tenu à m'accompagner.

« Vous auriez pu être ma belle-fille. Dommage. Dire que je dois vivre avec cette garce et que vous, que je ne connais que depuis un mois, vous partez alors que nous avons encore tant d e choses à échanger ! J'ai été heureux tout ce mois, vous savez. La solitude va m'être plus cruelle. À se demander s'il n'aurait pas mieux valu passer chacun notre chemin…

— C'est exactement mon raisonnement au sujet d'Alexandre. Si je ne devais pas le revoir, j'aimerais cent mille fois mieux ne l'avoir jamais rencontré.

— Vous êtes ingrate envers la chance, Michèle. J'ai souvenance d'un jour où vous étiez bien découragée : "Je n'intéresse plus personne. Je ne suis plus jeune, plus assez jolie." Et le grand désespoir ! Vous voyez, mon petit, il ne faut jamais dire : "Je ne serai plus aimée." L'amour, c'est aussi subit et imprévisible qu'un orage en pleine mer. Vous êtes passée comme une comète et vous avez bouleversé votre existence et celle d'Alexandre qui semblaient toutes deux bien établies et définitives. Vous avez rajeuni le vieux bonhomme que j'acceptais d'être. Le don de votre amitié m'a dynamisé pour secouer le joug de ma bru tyrannique. Non, personne ne doit rien regretter. Aimer, c'est être meilleur. Nous avons vécu tous les trois une trêve, les uns par les autres. Mais ne faites pas comme la comète de Halley qui n'apparaît que tous les soixante-seize ans ! Je n'attendrai pas. Alexandre non plus. Tout à l'heure, je vous parlais de votre chance. Ne la taquinez pas trop, Michèle. Elle passe encore moins souvent que la comète !

— Qui va me parler comme vous le faites, à Paris ?

— Écrivez-moi. Je n'en ai plus souvent l'occasion depuis ma retraite du journal.

— Promis, monsieur Jean. Nous avons passé de bonnes heures ensemble. Votre bonne humeur, votre originalité et votre philosophie m'ont beaucoup apporté. Je vais vous embrasser. »

Il me serre contre sa marinière rugueuse et ses joues râpeuses, mais les baisers que nous échangeons sont pleins de douce affection. Je me retourne plusieurs fois. Lui aussi. Comme dans une charmante opérette.

Les tennis à peine dépassés, la pensée de Madeleine et de son armada m'assaille. Je traîne exprès, comptant sur un phénomène extérieur qui modifierait le programme. Erreur. Du bout de l'allée, j'aperçois le train arrière de la 403. Ils ont osé violer « ma maison » en mon absence. Par-dessus le portillon, je vois Madeleine assise sur le banc de pierre, la tête renversée pour jouir du soleil, la robe dégagée jusqu'en haut des cuisses. Agnès, accroupie à ses pieds, trie des cailloux avec ses petites mains. Son mari qui ne peut tenir en place doit arpenter la région. Je me morigène :

« Allez, ma vieille, tu n'es pas chouette, sois accueillante. »

Le portillon de bambou, bancal et grinçant, a trahi ma présence. Agnès a relevé la tête en lâchant ses cailloux de surprise.

« C'est tata, c'est tata ! »

Un grand sourire illumine sa frimousse. Comment être insensible devant tant de spontanéité ? Elle est adorable, ma nièce, avec ses couettes retenues par des pompons qu'elle fait sautiller en courant vers moi.

Madeleine a redressé le buste et me crie de son banc :

« Qu'est-ce que tu fiches ? Tu n'as pas reçu mon pneu ? »

Les bras potelés d'Agnès autour de mon cou, ma bouche écrasée contre son oreille, je suis heureusement muselée. Ne pas gâcher la joie de cette gamine.

« Je ne vous attendais pas si tôt. Mais c'est très bien comme ça. »

Agnès a grandi. En revanche, je trouve sa mère amenuisée. Finalement, elle n'est pas si bien que ça ! Avec son idée fixe de ne pas grossir, elle devient maigrichonne et n'a pas intérêt à se décolleter. Mais elle est séduisante avec son allure de star.

La mode peut changer, on a toujours l'impression qu'elle est faite pour elle, autant en ce qui concerne son vestiaire qui se permet toutes les audaces que sa coiffure. Ses courtes boucles noires font penser au berger de Murillo. Démonstrative dans son affection, elle me tient aux épaules, bien que je sois plus grande qu'elle, et m'examine de près.

« Tu ne diras pas que tu as manqué de soleil. Qu'est-ce que tu es bronzée ! Tu es contente qu'on vienne te chercher ? »

Elle me prend de court.

« Vous êtes très gentils, mais j'ai mon billet de train... Vous n'êtes tout de même pas venus exprès ?

— Figure-toi qu'Alain a réussi à prendre une semaine. Il n'a pas été en Grèce, lui. J'ai repris Agnès qui était chez maman et on s'est offert une virée en Bretagne. On a commencé par Saint-Malo, et puis Saint-Brieuc, Lannion, Morlaix. Après on est redescendus par les monts d'Arrée, tu avais dit un jour que c'était joli. Le problème, c'était de trouver une chambre. On a vu plein de choses, je te raconterai, et Alain a fait plein de photos. On ne pensait même pas à venir jusqu'ici. C'est la petite qui nous a donné l'idée ! Lorsqu'elle a vu la mer, elle a commencé à parler de toi. Mon télégramme était de Morlaix, tu as vu ?

— Non. Mais je ne vois pas Alain ?

— Il fait un tour, mais ne t'en fais pas, il reviendra quand il aura faim.

— C'est que justement…

— Quoi ? Tu n'as rien à manger ?

— Mais si, qu'est-ce que tu vas chercher ? Seulement, j'ai un invité.

— Ton vieux fou ? Chic ! Il est sympa. Agnès ne l'a pas oublié, tu sais. »

Et dérangeant Agnès qui fait un sablier avec ses mains :

« Hein, ma biche, tu ne l'as pas oublié, "Yaya" ?

— Non, pas lui, écoute donc. J'ai fait la connaissance d'un peintre. Un homme très bien. Nous avons sympathisé et…

— Il n'y a rien de dramatique là-dedans. Il vient dîner ? Plus on est de fous, plus on rit, hein ma grande !

— C'est sérieux, Madeleine. On doit se revoir à Paris, en attendant…

— En attendant quoi ?

— L'éloignement va nous permettre de réfléchir, mais nous envisageons de ne pas vivre séparés, tu comprends ? »

La face lunaire d'Alain apparaît à l'entrée du jardin. Mais une lune rouge. Suant, haletant, il m'embrasse.

« Vous arrivez de Paris à pied, Alain ? »

Il n'a jamais pu se résoudre à me tutoyer, il paraît que je l'intimide. Alors j'en fais autant.

« Vous me faites marcher, Michèle !

— Ah bon, ça ne vous suffisait pas.

— Tu vois, chéri, lance Madeleine à l'adresse de son mari liquéfié, elle plaisante parce qu'elle est amoureuse. Et l'élu va arriver d'un moment à l'autre.

— Je vous préviens, il ne s'attend pas à vous trouver là. »

Madeleine, piquée, rétorque :

« On n'est pas assez bien pour lui ? »

Je regarde Alain, écroulé de fatigue, assis sur la boîte à ordures mise à l'envers pour sécher, qui tamponne avec son mouchoir la sueur qui lui coule dans le cou. Agnès, accroupie devant la porte de la cuisine, joue maintenant à empiler mes casseroles qu'elle affectionne particulièrement.

« Il sera peut-être content de vous connaître. (Honnêtement, je crois qu'il s'en passerait très bien.) Il serait préférable, Alain, que vous vous rendiez tout de suite à l'hôtel que je vous ai retenu, sinon vous risquez de perdre votre chambre. »

Je récupère mes casseroles et dis à Agnès :

« Tu vas accompagner papa et maman pour voir où ils coucheront ce soir. Toi, tu dormiras dans la petite chambre à côté de celle de tata. Ton ours t'attend, tu sais. »

*

* *

Ils sont partis. J'épluche des légumes en pensant à autre chose et installe cinq couverts. Comme le jour où j'ai reçu Jean-Marc et M. Jean. Comme les choses ont changé depuis ! Nous nous étions serrés les uns contre les autres dans une joyeuse humeur. J'imagine la tête d'Alexandre, coincé entre Alain et Madeleine. Car il faut au moins que je sois en face de lui.

Devant la glace du lavabo, je m'attarde à soigner mon maquillage. Des gestes qui reviennent vite. Le « chien » de Madeleine ne risque pas de m'éclipser aux yeux d'Alexandre. Sans méchanceté aucune vis-à-vis de moi, elle va chercher à le séduire, parce que c'est dans sa nature. Elle veut plaire. Nous n'avons pas les mêmes armes. Je ne cherche pas l'admiration, j'aimerais être aimée par le monde entier. Mais cela n'est plus. Sur Alexandre je cristallise tout mon potentiel d'amour et oublie les autres. Je ferais n'importe quoi, ce qu'il me demanderait, pour le conserver : travailler dans une mine de sel, mariner dans un parc à huîtres, mettre des sardines en boîte. Autant d'opérations qui répugneraient à ma sœur, même pour l'amour de don Juan en personne.

J'ai mis du bleu, du rouge, du rose et une touche de parfum. Mes cheveux, libérés de la mousseline torsadée qui les retenait en arrière, recouvrent mes oreilles et frôlent mes épaules. Je retrouve la coiffure de mes dix-sept ans. J'en ai quarante. C'est jeune, disent ceux qui en ont trente-huit, mais je suis au mieux de ma forme. Sans tomber dans le narcissisme, le reflet de mon image fait remonter mon moral au beau fixe.

Le bruit d'un moteur, trois coups de klaxon, c'est Alexandre. Je le souhaite et je le redoute. J'enjambe le chat endormi en colimaçon sur le paillasson, franchis l'allée de cailloux au pas de course, trébuchant à cause de mes talons de liège, et me jette contre lui en l'adossant contre le portail qu'il a déjà refermé.

Ainsi que deux pièces d'un puzzle, nos corps s'ajustent, pas encore par habitude, mais par instinct.

Une main soulève les cheveux pour enserrer la nuque que je sens fragile entre ces doigts brûlants mais délicats, tandis que l'autre se plaque comme un battoir, presque brutale, sur mes reins, puis remonte au-dessus de la taille qu'elle creuse, qu'elle force à plier. Elle trouve enfin sa place à mi-chemin, large à m'en faire un dossier, tentaculaire et oppressante à m'en étouffer. Je suis matée par cette main adorée, et divinement heureuse de répondre à sa passion. Est-ce un baiser, ce plongeon en moi qui me fait défaillir ? Mes mains nouées autour de son cou se défont et se coulent dans ses cheveux dont le parfum m'affole.

Il me glisse dans l'oreille : « Viens, nous serons mieux à l'intérieur. » Je le retiens encore et lui fais un barrage de mon corps. Mes mains enfilées sous le blouson – il n'a pas mis sa veste en laine –, ont du mal à se rejoindre en ceinturant son large et puissant torse qui lui assure cet air invulnérable. Invulnérable. Aux yeux des autres peut-être, car ma bouche rencontre dans l'échancrure de sa chemise la médaille religieuse qui ne le quitte pas. Mes lèvres s'y attardent en une supplique muette : « Qui que vous soyez, protégez notre amour ! »

« Tu as passé une bonne journée ? me demande-t-il ingénument. Et puis, tu es diabolique, j'ai pensé à toi toute la journée. »

En m'entourant les épaules, il m'entraîne vers la maison.

Nous zigzaguons légèrement, un peu ivres. Nos pas dérangent les cailloux. Avec la minutie d'une script, je remarque chaque détail : les pétales fanés d'une rose qui a tenu bon longtemps, avant de s'écrouler au pied du rosier, et déjà quelques feuilles que le pêcher n'a pu retenir. Le soleil pressé d'en finir a disparu derrière l'horizon incendié. Il fait frais. Déjà une senteur d'automne.

Nous nous délions pour passer la porte.

Il a vu les cinq couverts, cela n'a pas tardé.

« Qu'est-ce que c'est, cette tablée ? »

J'avais prévu : minimiser la situation.

« Je vais t'expliquer. Ma sœur a débarqué avec son mari et la petite. Ils vont dîner avec nous, mais rassure-toi, ils partent ensuite rejoindre leur hôtel. Ils y sont en ce moment. Ils vont arriver d'une minute à l'autre, mais tu verras, ils sont agréables.

— Je te remercie d'avoir prévu des attractions ! Tu aurais pu me prévenir ! Qu'est-ce que je vais faire dans cette veillée de famille ?

— Tu connaîtras ma sœur, sois gentil…

— Je n'ai pas envie d'être gentil, je venais pour être avec toi et je me fiche des autres. Tu m'excuseras, mais je ne peux pas, c'est au-dessus de mes forces.

— Mais puisque je te dis qu'ils partiront de bonne heure, je te le promets. C'est convenu.

— Parce qu'en plus, c'est convenu. Entre vous, mais moi, je ne compte pas. »

Il remonte rageusement la fermeture Éclair de son blouson et cherche déjà sa clef de contact après l'inspection de chaque poche.

Je me suspends à lui, affolée par son air décidé.

« Mais ce n'est pas vrai, tu ne vas pas partir…

— Si, au plus vite, car je n'ai pas l'intention de les rencontrer.

— Je vais leur dire de s'en aller. Mon chéri, reste. Si tu préfères, attends dans la voiture, plus loin. Je t'appellerai quand ils seront partis.

— Tu es folle, oui, tu es folle.

— Et toi tu es invivable, mon pauvre ami, avec tes colères ridicules. Moi aussi, je suis terriblement déçue, mais je pensais que nous affronterions la situation ensemble. On avait toute la nuit devant nous. C'était important, non ? »

Je pleure. Je sais que ces instants de silence sont décisifs, je souffre, j'ai mal physiquement. Il se retourne sur le pas de la porte et me dit d'une voix soudain calmée, altérée par la gravité du moment :

« C'est ta faute, Michèle. Je t'ai proposé de rester, de vivre avec moi. Sur l'autre plateau de la balance, tu as mis toutes tes considérations. Elles ont pesé trop lourd. J'ai perdu. Alors de toute façon, il fallait se quitter. »

Un claquement de portière… Un moteur qui continue de tourner. C'est fini. Les autres arrivent. Alain, en éclaireur, vient vers nous au pas de charge et, s'adressant à Alexandre :

« C'est à vous, la voiture ? Si ça ne vous fait rien de l'avancer, m'sieur, je voudrais rentrer la mienne tout de suite dans la cour, hein, Michèle, ce sera plus pratique pour charger ? »

Alexandre, grand seigneur, répond pour moi :

« Inutile, je m'en vais. »

Ce gros balourd d'Alain lève ses bras boudinés, embarrassé de sa bêtise.

« Ben, dans ces conditions... C'est parfait. »

Il retourne en courant vers sa voiture. Pendant qu'il s'escrime à tirer le portillon qui résiste sur les cailloux alors qu'il s'ouvre de si bonne grâce dès qu'on le soulève en douceur, Alexandre pince mon menton comme on sermonne un enfant, et lève mon visage vers lui. Je le regarde, les yeux noyés de larmes. Il l'encadre de ses mains, lentement, avec l'application de celui qui ajuste un tir. Il réédite par ce geste l'étreinte de la falaise. L'histoire se termine comme elle a commencé. Prisonnière dans ce doux carcan, je ne dis rien et soutiens les yeux noirs qui ne me font plus peur. De la tempête de colère, il ne reste rien, qu'une immense tendresse qui nous submerge. Nos lèvres se joignent dans une ferveur mystique.

Non, ce n'est pas l'étreinte de la falaise, avec ce choc de deux passions contenues qui bouillonnent à rendre jaloux le ressac de l'océan, mais c'est la rencontre tranquille de deux ruisselets qui serpentent chacun dans la campagne pour s'unir dans un lit soudain élargi de graviers blancs semblables à des diamants. Car les saules, cassés à force de se pencher d'une rive à l'autre, ne parviennent pas à tamiser la lumière. Puis de nouveau, au caprice d'un simple tronc d'arbre, la rivière empalée se divise. Les deux ruisselets poursuivent leur course, discrets, dans un fouillis de végétation, amoindris de leur division, à la recherche de leur jonction car, issus de la même source, ils sont complémentaires.

Alexandre est mon complément, et nous nous quittons…

« Vous passez par Pont-l'Abbé demain matin. Tâchez de faire un petit crochet, et tu viendras me dire au revoir, n'est-ce pas, ma mine ?

— Oui, mon chéri. »

Il a disparu du jardin. Mes pieds sont rivés au sol et mes yeux sur la voûte d'arbres. J'entends des voitures qui manœuvrent. Celle d'Alain vrombit, hors mesure, et pile devant moi en faisant gicler quelques cailloux. Il ouvre les portières pour libérer ces dames, mais Agnès, fatiguée, grogne et dormirait bien sur la banquette.

Madeleine, frétillante, passe son bras sous le mien. Cela me fait du bien.

« Alors, c'est lui ? Dis donc, il n'est pas mal. Je le voyais plus jeune, tant pis. Pourquoi s'en va-t-il ? »

Question inévitable.

« Il était venu parce qu'il m'avait promis, mais cela ne l'arrangeait pas. Comme il a vu que j'avais de la famille et que je n'avais pas préparé le dîner juste pour lui, il a préféré partir.

— Ah ! tu m'as fait peur ! Ce n'est pas à cause de nous, alors ?

— Mais non. »

Alain, qui se lave les mains sous le robinet de l'évier, me tourne le dos. J'en profite pour poser la question qui m'obsède.

« En passant par Pont-l'Abbé demain, voudriez-vous être aimable, Alain, de m'arrêter cinq minutes chez Alexandre ?

— Bien sûr, mais les minutes des femmes, je les connais ! »

Ils rient, même Agnès qui est à mille lieues de comprendre combien sa tata est malheureuse. Mais je dois faire l'effort d'assumer mon rôle de maîtresse de maison et j'effectue la prouesse de faire le clown pour entendre le rire perlé d'Agnès. Madeleine est agréable à écouter. Son débit rapide, ses réflexions drôles lorsqu'elle conte leurs péripéties de voyage, me distraient. Le bon Alain tâche de placer un mot de temps en temps. Ils s'entendent bien, elle ne contredit pas ses interventions, au contraire ce sont pour elle des tremplins qui la font repartir de plus belle. Lui l'admire et l'écoute, béat, comme s'il n'était pas dans le coup. Agnès, vannée, ne résiste pas à ma proposition de la coucher. Elle ne cherche même pas à cabrioler sur mon lit et se laisse déposer comme une poupée dans la petite chambre. À peine a-t-elle le temps d'enlacer son ours qu'elle dort.

Par habitude, nous baissons le ton tous les trois, assis autour de la table devant des infusions que

Madeleine a eu l'initiative de préparer. Personne n'ose rompre un long silence. Alain craint sans doute de dire une bêtise, et ma sœur a déjà tant parlé ! Pourtant, c'est elle qui prend la parole, avec le sérieux de jadis lorsque je me faisais gronder et qu'elle prenait ma défense.

« Il faut que je te dise. De toute façon, tu l'apprendras. Jean-Marc a pris sa décision : il se marie fin septembre. »

La nouvelle me porte un coup au cœur, mais pas un coup de poignard meurtrier. Plutôt un coup de bistouri qui crèverait un abcès, car je suis subitement soulagée.

« Vous voyez, c'est bête à dire, mais je me sens vraiment libre maintenant. L'existence de Jean-Marc me souciait. À suivre sa vie, je continuais à me sentir responsable de lui, comme on le fait d'un grand fils qui a quitté la maison mais peut avoir besoin de vous à tout moment. Je n'ai même plus le droit de m'en occuper, une autre l'a pris en charge. D'ailleurs, il n'a plus besoin d'être en tutelle. »

Je pose ma main sur celle de Madeleine qui m'écoute attentivement.

« Lorsqu'il t'a accompagnée l'autre jour – je peux bien te l'avouer aujourd'hui, Madeleine –, il aurait suffi de peu de chose, tu sais. Il avait changé. En bien. Gai, dynamique, coquet. Ce n'était plus le garçon ténébreux qui classait des timbres sous la lampe, avec un chien de garde à ses pieds. Dans le fond, tu avais raison, Madeleine, lorsque tu espérais nous réunir. Tu as été à deux doigts de réussir ton coup. Ce sont les heures qui nous ont manqué. Une pièce de théâtre qui partait bien, mais nous n'avons pas eu le temps de jouer le troisième acte. Je l'ai laissé partir, faute de parler. Lui, par crainte de l'autre. Tout simplement pour éviter une scène. Il y a des manques de courage qui font basculer le cours d'une vie.

— Mais, tu aimes Alexandre ?

— Oui, j'aime Alexandre. Nous nous reverrons, j'ai confiance en lui. Il ne s'agit pas d'une simple aventure. Nous ne marcherons pas sur un chemin de pétales de roses… Il me faudra de la patience pour guérir ses agressivités de lion blessé. Il se méfie des femmes, il faut le comprendre. Je parierais qu'il n'en a connu aucune depuis son divorce. »

Alain toussote.

« Si vous saviez comme il est malheureux lorsqu'il a été injuste avec moi. »

Madeleine, perspicace, me prouve qu'elle suit bien mes propos et dit :

« Tu connaissais déjà ça avec Jean-Marc.

— Oh ! ce n'est pas du tout pareil ! Alexandre, il est fort, si fort qu'il ne suppliera jamais. Son orgueil supplanterait son amour, tu vois, Madeleine. Après tout, ne doit-il pas toujours y en avoir un des deux qui cède ? Avec lui, ce sera moi.

— Je ne te reconnais pas, Michèle.

— Qui peut prétendre connaître quelqu'un ? Je m'étonne bien moi-même. »

Alain opine du chef en bâillant et pense sans doute à son hôtel qui va fermer. Je me lève pour les délivrer, et en embrassant Madeleine qui m'est proche et perméable ce soir :

« La seule comparaison, puisque tu les aimes, c'est avec François. Tu n'as pas oublié mon amour d'enfance ? Cela faisait assez d'histoires à la maison ! Avec Alexandre, c'est la même évasion, le rêve, comme si, avec lui, j'entrais dans les paysages de ses aquarelles. C'est la même communion. Oui, c'est mon amant – tu vas sourire – mais notre passion… c'est quelque chose de très pur. À demain, Madeleine. Bonsoir, Alain. Nous serons prêtes à 8 heures comme convenu. Bonne nuit ! »

Épilogue

À QUELLE HEURE Agnès fit-elle ce vilain cauchemar qui l'amena dans mon lit ? À l'instant où mes bras enveloppèrent ce corps tremblant d'oiseau apeuré, qui de nous deux fut l'ange consolateur de l'autre ? Ni les mugissements lugubres de la corne de brume, pas plus que le tic-tac métallique du réveil ne réussirent à troubler notre enfoncement dans une nuit délicieusement cotonneuse.

Agnès, étonnée de se retrouver dans mon lit, se lève dans la gaieté et cherche à se rendre utile à la mesure de ses trois ans.

À 8 heures, j'entends la voiture d'Alain. Tandis qu'Agnès lisse le dos du chat dans un ultime câlin, j'empile des sacs sur la valise en me demandant avec quels bras j'aurais porté seule ce déménagement.

Aucune trace de vie dans la cuisine désaffectée que la froideur de l'hiver semble déjà envahir, si ce n'est le bouquet d'hortensias dont les têtes courbées de tristesse ont pris la teinte mauve du demi-deuil.

« Vous laisserez les clefs sur la porte », m'a dit la logeuse. Que viendra-t-elle faire ici, où l'ombre d'Alexandre n'a même pas survécu ?

Alain, serviable, me dispense de porter les bagages. Agnès, qui a le privilège de vivre la minute présente sans s'encombrer de souvenirs destructeurs, sautille à mes côtés en envoyant des baisers au chat résigné.

Madeleine a eu raison de ne pas descendre de voiture, car notre chauffeur, respectueux de son horaire, n'aurait pas apprécié nos effusions. Par la glace arrière, j'aperçois le cheval auréolé de brume. Il a passé la nuit dehors, et le soleil déjà à l'ouvrage évapore la rosée en suspension sur ses flancs.

Les drapeaux des terrains de sport, que j'aurais souhaités en berne pour mon départ, froissent leurs couleurs de berlingot, indifférents. On ne danse plus au château de Kerlut où l'écho du disco s'est tu.

Parmi les frondaisons d'un vert sombre, apparaissent des taches jaunes d'un automne précoce que le soleil dément.

Madeleine, assise devant moi, doit parler à un interlocuteur invisible. Si son discours ne franchit pas son dossier, ses boucles s'agitent et parfois, une main effectue des moulinets.

Sur les trottoirs de Pont-l'Abbé, quelques ménagères matinales font leurs courses. Deux Bigoudènes traversent la place du marché déserte. Elles me font penser à des toupies avec leurs jupes noires bouffant comme des montgolfières et leurs hautes coiffes dressées en pain de sucre.

Au coin dc la rue Danton, Alain stoppe.

« On vous attend là, Michèle. »

Et Madeleine d'ajouter dans un langage raccourci significatif :

« Grouille ! »

Les pavés disjoints surprennent mes pieds chaussés de talons. Je lève les yeux vers les volets clos derrière lesquels le serin attend son carré de ciel bleu et la chaleur d'un soleil dont les droits de visite sont rarement autorisés par les maisons trop rapprochées.

Le magasin du relieur n'a pas encore relevé son rideau ondulé, mais de celui d'Alexandre me parvient le ronflement d'un aspirateur. Par la porte grande ouverte, j'aperçois la jeune fille qui ratisse la moquette. Elle est jeune et jolie, et je suis un brin jalouse de cette présence au côté de l'homme que j'aime. Au dire d'Alexandre, elle est précieuse, car elle s'acquitte avec conscience de ce qu'elle fait. Ses tâches ne sont pas déterminées : elle est à la fois bonne à tout faire, homme de confiance, commissionnaire. De plus, elle est discrète et d'humeur égale. Alors, je contemple cette perle qui ne m'a pas entendue entrer. Elle sursaute et plisse son front dégagé, ses cheveux noirs torsadés en chignon.

« Que désirez-vous, madame ? »

Elle a arrêté l'aspirateur.

« Je suis une amie de M. Alexandre. Il est là-haut ? »

Obéissant à une consigne, elle s'interpose en me barrant la route avec le tuyau de son avaleur de poussière.

« Rassurez-vous, il m'attend. »

Et je franchis quatre à quatre l'escalier qui sent la vieille toile. Je frappe avec timidité à la porte de son refuge, puis je cogne avec la délicatesse d'un garçon de cabine de bain. Il crie : « Entre ! » avec une voix lointaine, comme s'il était tombé dans un trou.

Je l'aperçois au fond de l'atelier face à un miroir, s'évertuant à nouer sa cravate.

« Il m'emmerde, ce nœud. Maintenant je suis trop énervé, c'est foutu ! Je m'en passerai. »

Il lance sa cravate à travers la pièce, défait son bouton de col et m'ouvre les bras.

« Je t'attendais, tu sais. Cela fait un quart d'heure que je te guette par la fenêtre. »

Il me décoiffe avec sa charmante manie de tirer mes cheveux en arrière pour me faire lever la tête. Je me prête à ce rituel que rachète ensuite un tendre baiser. Mais ce matin, tout est différent. Il m'embrasse sur le bout du nez et plaisante :

« Ta smala est en bas ?

— Au coin de la rue. “Ils” m'ont demandé de me dépêcher.

— N'oublie pas tes tableaux… »

Il désigne un paquet sur la table ainsi qu'une enveloppe glissée sous la ficelle.

« Oui, c'est ton chèque. Tu ne voudrais pas que je te fasse payer. Je te dois bien ce cadeau pour les heures merveilleuses que tu m'as offertes… »

Ses larges mains appuyées sur mes épaules à m'en faire mal, il continue, braquant ses yeux noirs sur les miens qui s'affolent.

« Un instant, j'ai sérieusement pensé que tu me donnerais plus. J'étais assez fou pour faire des projets.

— Alexandre ! Nous allons nous revoir, n'est-ce pas ? Tu n'as pas changé d'avis ?

— Mais non. Tu m'emmèneras au zoo de Vincennes ou à la tour Eiffel, et le dernier jour, tu m'accompagneras à Montparnasse avec des sandwichs pour le train ! »

Ma stupéfaction m'enlève les mots. Il s'est détaché de moi, se dirige lentement vers la fenêtre dont il soulève le rideau. Il appuie son front sur le carreau comme s'il testait son seuil de rupture.

« Va, “ils” vont s'impatienter. »

En une fraction de seconde, j'imagine Madeleine glapissant : « Encore un peu et je faisais monter Alain ! » Qu'ils aillent au diable, j'en ai marre d'obéir. Mes yeux s'accrochent aux objets que je ne reverrai plus et qui demeureront avec Alexandre. Ils prennent son parti et me semblent franchement hostiles. Suis-je le jouet de mon imagination ? Le bracelet marocain, l'*alcarazas* en terre cuite, et aussi le râteau de faneur qui montre les dents sur le mur m'évincent. « Puisque tu veux partir… On ne te retient pas. » C'est vrai. Alexandre reste muet, buté, décidé à ne plus bouger. Même un dos peut être parlant. J'y appuie ma joue, intensément, enlaçant ce corps qui m'échappe. Mes mains se rejoignent sur la poitrine, s'attardent avec passion sur les collines et les vallons, longent les courbes d'un parcours connu et adoré. Je souffre et mords sa chemise pour ne pas crier afin d'avoir un chagrin décent.

Il a immobilisé mes mains sous les siennes, arrêtant leur pèlerinage, et les incruste sur son propre corps, nous infligeant à tous deux une étreinte douloureuse à l'image du chagrin qu'il dévoile.

Dans un murmure, je balbutie :

« Je reste, mon chéri, je reste. Il n'y a que TOI qui comptes. »

Oui, quelle évidence ! Tout est si simple. Pourquoi se déchirer, et pour qui ? Notre vie commence dès cet instant, il n'y a pas une minute à perdre.

Statufié devant cette fenêtre qui ne signifie plus rien, il se contente de me retenir à ses côtés en entourant mon épaule d'un bras protecteur et m'ondoie de tendresse. Pudeur, délicatesse, je ne poserai jamais la question de savoir si les larmes qui embuent les yeux noirs terrifiants étaient encore des larmes de chagrin ou déjà des larmes de bonheur.

« Viens, Alexandre. On va leur dire qu'ils partent sans moi ! »

Je l'entraîne par la main. Nous dévalons l'escalier sans nous lâcher, enjambons l'un après l'autre l'aspirateur devant la fille médusée.

D'un bond, le chat noir en sentinelle sur la marche du relieur plonge dans le soupirail. Les fenêtres pavoisent avec les literies à l'air qui flottent jusqu'aux trottoirs. Une ménagère qui lave à grande eau son devant de porte nous oblige à courir sur la chaussée de pavés ronds contre lesquels nous trébuchons en riant. Notre gaieté redouble en apercevant au bout de la rue Madeleine, poings sur les hanches, scrutant l'horizon. Nous fonçons sur elle, essoufflés.

La surprise l'empêche de m'adresser des reproches pourtant mérités. J'en profite :

« Écoute, Madeleine, je ne pars pas avec vous.

— Tu pars comment, alors ?

— Je ne pars plus. Plus jamais.

— Ben ça ! Tu as bien réfléchi ?

— Non. À trop réfléchir on loupe sa vie, et ma vie… c'est lui. »

Alexandre, qui n'a pas envie d'être sérieux, joint les talons d'un coup sec et s'incline devant la silhouette plus menue que jamais.

« Oui, il paraît que c'est moi. »

Agnès n'est nullement étonnée de voir son père – qui ne comprend rien – descendre les bagages et les aligner sur le trottoir. Elle dit simplement :

« Tu ne viens pas, tata ?

— Non, ma chérie. Je suis arrivée. »

La voiture a disparu par la rue des Douves. Mon « ouf ! » est-il un soupir de tristesse ou de soulagement ? Je me retourne vers ma nouvelle vie et marche derrière Alexandre qui emporte mes bagages, mes soucis, mes années à oublier.

Le soleil a reculé les toits pour éclairer un pan de mur où le canari rit, et la vitrine où le minet minaude. Au cœur de la ville, une bête à bon Dieu, blanche à pois rouges, interroge : « Bête à bon Dieu, fera-t-il beau dimanche ? »

Table des matières